COLLECTION FOLIO

Jorge Semprun

La Montagne blanche

Gallimard

© Éditions Gallimard, 1986.

Jorge Semprun est né en 1923, à Madrid. Ecrivain et scénariste, il a reçu le prix Formentor pour *Le grand voyage,* en 1963, et le prix Femina en 1969, pour *La deuxième mort de Ramón Mercader.*

En 1988, Jorge Semprun a été nommé ministre de la Culture du gouvernement espagnol.

à Colette Leloup et à Franca Castellani

« Les femmes sont amoureuses et les hommes sont solitaires. Ils se volent mutuellement la solitude et l'amour. »

RENÉ CHAR

« ... la brutalité et l'amour ne sont pas plus distants l'un de l'autre que les deux ailes d'un même grand oiseau multicolore et muet. »

ROBERT MUSIL

PREMIÈRE PARTIE

CHAPITRE PREMIER

Une carte postale de Joachim Patinir

1.

Antoine est au fond de l'atelier, il ne l'a pas encore vue. Il essuie à un chiffon ses doigts tachés de peinture bleue.

— Antoine !

Il se tourne vers Franca.

— Tu as travaillé toute la nuit ? demande-t-elle.

Il la regarde.

— J'ai fini, dit-il.

Une toile de dimensions réduites — une trentaine de centimètres sur une vingtaine, à en juger d'un premier coup d'œil — repose sur un chevalet, là-bas. Elle n'en voit que l'envers.

Franca commence à se déplacer. Il l'arrête d'un geste.

— Attends, dit-il, le soleil !

En effet, le soleil.

Il vient de surgir derrière les collines, dehors, sur l'amont du fleuve. Un rayon frôle la large verrière de l'atelier. Sa lumière effrange la blancheur écrue d'un rideau, la met en valeur, gagne de la place ; mais n'a pas encore atteint le lieu où s'expose la toile.

Elle rit, désinvolte. Trop, peut-être.

— Qu'est-ce que ça peut faire ?

Il l'observe, étonné sans doute de tant de légèreté.

— J'ai peint pendant la nuit, dit-il, mais la lumière sur l'océan. Il faut que tu voies la toile en pleine clarté.

Elle comprend, elle acquiesce ; elle attendra.

— Comment l'appelles-tu ? demande-t-elle.

Il rougit, comme si elle avait posé une question indécente. Indiscrète, du moins. Comme si elle l'obligeait à une réponse qui fût l'un ou l'autre. Trop intime, du moins.

— Marine claire, dit-il à la fin.

Dans un murmure.

Ils attendent, séparés par une flaque de soleil, qui s'étend.

Elle a oublié qu'elle tient toujours à la main une carte postale reproduisant un tableau de Joachim Patinir. Elle l'a ramassée sur un meuble, lorsqu'elle est entrée dans l'atelier.

Dans tous les livres d'art, les catalogues, cette toile du maître flamand se nomme *Le Passage du Styx*. Mais à l'envers de la carte postale on pouvait lire *El Paso de la Laguna Estigia*. De même qu'au musée du Prado, d'ailleurs, Franca s'en souvient. Pourquoi le Styx devenait-il lagune, dans la dénomination castillane du tableau ? C'était énigmatique. En tout cas, sous l'inscription imprimée en lettres capitales, une traduction en anglais et en français semblait confirmer que le Styx avait cessé d'être un fleuve. *Le passage de la lagune stigienne*, *The crossing of the Stigian lagoon* : voilà ce que proclamait la carte postale. Lagune, donc, doublement, dans cette traduction bilingue, péremptoire mais douteuse. Il ne semblait pas, en effet, que « stigienne » fût convenable. Impossible de vérifier sur-le-champ. Même s'il y avait eu un dictionnaire dans l'atelier d'Antoine, ce n'était pas le meilleur moment pour le consulter. Mais « stigienne » ne disait rien qui vaille à Franca.

Elle regarde le visage anguleux, les hautes pommettes saillantes d'Antoine. Il lui sourit timidement. Elle attend, le temps passe. Le soleil prend possession du lieu.

— Viens, dit-il, maintenant.

Elle s'avance, entourée d'un halo lumineux où virevoltent des myriades de minuscules fragments de poussière ensoleillée.

Elle est devant la toile qu'Antoine a terminé de peindre cette nuit.

Elle la contemple, longuement. Une sorte de tendresse l'envahit ; son cœur bat. Marine claire, nul doute. Elle s'ébroue, elle sort de son émerveillement. Une seconde, elle appuie la tête sur l'épaule d'Antoine, qui se tient à son côté. Elle ne dit rien. Qu'y aurait-il à dire ? Se remplir les yeux de tous ces bleus célestes et maritimes. S'en imbiber ; rien d'autre.

Antoine remarque la carte postale qu'elle tient à la main. Il la lui prend, lit à haute voix, d'une traite.

— « Madrid, 6 avril. Bien le bonjour de Judith. Je viens de lui présenter mes hommages. Après, comme d'habitude, j'ai vérifié que le bleu-Patinir est encore ce qu'il était. *Solía ser*. Bleu fixe, bleu fou : inusable ; bien à nous. Bien à vous. »

Deux initiales majuscules pour signer ce bref message : J. L.

Il retourne la carte postale, il regarde la reproduction du tableau de Patinir. Il fronce les lèvres, dégoûté.

— Les couleurs sont navrantes, dit-il. Le Styx a perdu le mystère de ses bleus... Le ciel n'a plus sa lueur d'orage. Très mauvaise reproduction !

Il jette la carte sur une table, droit devant lui.

— Ce n'est sans doute pas pour la fidélité, dit-elle, de la reproduction que Juan a choisi cette carte du Prado !

Il a fermé les yeux, une seconde, avec une sorte de grimace. Ou de rictus douloureux. Puis il la regarde, hochant la tête.

— Justement, pourquoi ?

Ils se sont détournés de la toile qu'Antoine a fini de peindre cette nuit. Quelque chose bouge entre eux. Sans doute au loin ; au-delà. Quelque chose d'équivoque ou de cotonneux, ce n'est pas impossible.

— Pourquoi Juan t'a-t-il envoyé cette carte ? insiste-t-il.

La froideur subite de sa voix évoque le danger. Ça se fige dans la poitrine de Franca, quelque part sous le sein gauche.

— Nous, dit-elle sèchement.

Mais le changement de ton est irréfléchi. Elle voudrait rester calme.

— Comment ?

— C'est à nous deux qu'il a envoyé cette carte, précise-t-elle.

En soulignant fortement le pluriel.

Il reprend le rectangle de carton. Il voit leurs deux prénoms, inscrits d'une graphie minutieuse, parfaitement lisible, sur le côté droit de la carte postale. *Franca/Antoine de Stermaria.* L'adresse ensuite, bien sûr, comme il se doit.

— En effet, dit-il.

Il se tourne vers elle, le regard toujours assombri.

— Judith, pourtant, à qui...

Elle l'interrompt, dans l'allégresse d'une évidence inoffensive.

— Mais voyons ! Judith ! La *Judith* de Goya !

— Justement, dit-il.

Le soleil levant a envahi tout l'atelier, désormais. Le silence s'épaissit. Mais Franca veut en avoir le cœur net. Peut-être a-t-elle tort.

— Où veux-tu en venir ? demande-t-elle.

La carte postale était arrivée deux semaines auparavant. Franca l'avait mise à côté de l'assiette de son mari, avec le reste du courrier, à l'heure du déjeuner. Il l'avait lue. Aussitôt, l'impression l'avait ressaisi, aveuglante mais confuse, d'un langage chiffré ; dont il ne connaîtrait pas le code.

Ce n'était pas la première fois.

L'itinéraire que Juan Larrea rappelait comme allant de soi — « après, comme d'habitude » — de la salle de la peinture noire de Goya où se trouve *Judith* à celle, à l'étage au-dessus, la salle 43, où l'on peut voir les Patinir, les Bosch et quelques Breughel le Vieux, à quoi correspond-il ?

Jamais, en tout cas, lui-même, n'a fait ce parcours du Prado avec Juan. Jamais ils n'en ont parlé ensemble. Ils ont dû parler de Joachim Patinir, c'est vraisemblable. Certain, même : tant d'années de conversations sur la peinture. A cause du bleu, probablement. Et comment n'auraient-ils pas parlé de Goya ? De Malraux aussi, parlant de Goya : c'était banal. Mais ils n'ont jamais fait ce parcours ensemble, ni dans la vie, ni dans une conversation. Jamais ils n'y ont fait allusion.

Sur quelle référence obscure jouait donc le texte de Juan, aussi bref, elliptique même, parce que sans doute chargé de sens ?

Il regarde Franca.

— Je veux en venir là, répond-il.

Il montre du doigt sa toile. *Marine claire*. Elle soupire ou respire, profondément. Elle reprend les choses en main, conjugale.

— Je vais nous faire du café, dit-elle, enjouée.

Il lui caresse le lobe de l'oreille.

— Quelle bonne idée, Franca !

Mais il la retient près de lui, parle sans la regarder.

— C'est pour toi, dit-il. Un cadeau d'anniversaire.

Elle contemple le tableau ; elle en admire une nouvelle fois la perfection sans emphase.

— J'avais cru deviner, vois-tu ? dit-elle, souriante.

Mais une angoisse pointe, subite, noue sa gorge, déferle ensuite.

— Je n'aime pas l'idée d'avoir l'âge que j'ai, dit-elle.

Dans un murmure qui pourrait être un cri chuchoté.

Il fait quelques pas, s'ébroue, retrouve son assurance.

— Quelle sottise ! Il faut fêter, Franca. L'âge triomphal ! D'ailleurs, j'ai invité Juan. Il arrive dans l'après-midi.

Elle retient une sorte de sanglot, se détourne pour cacher son trouble ; revient vers lui.

— Juan ! Mais pourquoi ?

Il rit, heureux de son effet. Malheureux qu'il soit aussi évident.

— Mais voyons, Franca ! Le jour où tu es née, demain, le 25 avril 1942, il y a quarante ans, Juan et moi nous sommes connus, à Nice. Double anniversaire : tu as l'âge de notre amitié. Ce n'est pas une fête ?

Elle le regarde, se force à sourire.

— C'est une fête, dit-elle. Je nous fais du café. Ensuite, je m'en occupe. Tu seras fier de moi.

— Toujours, dit-il.

Ils se regardent. Ils savent aussitôt qu'ils viennent d'avoir le même souvenir. En est-il fier, vraiment ? Elle hoche la tête, s'en va.

Il lui parle, lorsqu'elle parvient sur le seuil de la porte, pas avant.

— Juan vient avec l'une de ses jeunes amies, dit Antoine. Il a insisté. Une certaine Nadine.

C'est impossible, pense-t-elle. Que Juan ait insisté, du moins. Mais elle ne réagit pas, ne se retourne pas, ne tremble pas. Sa voix est neutre, presque plate, lorsqu'elle répond.

— Nous serons quatre, en somme. Un chiffre rond, c'est bien.

2.

La toile est sur le chevalet, personne ne la regarde. Antoine s'est éloigné. Il remue des papiers, des photographies, à l'autre bout de l'atelier.

Marine claire, avait-il dit.

Il ne savait pas encore qu'il la nommerait ainsi, au moment où Franca lui avait posé une question à ce sujet, quelques minutes auparavant. Il avait essayé, tout au long des heures acharnées, parfois frénétiques, foisonnantes ; parfois dénuées de toute joie : assoiffées, dévastées, mornes — comme si le calme plat, caniculaire, était tombé, étouffant, sur un paysage marin dont il rêvait de montrer à la fois l'extraordinaire vacuité verticale et l'infini frémissement chromatique — simplement essayé de capter toutes les nuances du bleu.

Mais personne ne regarde la toile qu'il a peinte pour le quarantième anniversaire de Franca.

Marine claire, pourquoi pas ?

Antoine, après le départ de Franca, avait repris la carte postale. Peut-être avait-il mal lu ; mal interprété, du moins. Peut-être était-ce un texte tout à fait innocent. Mais pourquoi avait-elle réagi avec autant de violence, d'angoisse contenue ?

Il avait écarté cette question, une nouvelle fois. A quoi bon abandonner les délices amers du soupçon pour un savoir déterminé, si le soupçon vous remue le sang, prouve que vous êtes encore vivant ?

Il retourne la carte postale.

La reproduction du *Passage du Styx* est détestable, en effet. Il marche vers le meuble de rangement qui occupe toute une paroi de l'atelier. Il trouve aussitôt ce qu'il cherchait. Il faut dire que Franca a le génie de l'ordre, de la classification, des nomenclatures. Il trouve dans le dossier prévu à cet effet les photographies qu'il avait fait faire des tableaux de Joachim

Patinir, à une certaine époque. A cause du bleu, bien entendu. Il en extrait la chemise en matière plastique translucide, ambrée, qui contient les photos du *Passage*.

Il s'installe à une longue table, en pleine lumière. Mais il se retient encore d'allumer une cigarette.

La première photographie reproduit le tableau dans son ensemble. Antoine la compare avec la carte postale *(Printed in Spain — Ediciones Artísticas Offo — Los Mesejo 23 - Madrid 7)*. Sur la carte, toutes les valeurs chromatiques du tableau sont dévoyées. Les contrastes disparaissent ou s'affadissent. Les couches feuilletées de luminosité interne de la peinture s'aplatissent dans le monochrome et le monocorde. Les richissimes gammes des bleus virent au blafard : blanc douteux, vert délavé, morveux.

La deuxième photographie du dossier reproduit un détail du tableau, fortement agrandi. Un morceau du paysage de la rive heureuse, paradisiaque, du Styx. Des êtres humains, dans l'innocence de leur nudité, se promènent aux côtés d'anges aux ailes déployées, vêtus, eux, de lourds habits de brocart et de soie, riches de parures dorées. Parmi les arbres chargés de fruits chatoyants courent en liberté des biches et des faons.

Antoine prend une loupe et s'efforce de trouver dans l'agrandissement de ce détail du tableau de Patinir le lapin gambadant qui n'y saurait manquer. Il semble, en effet — il se souvient d'avoir lu cette affirmation dans quelque ouvrage d'histoire de l'art —, qu'un lapin se tapit toujours quelque part, sous les frondaisons minutieusement peintes, dans tous les tableaux du maître flamand.

Aujourd'hui, pourtant, Antoine ne parvient pas à dénicher le lapin symbolique. Du moins dans ce détail du tableau qu'il examine à la loupe.

Il interrompt sa contemplation, il se lève ; marche jusqu'à la baie vitrée de l'atelier ; contemple la vallée de la Seine sous un soleil d'avril.

Autrefois, quarante ans plus tôt, demain — mais ce n'était pas un dimanche — il avait trouvé Juan, assis sur une marche, devant sa porte, à Nice.

Antoine revenait d'une promenade le long de la mer. « Que faites-vous là ? avait-il demandé à cet inconnu. — Je lis *Paludes* », avait répondu le jeune homme. C'était vrai, il lisait *Paludes*. Il avait retourné le mince volume, afin qu'Antoine puisse en lire le titre. C'était *Paludes*.

Ils avaient ri tous deux, avec une gaieté aussitôt partagée. Une sorte de coup de foudre de la complicité littéraire. Ou masculine, plus primitivement. Puis Juan s'était levé.

Sur le palier, pendant qu'Antoine cherchait sa clef, il avait dit en deux mots les raisons de sa présence. Il avait besoin de joindre un certain Daniel — seul le prénom surnage de l'oubli, pendant qu'il regarde la vallée de la Seine — qui tenait en ville une galerie de tableaux. On lui avait dit qu'Antoine pourrait l'aider à trouver son adresse personnelle : la galerie semblait fermée. C'était assez urgent.

Antoine de Stermaria avait ouvert la porte. Il avait compris de quoi il s'agissait. C'était faisable, il avait sans doute les moyens, avait-il dit, de faire parvenir un message à Daniel. (Il a oublié qui était Daniel ; il se rappelle qu'il pouvait lui transmettre un message, c'est tout.) Mais cela prendrait bien la journée.

Ensuite, dans l'immense pièce toute nue, austère jusqu'à l'inconfort — du moins jusqu'à l'expression d'un mépris souverain, mais placide, de la part des objets et des meubles qui s'y trouvaient pour le confort de l'occupant possible, sans doute précaire —, éclairée par la lumière subtile, aromatique, d'un double horizon, invisible mais latent, maritime et alpestre, dans le lointain, il avait vu Juan se figer devant la toile qu'il était, en cet avril-là, en train de peindre.

Lorsque Antoine, maintenant, contemplant en apparence la vallée de la Seine, revoit ces images, qu'elles s'épanouissent ou s'estompent — ou encore sont rongées par du noir, du néant, comme de la pellicule-flamme qui se consumerait en volutes de braise progressant sur les bords du cadre —, il s'y revoit sous son aspect d'aujourd'hui, son âge véritable. Un homme de soixante ans, en somme, se tient en retrait et contemple ce tout jeune inconnu, planté devant le tableau qu'il est en train de peindre, lui, le vieil homme. Longtemps immobile, l'inconnu qui lisait *Paludes*. Mais Antoine ne pouvait pas voir son regard, posé sur le paysage rouge. Il pouvait voir le paysage peint, sans doute, le dos du jeune inconnu, ses épaules et sa nuque, visiblement noués, tendus, dans une position presque de déséquilibre, tout le corps penché vers la toile, objet de ce regard qu'on pouvait supposer minutieux. Fasciné ?

Où est le tableau, aujourd'hui ?

Antoine s'écarte de la baie vitrée. Il avait à peine vu le paysage, en pente douce, irrégulière, vers le fleuve, coupée de mamelons herbus, de bosquets d'arbres. Il n'avait pas remarqué un train de péniches sur la Seine. Ni entendu le son d'une cloche, là-bas, sur la droite, du côté de Freneuse. L'espace devant son regard, limité par l'encadrement de la baie vitrée, n'avait été qu'une sorte d'écran pour les images de son souvenir.

Il s'en écarte, désormais.

Il se demande où est passé le paysage rouge. Il éprouve le désir soudain de le contempler, très fort. Violent, même. Il se souvient que la toile appartient à un collectionneur américain. Impossible, donc. Du moins dans l'immédiat.

Autrefois, pour finir, Juan s'était retourné. Son regard exprimait une sorte de jubilation. Il avait ri, d'un rire bref, triomphant.

— C'est un commencement, n'est-ce pas ? avait-il dit. Ou un re-commencement ?

En détachant la première syllabe.

C'était exact, quelque chose de nouveau commençait dans le travail d'Antoine, avec cette toile. Une nouvelle manière d'explorer le monde, la peinture, les rapports entre l'une et l'autre. Mais l'inconnu — il ne dirait son nom que plus tard, Juan Larrea, plusieurs heures plus tard, après une conversation en apparence décousue, qui tournerait sans cesse autour de ce paysage rouge, dans un tourbillon d'idées, d'allusions, de références — ne lui avait pas laissé le temps de répondre. Il avait expliqué lui-même, péremptoire, malgré le ton apparemment interrogatif de ses propos, pourquoi le rouge du ciel et de l'eau — dans ce paysage où il y avait plein de ciel, sur la saignée rectiligne d'un canal —, pourquoi ce rouge était forcément originaire, inaugural.

Mais il entend la voix de Franca. Il semble que le café soit prêt.

Quand il veut le savoir, il sait très bien à quel moment de l'année dernière ils ont pu se retrouver à Madrid. « Tu viens avec moi à Toledo ? avait-il demandé à Franca. — Tolède ? disait-elle. — Non, Toledo, dans l'Ohio. » Elle s'étonnait, secouant sa courte crinière. « Seigneur, l'Ohio ! C'est dans les westerns, non ? » Il la regardait boire du thé à petites gorgées. « Il y a un très beau musée, paraît-il. En tout cas, ils ont un Greco superbe. » Elle l'observait, perplexe. « Tu vas voir les Greco à Toledo, Ohio, au lieu d'aller à Tolède, Espagne ? Ce n'est pas un peu compliqué ? Snob, même ? » Elle ajoutait aussitôt. « D'ailleurs, je ne suis pas sûre de vraiment aimer le Greco ! — Moi non plus », disait-il. Il riait. « J'ai une exposition, en avril, à Toledo, Ohio. Tu avais oublié ? » Visiblement, elle l'avait oublié. Elle était navrée.

Mais elle n'était pas venue à Toledo, Ohio, avec lui. Pendant trois jours, il n'avait pas réussi à la joindre au téléphone, de là-bas. Il y avait eu, dit-elle ensuite, des problèmes sur la ligne. Mais il sait, bien entendu, quand il veut savoir. Il ne veut pas savoir, habituellement. Soudain, cette carte postale ravive ses soupçons assoupis. Ou plutôt, son goût des désastres.

Il reprend la carte du *Passage du Styx*. Juan arrive tout à l'heure, dans l'après-midi ; il lui en parlera, c'est décidé.

CHAPITRE II

La fumée

1.

Il avait tourné la tête pour contempler la vallée de la Seine, sur sa droite.

Non pas que le paysage l'intéressât ou l'émût particulièrement. D'abord, il connaissait. Il savait bien qu'il allait apercevoir la centrale thermique, lovée dans une courbe du fleuve. Les bâtiments, les hautes cheminées, l'enchevêtrement de structures métalliques, sur la rive opposée, au ras de son regard, derrière un frêle rideau d'arbres.

Plus loin, plus haut aussi, sur la rive même que suivait l'autoroute en épousant la pente des collines, il y aurait une cimenterie. Une poussière blanche recouvrirait l'alentour. Ensuite, peu après, à la vitesse à laquelle Nadine conduisait la voiture, le péage de Mantes.

Le paysage, somme toute, ce samedi, vers le milieu d'un après-midi de printemps, ne l'intriguait pas de façon particulière.

Mais sans doute avait-il souhaité, par ce mouvement de son corps vers la droite qui effaçait de sa vision le profil de la jeune femme au volant, prendre quelque distance, fût-elle apparente, illusoire même, avec le récit qu'il commençait à trouver prolixe, parfois irritant, d'une soirée que Nadine avait passée au théâtre.

Enfin, peut-être était-ce beaucoup dire, théâtre. Ou pas assez, selon le point de vue.

Il semblait, en effet, s'il avait bien suivi les méandres de la narration de Nadine, que les spectateurs devaient prendre un train spécial à la gare du Nord. Voie 13, départ à 20 h 40 très précises.

Il avait souri de l'enthousiasme avec lequel la jeune femme soulignait cette ponctualité. Fallait-il en féliciter le metteur en scène ou la porter tout bonnement au crédit de la S.N.C.F. ? Il s'était bien gardé de poser la question, trop ouvertement ironique. De toute façon, un quart d'heure après le départ de la gare du Nord, le petit train spécial où s'entassaient les spectateurs quittait les voies normales, du moins dans le récit de Nadine.

Après, ajoutait-elle, on pénètre au ralenti dans un paysage désolé, de cauchemar : usines en ruine, terrains vagues, hauts murs lépreux...

Il avait sursauté, piqué au vif par cette accumulation de poncifs, inhabituels dans le langage de la jeune femme.

Mais Nadine Feierabend poursuivait le récit de cette descente aux enfers. Tel était le titre, en effet, à peu de chose près, du spectacle, *A propos de l'enfer*.

Quelque chose dans ce goût-là.

On finissait par arriver, disait-elle, dans une vaste cour entourée de barbelés. Des acteurs commençaient à se mêler aux spectateurs. Laurent Terzieff était le plus reconnaissable, superbe dans un long manteau de cuir : sorte de fantôme surgi de la nuit des temps.

Il se souvint que la même expression avait été employée par le critique d'un hebdomadaire parisien. *Laurent Terzieff, nouveau Virgile, fantôme superbe surgi de la nuit des temps...*

Ça l'avait frappé, quelques jours auparavant.

Il se demanda pourquoi Nadine, généralement inventive, retombait dans des formules stéréotypées.

Des personnages en blouson de cuir font régner la discipline, racontait-elle. On sépare les hommes et les femmes, celles-ci sont revêtues de péplums blancs. L'angoisse commence à vous étreindre, dans la cour cernée de barbelés : on se croirait à l'entrée d'un camp de concentration !

Un goût amer lui vint à la bouche, dans le haut-le-cœur.

Il perdit contenance. Des années, des dizaines d'années même, de silence maîtrisé éclatèrent soudain comme une vitre, dans un bouillonnement d'horreur. Et de colère.

— Et le crématoire ? cria-t-il d'une voix subitement rauque. Il était où, le crématoire ? Au fond de la cour ? A droite ? Derrière des massifs d'azalées ?

Elle s'étonna de cette agressivité imprévisible, injustifiée. Lui aussi, à vrai dire. Il n'en revenait pas.

Ils eurent des mots.

Mais il détourna aussitôt l'attention de Nadine, éveillée par sa rage insolite. Il dévia le sens de celle-ci, en fit une question purement esthétique. Il lui expliqua pourquoi ce genre de théâtre lui paraissait insupportable.

— Le théâtre, Nadine, est un espace vide. Du

discours s'y déroule, y prend forme. Parfois s'y fige, aussi. Le verbe, alors, ne devient pas chair, mais graisse seulement : cellulite de l'emphase. Ou de la chaire, prêchi-prêcha. Bla-bla pédagogique. Dégénérescence du *Lehrstück* brechtien, chez un Heiner Müller, par exemple. Quoi qu'il en soit, il nous faut un lieu vide, des mots pleins. Et les corps et les mains et les voix des interprètes. C'est la plus noble définition : interprètes. Médiateurs d'un discours qui sans eux n'aurait pas de sens. Donneurs de sens et non pas de leçons, les acteurs. C'est la magie du théâtre : ce souffle, ce verbe, ce vide, ce rien, qui deviennent tout. Cette absence qui se comble, pour nous combler. Car nous sommes forcément là, dans la pénombre, assis, des spectateurs. Passionnés, parfois, dans le meilleur des cas. Mais passifs, forcément, par définition. Par essence. La seule action licite du spectateur, pendant le spectacle, est spirituelle. Imaginaire. Alors, Nadine, s'il faut qu'il bouge, qu'il prenne des trains, qu'il y mette du sien, physiquement, qu'il participe, comme on dit niaisement aujourd'hui, qu'il devienne acteur lui-même, tout est faussé, la magie s'évapore. C'est à la mode, tant pis pour le théâtre. L'événement, le drame, comme si vous y étiez. Mais justement, nous n'y sommes pas, ne pourrons jamais y être, nous sommes absents : métaphysiquement. La communion dramatique, c'est là son paradoxe, s'articule uniquement sur une absence, c'est une passivité passionnée. Si on supprime celle-ci, ça devient autre chose : une cérémonie, la foire du Trône, de la gymnastique collective, une assemblée populaire, un procès, n'importe quoi...

Mais c'était un peu plus tôt, quelque part du côté de Flins. Maintenant, il venait de tourner la tête.

Il aperçut la centrale électrique, c'était prévisible. Ce qui l'était moins, ce fut le nom écrit en lettres géantes au sommet de l'un des bâtiments longeant le fleuve : FORCHEVILLE. Il n'avait jamais remarqué, en effet, que la centrale portât le nom de Gilberte Swann. Comment ce détail capital avait-il pu lui échapper, depuis tant d'années ?

Mais ce n'était qu'un lapsus de lecture.

Au deuxième coup d'œil, tout rentra dans l'ordre. Le nom véritable était PORCHEVILLE. Il était même précédé d'un sigle qui interdisait tout vagabondage de l'imagination : E.D.F.

Il sourit.

Nadine poursuivait son bavardage. La voiture poursuivait sa route. La vie, le fleuve, les astres aussi, sans doute — mais invisibles dans le ciel laiteux de l'après-midi de printemps —, poursuivaient leur cours. Ou leur course. Ça tournait, en somme. C'était banal, un peu fade peut-être, mais vivable.

Il ne fallait guère en espérer davantage.

— D'ailleurs, disait Nadine, tu es de mauvaise foi. Oublie tes théories sur le théâtre. Tu détestes ce spectacle, tout bêtement parce que j'y suis allée seule. Mais pourquoi n'as-tu pas voulu venir avec moi ?

Il abandonna Gilberte et Albertine, qui voguaient ou vaguaient, divaguaient même, dans son vague à l'âme. Il se retourna vers la jeune femme vivante et vorace.

— Je suis avec toi, dit-il.

Nadine lui jeta un regard bref, haussa les épaules. Elle ne soupçonna pas la présence vaporeuse de

Gilberte Swann dans les parages, mais comprit qu'il l'avait un peu oubliée. Distrait, sans doute. Ailleurs, comme on dit.

Elle eut envie de reprendre l'avantage.

— Seule, précisait Nadine, ce n'est pas tout à fait vrai... Karel m'a accompagnée !

Ils furent face à face, une fraction de seconde. Elle lui livra son regard, pétillant de probité candide, d'autant plus pervers. Pervenche aussi : Nadine avait l'œil bleu.

Elle le détourna aussitôt pour surveiller la route.

Il fut pris d'une sombre envie de rire.

Il voyait le visage de la jeune femme, son profil pur, ses pommettes accusées. Il voyait la courbe de l'épaule appuyée au dossier, souple. La poitrine ferme et haute. Les cuisses découvertes par une jupe volontairement retroussée pour l'aisance de la conduite. Des images indécentes flottèrent dans son regard intime, comme des poissons d'aquarium. Des bulles chaudes et gazeuses lui alourdirent les reins, les paupières.

Une envie de rire où surnagea, d'abord, un brin de tendresse sensuelle, à constater la ruse féminine. Mais bientôt l'agacement prit le dessus. Elle n'avait rien compris à sa brusque colère angoissée, elle ramenait tout à sa propre personne. Croyait-elle vraiment, petite sotte, qu'il allait être jaloux d'une soirée avec Karel Kepela ? Emoustillé dans ses ardeurs languissantes par cette jalousie ? Elle en demandait trop. Il eut envie de la punir pour tant de sottise.

2.

Un an auparavant, à Nanterre, sur le plateau vaste et nu du théâtre des Amandiers, entre deux séances de travail avec ses comédiens, Karel Kepela souriait.

— Nous nous connaissons déjà, disait-il, à peine la cérémonie des poignées de main terminée.

Il avait pris ces mots de Karel pour une banale formule de courtoisie. Sans doute le Tchèque connaissait-il certaines de ses pièces. Ou bien avait-il lu son essai sur le baroque de Prague, c'était probable. Lui-même avait vu un film de Kepela, il savait sa réputation de metteur en scène.

C'est bien pour cela qu'il était venu le voir à Nanterre.

Il a donc hoché la tête, en acceptant cette formule de pure courtoisie intellectuelle.

Mais Kepela insistait.

— Vous vous souvenez? C'était à Karlovy Vary, au festival du film, en juillet 1966.

Il riait : quatorze ans déjà!

Mais Larrea devait avoir dans le regard la lueur sourde, quasi obtuse, de l'absence de souvenir.

— Mais si, rappelez-vous! s'exclamait Kepela. Dans le grand salon de l'hôtel *Pupp*!

Ce nom bref, qui claquait de façon presque obscène, a commencé à produire quelque effet. Ça bougeait, au loin, ça se dévoilait. *Pupp*? Quelque chose d'aigu se mettait à poindre.

— L'hôtel *Pupp*? disait-il. C'était ce nom-là?

Il se rappelait le festival de Karlovy Vary, bien

entendu, en 1966. Pourtant, aucun souvenir n'affleurait d'une rencontre avec Karel Kepela.

Celui-ci s'était renfrogné.

Mais le nom complet de cet hôtel de Karlovy Vary réapparaissait subitement dans la mémoire de Larrea.

— *Grand Hôtel Moskva-Pupp !* disait-il tout d'une traite.

C'était bien ça, l'autre approuvait. Cette précision ne semblait pourtant pas le réjouir.

— Si vous voulez, disait-il du bout des lèvres. Mais *Moskva* a été rajouté. Avant, c'était *Pupp*, sans plus !

Alors la musique se faisait entendre.

C'est façon de parler, sans doute. Aucune musique, en réalité, ne se faisait entendre sur la scène du théâtre de Nanterre, déserte maintenant que la répétition avait été interrompue. Presque déserte, du moins. Une comédienne se tenait au fond, espérait peut-être que la conversation de Kepela avec ce visiteur inopportun serait brève. A en juger par son âge et sa noble prestance — même en tenue de ville et vue de loin, dans la pénombre —, cette femme devait certainement interpréter le rôle de Volumnie.

De toute façon, la scène était silencieuse.

La musique, c'était dans sa tête, si tant est que celle-ci soit vraiment le lieu-dit de la mémoire. La musique commençait à sourdre, distante, mais distincte. C'était autrefois, quatorze ans plus tôt, dans la salle à manger de l'hôtel *Moskva-Pupp*.

Juan Larrea sourit. Il se souvint de Libuše. Elle tenait le premier violon de l'orchestre féminin qui agrémentait les soirées du *Pupp*. Car les soirées devaient déjà être ainsi, dansantes, avant qu'on ne rajoute *Moskva* au nom de l'hôtel, pour honorer la victoire du Grand Frère slave et soviétique.

A dire plus précisément, cet orchestre n'était exclusivement composé de personnes du sexe que lorsqu'il jouait des valses, ou bien des morceaux de Smetana, ce qu'il faisait de préférence. Mais lorsqu'il s'attaquait à quelque musique de jazz, un homme faisait son apparition parmi toutes ces dames, pour tenir la batterie.

Il écartait le lourd rideau de velours prune, au fond de l'estrade où se plaçait l'orchestre et venait prendre sa place derrière les dames à archet. Enfin, elles n'étaient pas toutes munies de cet accessoire. Il y avait dans l'orchestre un piano, deux guitares et divers instruments à vent. Mais seule la batterie était tenue par un homme.

Au moment voulu, donc, il apparaissait.

C'était un personnage de moins de quarante ans, probablement, à en juger par l'expression de son visage. Mais il avait des cheveux tout à fait gris. Il ne souriait pas, ne regardait que rarement les dîneurs attablés. Dans ce cas, ses yeux d'un gris très clair, glacé, distillaient une ironie hautaine, franchement condescendante. C'était un musicien hors pair, en tout cas, dont on pouvait se demander quel cataclysme biographique avait bien pu le condamner à ce médiocre exil balnéaire.

Mais à peine la série de morceaux de jazz prévus au programme était-elle close qu'il se levait et disparaissait derrière le rideau, comme une ombre, jusqu'au dîner dansant du lendemain. Pendant la journée, il était introuvable. Les démarches de Larrea pour le rencontrer s'étaient heurtées à une cotonneuse barrière d'incompréhension bureaucratique. Polie mais impénétrable.

Libuše, en revanche, était facile à trouver. Il l'avait eue tout le temps dans les jambes, c'est bien le cas de le dire.

Au *Moskva-Pupp*, le premier soir, on avait placé Larrea à une table au pied de l'estrade. Il avait failli repartir, demander qu'on le changeât de place, tellement le voisinage de l'orchestre lui sembla difficile à supporter. Il remarqua alors la jeune femme qui tenait le premier violon.

Libuše, dont il ignorait encore le prénom, se trouvait à quelques pas de lui, en surplomb. Elle était vêtue d'un complet de velours noir, ajusté, qui mettait sa silhouette en valeur. Mais c'est la vue de la cheville de la jeune femme qui le convainquit de rester à cette place. Entre le bord du pantalon étroit de velours lisse et l'escarpin verni, cette attache fragile et légère gainée de transparence soyeuse fit remuer son sang.

Il s'assit à la table, cherchant le regard de Libuše.

Mais Karel Kepela, quatorze ans après ce festival cinématographique s'impatientait.

— Mais si, voyons ! vous étiez à l'entrée du grand salon, vous parliez avec Tonda Liehm. Je suis arrivé avec Milos... Milos Forman. Un peu plus loin, assis à une table, il y avait Sadoul, sa femme, qui parlaient à Alain Resnais...

Karel accumulait les détails précis, les noms de gens célèbres, comme si cela pouvait donner du poids, de la vraisemblance, à l'évanescente vérité de son souvenir.

Le fait est que Larrea se rappelait tous ces détails.

Il revoyait les gestes de Ruta Sadoul, tournée vers Resnais, qui se tenait tout droit, lui, apparemment impassible. Un rayon de soleil jouait sur l'argenterie d'un service à thé, entre eux. Il se rappelait tous les détails. Mais la figure de Kepela n'émergeait pas, dans ce tableau de plus en plus vrai, criant, parlant du moins, de vérité.

Il fit semblant, pourtant.

Il s'écria que si, bien sûr, ça y est, ça me revient. Il parla à Karel de la conversation qu'ils avaient eue, avec Liehm et Forman. Ce qui était facile, car il se souvenait fort bien des propos échangés ce jour-là, en 1966, même s'il avait oublié la présence de Kepela.

De toute façon, il n'était pas venu à Nanterre pour parler à Karel d'un festival du film à Karlovy Vary, quatorze ans plus tôt. Il était venu lui parler de *Coriolan*. La presse avait annoncé que le Tchèque, obligé de choisir l'exil en France quelque temps auparavant, allait mettre en scène la tragédie de Shakespeare aux Amandiers. Or il se trouvait que Larrea était fasciné par cette pièce. Fasciné aussi par son destin au XXe siècle : des représentations de la Comédie-Française pendant les journées de février 1934, à Paris, jusqu'au montage de l'adaptation de Brecht, à Berlin, à l'époque des révoltes ouvrières sur la Stalinallee — qui avaient suscité un commentaire théâtral de Günter Grass, on s'en souvient, *Les plébéiens répètent l'insurrection* —, il semble bien que le *Coriolan* de Shakespeare a jeté le feu sombre de sa vérité contradictoire sur l'interminable dérision de notre époque.

C'est à cette occasion-là qu'il avait connu, ou reconnu, peut-être, Karel Kepela, un an auparavant.

3.

Il s'écarte de Nadine, de ses ruses féminines. Petite conne, pense-t-il.

Il se tourna vers la boucle de la Seine, en contrebas désormais. Il regarde le paysage, machinalement. Il n'y a plus à attendre qu'un bienheureux lapsus de lecture fasse apparaître le fantôme délicieux de Gilberte Swann.

Il tourne la tête, sans arrière-pensée. Il regarde la boucle de la Seine.

Son sang ne fait qu'un tour.

Dans la quiétude de l'après-midi d'avril, un panache de fumée couronne l'une des cheminées de la centrale électrique de Porcheville. Une fumée floconneuse, presque immobile, couleur de cendre grise, sur la boucle de la Seine.

Comme la fumée du crématoire, autrefois.

La fumée sur la colline de l'Ettersberg, autrefois, dans une mort antérieure.

Il essaye de résister au flot d'angoisse qui monte en lui. Il se force à regarder le paysage, avec méthode, sans parti pris, dans l'ordre naturel des reliefs et des perspectives. Il énumère les certitudes visibles. C'est la vallée de la Seine, se dit-il. Tu connais. C'est la centrale thermique de Porcheville, voyons, tu le sais bien. Nous allons chez Antoine et Franca, à Freneuse, passer le dimanche. Nous sommes samedi, le 24 avril 1982. Demain c'est l'anniversaire de Franca. Et ça fait aussi quarante ans que tu connais Antoine. Je m'appelle Juan Larrea.

Et je suis vivant. Vivant ! finit-il par crier, tout bas, dans le vacarme glacial de son sang.

Mais il avait beau s'accrocher à ces évidences minimes, rien n'y faisait. La fumée s'étendait sur le paysage, comme autrefois sur la forêt de hêtres : c'était la fumée du crématoire et il la contemplait d'au-delà sa propre vie. Ou d'en deçà ?

Il était réduit à néant par cette certitude inavouable. Il ferma les yeux, essayant de reprendre pied, comme un nageur roulé par la vague.

— Nadine, murmura-t-il, peu après.

La jeune femme venait de lancer des pièces de monnaie dans une corbeille du péage automatique de Mantes. Elle tourna aussitôt la tête vers lui, frappée par la nudité, la blancheur dévastée de ce murmure.

— Qu'y a-t-il ? dit-elle.

Il dévorait Nadine du regard, avec la peur panique — dont elle ne pouvait saisir le sens, certes — de la voir s'évanouir comme un mirage.

— Je voulais savoir si tu existais, si tu étais vivante, murmura-t-il encore.

Elle fut bouleversée par la certitude qui l'assaillit : s'il mourait dans mes bras, se dit-elle, c'est ce visage-là qu'il me montrerait. C'est son masque mortuaire que je contemple.

Elle ne devina pas ce qui lui arrivait, comment aurait-elle pu ? Elle craignit une crise cardiaque. Le cœur qui flanche, qui sait ? Elle réagit immédiatement, conduisant la voiture vers l'aire de stationnement du péage, située un peu plus loin. Peut-être y aura-t-il un médecin parmi les voyageurs y ayant garé leur voiture pour une brève halte.

Elle fit le tour de la voiture, vite, ouvrit la portière de son côté à lui, pour l'aider à sortir.

Il leva les yeux vers elle.

— Ça va mieux, dit-il.

Sa main droite effleura la cuisse de la jeune femme, sous la jupe légère.

Elle sourit, rassurée.

— En effet, je vois !

Il ferma les yeux.

Il eut envie de prendre Nadine dans ses bras — « mais non, pas toi, se dit-il, Franca sait, elle, c'est elle... » —, de tout lui dire. Jusqu'à l'épuisement des mots, du souffle, des sens. Elle était née bien longtemps après cette mort ancienne, mais elle avait un rapport familial, quoique imaginaire, avec cette ancienne souffrance. Des Feierabend proches d'elle avaient connu cette mort-là. Ils avaient connu la fumée des crématoires sur la plaine d'Oswiecim.

Justement, ils en étaient morts, partis en fumée. Lui se souvenait encore, abominable privilège. Il avait une mémoire pleine de cendres.

Mais il ne dirait rien.

Il gardait le silence depuis tant d'années qu'il n'était plus possible de parler, désormais. Une parole si tardive paraîtrait suspecte, de surcroît.

Nadine se penchait vers lui et l'embrassait légèrement sur les lèvres.

— Que t'est-il arrivé ? demanda-t-elle. J'ai eu l'impression de voir...

Elle allait nommer la mort, mais se retint.

— De voir la vie refluer de ton visage, conclut-elle, contournant l'incontournable.

Il fut debout contre elle, il sourit.

— Un éblouissement, dit-il. Une sorte de malaise métaphysique.

Il lui montra le monde, alentour.

Les arbres, les collines, l'agitation des hommes au travail, les infinies nuances du vert printanier, les nuages floconneux, les bleus changeants d'un ciel rapiécé de bleu. Il ne lui montra pas la fumée, il n'y avait plus de fumée. Elle ne flottait plus sur la vallée de la Seine, ni sur les plaines de Thuringe ou de Pologne. Elle ne flottait que dans son souvenir. Quand nous serons tous morts, pensa-t-il, y croira-t-on encore ? Une idée lui vint, terrible dans son évidence, mais il s'efforça de la chasser, il se tourna vers Nadine.

— Pourquoi y a-t-il de l'être, du *Dasein*, plutôt que rien, plutôt que le néant ? proclama-t-il, avec juste assez d'emphase pour que la jeune femme perçût la dérision.

Mais elle eut l'impression confuse qu'il détournait la conversation, qu'il occultait la vraie raison de son malaise. Peut-être était-il malade ? Irrémédiablement ? Atteint de quelque longue et douloureuse maladie, comme on dit d'habitude ? Elle se rêva douce et patiente auprès de lui, vestale de ses vieux jours.

— Faisons quelques pas, disait-il.

Ils marchèrent ensemble.

Brusquement, il s'arrêta, la tourna vers lui, mit ses mains sur ses épaules.

— Karel a très envie de toi, Nadine, lui dit-il. Il s'imagine même qu'il est amoureux. C'est ce qu'il m'a affirmé, du moins. Car il joue cartes sur table, n'est-ce pas ? Ça doit être un reste d'attachement à la vertu révolutionnaire. Ou la découverte au contraire du cynisme post. Quoi qu'il en soit, laissons-lui l'illusion de cette vérité... Ou la vérité de cette illusion...

Il s'interrompit.

Son regard brillait d'une sorte de désespoir allègre. Mais absolu.

— Quand je l'aurai décidé, si je le décide, ce qui n'est pas certain, reprit-il, d'une voix à peine audible.

Nadine sursauta, lorsqu'elle eut deviné ce qu'il allait lui dire.

— C'est moi qui te donnerai à Karel, conclut-il.

Elle eut envie de crier, de le battre. Le sang lui monta aux joues. Elle lui fit face, poings fermés, avec une ardeur de révolte. Mais son regard à lui était tellement nu, neutre ; tellement dépourvu de perversité, d'espoir aussi, qu'elle courba la tête, remplie de honte et de désarroi. De violente douceur, ensuite. Etrangement.

Si tel est ton bon plaisir, pensa-t-elle. Mais c'était façon de penser, bien sûr. Il ne s'agissait pas forcément de plaisir, ils le savaient tous deux.

CHAPITRE III

Feuerabend

1

Six mois auparavant, en octobre 1981, la jeune femme avait marché vers lui, au cours d'une soirée.

Elle avait vu, disait-elle, sa dernière pièce, à l'Athénée. Elle aimerait lui poser une question, lui disait-elle, à ce propos.

— Nadine Feierabend, s'était-elle présentée.

— Tout un programme, dit-il en s'inclinant.

Son regard l'avait parcourue des pieds à la tête.

— Du moins, je l'espère !

Son ton était d'une indécente assurance masculine, avait trouvé Nadine.

— Je ne vois pas, dit-elle, agacée.

Ça commençait de travers.

Elle eut envie de tourner les talons, le laisser planté là.

— Vous ne savez pas ce que signifie votre nom ? demanda-t-il, jouant la surprise.

Mais il avait perçu son recul. Il lui retint le bras, légèrement.

— Feierabend, enchaînait-il, c'est la fin de la journée de travail ! *Soir de loisir :* si vous étiez chinoise, tel serait votre nom.

« A l'aube, ajoutait-il, retenant toujours son bras, des sirènes hurlent dans les banlieues industrielles, appelant au dur labeur quotidien. Mais le soir, des voix joyeuses crient à travers les ateliers : *Feierabend! Feierabend!* Elles annoncent le repos du travailleur, qui vaut bien celui du guerrier, ne trouvez-vous pas ?

La jeune femme se détendait.

Elle posa les questions qu'elle avait à poser, à propos de la dernière pièce de Larrea, *Le Tribunal de l'Askanischer Hof.*

Franz Kafka se tenait très droit sur son siège, il ne disait rien. Il respirait de façon saccadée, la bouche entrouverte. C'est Grete Bloch qui parlait, avec la véhémence du désespoir, semblait-il. Il faisait chaud, nous étions en juillet. Une grande guerre allait bientôt éclater. Erna s'épongeait les tempes. Ensuite, le serveur en veste blanche arrivait de la gauche avec des boissons.

Un salon de l'hôtel avait été réservé pour cette cérémonie familiale. D'un certain point de vue, dans certaines familles, une rupture de fiançailles est aussi une cérémonie. Kafka qualifia celle-ci de « cour de justice », mais c'est son opinion personnelle : ça n'engage que lui.

Le salon était rempli de plantes vertes, qui entouraient les personnages, les cachaient à demi. A l'arrière-plan, le dispositif scénique prévu par Kepela au théâtre de l'Athénée permettait d'apercevoir le jardin de l'*Askanischer Hof*, l'hôtel berlinois cher à Kafka. Celui, du moins, où il avait ses habitudes. Où il savait à quoi s'en tenir, à quoi s'attendre, quitte à ce que ce fût au pire.

Au moment où le serveur disposait sur la table les boissons fraîches, Grete interrompit son parlement. Franz Kafka fermait les yeux, accablé. Ou bien soulagé ? Comment savoir, avec quelqu'un d'aussi génialement sournois ? Derrière lui, en tout cas, visibles au-delà de la large baie vitrée en rotonde du salon, trois personnages arrivaient dans le petit jardin touffu. Trois messieurs, habillés à la mode de la fin du XIXᵉ siècle, bourgeoisement. L'un d'eux, le plus âgé, s'appuyait sur une canne placée entre ses genoux. Ils parlaient, assis autour d'un guéridon. On n'entendait pas leurs paroles, bien entendu. On voyait bouger leurs lèvres. On voyait leurs gestes d'assentiment ou d'intérêt. Mais on n'entendait que Grete Bloch, au premier plan, qui avait repris sa diatribe.

Plus tard, vers la fin de la pièce, le dispositif scénique tournait sur lui-même. C'est le jardin de l'*Askanischer Hof* qui était désormais au premier plan.

Le monsieur à la canne, le plus âgé des trois, était Franz Grillparzer, auteur dramatique viennois. Il racontait aux deux autres — faciles à reconnaître maintenant qu'ils étaient tout proches : Gustave Flaubert et Fiodor Mikhaïlovitch Dostoïevski — la mort de Heinrich von Kleist.

Grillparzer avait dix-neuf ans, en 1810, lorsqu'il rencontra Kleist, qui en avait trente-trois, et qui allait se suicider l'année suivante. Aujourd'hui, lorsqu'il parlait avec Flaubert et Dostoïevski, dans le jardin de l'*Askanischer Hof,* c'était la fin de l'été 1871. Certains détails de la conversation permettaient, en effet, de dater assez précisément la scène. Ça devait être quelques mois après l'écrasement de la Commune de Paris. Commentant l'événement, Dostoïevski avait proclamé — obtenant aussitôt l'approbation de Flaubert ; seul Grillparzer s'était gardé de donner son avis à ce sujet — : « Que peut-on attendre du rêve d'un paradis sur terre ? Après l'expérience de 1848, ce mouvement témoigne d'une impuissance dégradante à annoncer quoi que ce soit de positif. »

Mais les propos sur la Commune ne furent qu'une brève digression. Une très courte parenthèse. Ils en revinrent aussitôt à Kleist, à son suicide. Ils en revinrent au seul sujet qui les intéressât vraiment : la littérature. D'un commun accord, avec force, Flaubert et Grillparzer déclarèrent qu'il fallait choisir : l'écriture ou la vie. Toute vie, et surtout la vie conjugale, est néfaste pour l'écriture. Ils se tournaient vers Dostoïevski, inquisiteurs, vaguement écœurés : Comment arrivait-il à survivre, c'est-à-dire, à écrire, avec une vie comme la sienne ? Pas d'argent, une jeune femme, enceinte de surcroît ? Ce dernier aspect de la situation semblait révolter particulièrement le Normand et le Viennois. Anna Grigorievna était une vraie poule pondeuse, apparemment. Comment Dostoïevski organisait-il sa vie, à Dresde, avec une petite fille en bas âge, une femme écervelée et sentimentale, enceinte jusqu'aux dents ? C'était l'enfer, non ? Il fallait choisir, une bonne fois pour toutes, Fiodor Mikhaïlovitch : l'écriture ou la vie !

Dostoïevski essayait de leur expliquer, d'une voix calme, comment ça se passait pour lui. Ce qui était comique, objectivement, c'est qu'il écrivait *Les Démons*, à cette époque-là. Avec une femme enceinte, un bébé pleurard, un logement insupportable, à

Dresde. *Les Démons :* ça remettait tous ces discours à leur juste place, d'une certaine façon !

Nadine Feierabend avait aimé ces scènes.

Toutefois, les moments qui l'avaient davantage émue, dans *Le Tribunal de l'Askanischer Hof,* c'étaient ceux, à deux reprises, où le dispositif scénique faisait s'écarter et disparaître l'espace clos du salon de l'hôtel ; où le jardin minuscule et touffu s'élargissait pour devenir le Tiegarten berlinois, dans lequel, comme au centre d'un rêve, ou d'un souvenir, ou d'un désir de mort éperdu, Franz et Felice se promenaient, en parlant : des conversations entrecoupées de longs silences.

Elle avait donc apprécié les brèves scènes où apparaissaient Grillparzer, Flaubert et Dostoïevski. Elle avait compris, bien entendu, le rapport de leurs propos avec le problème même de Kafka : la question de ce choix entre une vie normale — avec femme, enfants aussi, probablement, quelle angoisse !, dans un appartement rempli de meubles solides, confortables, dont la seule apparence symboliserait le confort et la solidité d'une union conjugale ; de quoi se jeter par la fenêtre ! —, entre une vie ainsi faite, ou défaite, et la littérature.

Mais pourquoi précisément ces trois écrivains-là ?

— Quatre, avait dit Larrea.

— Comment ?

Il l'entraînait vers un endroit plus calme.

— Quatre écrivains, disait-il. Le plus important étant sans doute Kleist. Le récit que Grillparzer fait de son suicide.

— D'accord, quatre. Mais pourquoi ceux-là ?

D'où vous vient cette idée surprenante ? Superbe, par ailleurs !

Il prit au passage un verre d'alcool sur un plateau. Elle refusa.

— De Kafka lui-même, bien sûr !

Il but une gorgée, la regardant dans les yeux.

— Je suis un auteur sans imagination. Je ne travaille que sur la réalité des textes.

Il allait ajouter, à cause de son goût ironique pour le renversement feuerbachien des formules : ou les textes de la réalité. Mais il se retint. Il y avait mieux à faire que de l'esprit avec cette jeune femme, pensa-t-il soudain.

— Quel texte de Kafka ? demandait Nadine.

C'est à cet instant précis qu'ils comprirent en même temps ce qui allait se passer entre eux. Que quelque chose allait se passer, plutôt. Ce qu'on appelle une aventure : mot équivoque qui qualifie aussi bien les passades, foucades, petits moments de bonheur sensuel, que les vraies histoires : celles où il y a des images, des mots, de la mémoire, des rêves, de la souffrance, du fantasme et de l'ange. Mot équivoque sans doute parce que la situation l'est aussi : moment exquis de la rencontre, de l'incertitude, des signes devenant lisibles dans les yeux et les lèvres de l'autre, du sang qui s'épaissit soudainement, du cœur qui se met à battre de différente façon ; moment où rien n'est encore clair, tout est possible ; où on ne sait pas si on va prendre, se laisser prendre, pour aussitôt se déprendre, dans la gratitude provisoire ou l'indifférence amusée, l'impression de fiasco, ou même le dégoût vague ; ou bien si c'est pour la vie.

Il sourit, en butant sur ce grand mot : la vie.

Il effleura son poignet, pour l'entraîner encore. Il venait de voir apparaître Kepela, qu'il avait quitté quelques minutes plus tôt, dans une autre pièce. Le Tchèque les observait attentivement. Il entraîna Nadine, lui caressant le poignet, pour retarder l'instant, inévitable, où Karel viendrait leur parler.

— C'est dans une lettre de Kafka à Felice Bauer que j'ai trouvé l'origine de ces scènes, dit-il.

Il tenait toujours de sa main droite le poignet gauche de la jeune femme. Du sang circulait entre eux, de l'un à l'autre, par cette surface minime de peau, cet impalpable attouchement charnel. Il pensa au titre d'une pièce de Grillparzer qu'il connaissait bien, *Des Meeres und der Liebe Wellen*. Une vague d'amour, c'est vrai, un océan de bonheurs et de petites morts se formait dans le tréfonds, dans les pulsions à peine perceptibles de leur sang. Ils se regardaient.

Le bleu de l'œil de Nadine était un ciel d'orage.

— *Luces de cruce, señorita, por favor*, murmura-t-il.

— Comment ? Quoi ? dit-elle, dans un souffle.

— Mettez le feu de votre regard en code, mademoiselle, vous m'éblouissez... C'est un compliment espagnol !

Elle rit, rougit légèrement, secoua la tête, revint à son propos. Mais elle laissa son poignet dans la main de l'homme.

— Que disait Kafka ?

— A peu près ceci, dit-il. Que des quatre écrivains dont il se sentait le plus proche, Grillparzer, Dostoïevski, Kleist et Flaubert, Dostoïevski était le seul à s'être marié et sans doute Kleist le seul à trouver la véritable issue, en se donnant la mort.

Elle hocha la tête.

— On m'a dit une fois qu'il ne fallait pas lire ces lettres de Kafka, que c'était indécent.

— On vous a dit une sottise, dit-il, tranchant.

Il l'attira encore plus près de lui. Les glaçons firent un bruit de cristal qui se brise, dans le verre d'alcool qu'il tenait de sa main libre : sans doute tremblait-elle.

— Tout est indécent dans la vie, *liebes Fräulein F.*, cette initiale étant ici pour Feierabend, bien sûr ! dit-il d'une voix enjouée. Entre le sein maternel et le cercueil, seules demeures de l'homme où il puisse avoir une position convenable, une attitude innocente et digne, tout le reste est indécent ! Le comble de l'indécence étant certainement l'écriture, puisqu'elle redouble et magnifie celle de la vie.

Mais rien ne pouvait empêcher Karel Kepela d'essayer de satisfaire sa curiosité. Il fut soudain à leur côté.

— Je m'en vais, Juan, disait-il.

Ils attendirent, il était toujours là.

— Tu me présentes ? insista-t-il.

Juan Larrea vida son verre d'un trait.

— Nadine Feuerabend, dit-il.

La jeune femme sourit, elle tendit machinalement la main à Kepela. Brusquement, elle prit conscience du minime changement que Larrea avait introduit dans son nom pour la présenter. Une voyelle de changée, c'est tout : un *u* pour un *i*. Elle se tourna vers lui, avec un éclat de rire sauvage, une sorte de langueur brutale envahissant son corps. Feuerabend ! *Soirée de feu* : tel serait mon nom si j'étais chinoise, pensa-t-elle. Elle en accepta l'augure, la promesse, le risque.

Feuerabend, chiche !

51

2.

Mais il n'avait remarqué Nadine qu'à la fin de cette soirée, lorsqu'il prenait congé de la maîtresse de maison.

Avant, il avait bu quelques verres, échangé d'un groupe à l'autre des propos graves ou futiles, mais avec indifférence, aussi bien dans l'un que l'autre cas. Tous les invités à cette soirée étaient supposés intelligents, du moins cultivés. Ils étaient souvent beaux, par ailleurs. Belles plutôt : c'est les femmes qu'il regardait, ça ne surprendra pas.

Il était venu dans l'espoir de trouver Franca Castellani. C'était, en effet, le genre de lieu, de milieu, que Franca aurait pu fréquenter, à l'occasion, même si Antoine n'avait pas souhaité l'accompagner. Depuis plusieurs semaines, il éprouvait le besoin quasi physique — s'inscrivant dans son corps, autrement dit, comme une faim, une soif, un malaise, une image obsédante, un rêve, un battement du sang : un désir, somme toute — de revoir Franca.

N'aurait-il pas pu l'appeler au téléphone, tout simplement ?

Trop, sans doute. Impossible, à vrai dire. Impensable, même. La longue histoire de leur relation était trop chargée de mystères, de non-dits, d'interdits, d'élans et de ruptures, pour qu'il osât un geste aussi direct qu'un coup de téléphone. Tellement primitif après d'aussi longues semaines de silence, de délit de fuite : délire de fuite. Il fallait écrire à

Franca. Ou laisser faire le hasard, quitte à donner un coup de pouce à ce dernier.

Mais Franca de Stermaria ne semblait pas vouloir se montrer, ce soir-là. Il l'avait attendue en vain.

Au fond de l'un des salons, en revanche, dans un recoin tranquille où il y avait des roses, un ramoneur d'Eduardo Arroyo et tout un pan de mur tapissé de pléiades, il avait trouvé Kepela.

Sur une table basse, devant celui-ci, s'étalaient les pièces d'un jeu d'échecs ancien.

Il s'était assis en face de Karel.

— Bravo! dit-il, tu sais choisir un cadre pour te mettre en valeur!

Le Tchèque bougea un pion, puis leva son regard. Une sorte d'éclair bleu, très pâle, strié de scintillements ironiques.

— Je suis metteur en scène, dit-il d'un ton qui allait de soi.

— Je te croyais à Merano, dit Larrea.

L'autre haussa les épaules.

— J'ai fui après la neuvième partie de samedi dernier.

Ses mains s'agitèrent.

De longues mains dures et belles, virevoltantes.

— Au septième coup, dit-il, Karpov a transformé un gambit de la dame refusé en gambit accepté. Ensuite, ça a été un désastre pour Kortchnoï!

Kepela déplaça une nouvelle pièce sur l'échiquier.

— Il fallait à tout prix que les blancs empêchent Karpov d'installer une tour en d5, murmura-t-il.

Il tapait du bout du doigt sur la case mentionnée. Son regard se leva, pour fixer celui de Larrea.

— Kortchnoï est perdu, dit-il, catégorique.

Il semblait y attacher une importance considérable.

— Une partie d'échecs, dit Juan. D'abord, je n'y comprends pas grand-chose, à ce jeu. Et puis ce n'est quand même pas la fin du monde !

La fin du monde, pensa Karel, a déjà commencé. On connaît même la date exacte de ce commencement. La fin d'un monde, du moins, de notre monde. Qui n'est pas celui de la douceur de vivre : seuls les imbéciles font semblant de croire cela. Rien n'est plus loin de la douceur que la vraie vie. La fin du monde de la vraie vie, voilà.

Il se souvint de la neuvième partie.

Depuis le début de cette finale du championnat du monde, à Merano, le 1er octobre, Kortchnoï et Karpov s'étaient mutuellement ignorés. Pas une poignée de main, pas un mot, pas même un geste d'échangés. Mais ce jour-là, à la fin de la neuvième partie, ils s'étaient subitement adressé la parole. Alors que Karpov innovait, au septième coup, et que Kortchnoï plongeait visiblement dans une réflexion crispée, inquiète, le champion du monde en titre avait eu un sourire ambigu, sans doute ravi de son astuce et du désarroi de son adversaire. « Si vous continuez à sourire pendant que je réfléchis, s'exclama le dissident Kortchnoï, je vais vous traiter de fasciste ! »

De nouveau, l'enjeu de cette finale dépassa les limites de l'univers des échecs.

Karel Kepela secoua la tête. Une sorte de fièvre intérieure habita son apparente immobilité.

— Non, dit-il, pas la fin du monde. Mais je suis assez porté sur les présages, ces derniers temps ! Si Kortchnoï est encore battu, l'hiver va être rude pour l'Occident.

Il fit un geste d'indifférence, comme s'il voulait se faire pardonner cette emphase.

Mais Juan n'arrivait pas à s'intéresser pour de bon au destin de l'Occident, ce soir-là. Il ne s'intéressait qu'à Franca Castellani, épouse de Stermaria. C'était le seul morceau d'Occident qu'il rêvât de posséder.

Un peu plus tôt, en parcourant les salons à sa recherche, il n'avait pu s'empêcher de sourire, à constater qu'il employait l'adjectif *lancinant* pour qualifier le besoin qu'il avait d'elle : le désir de la revoir. Le lancinant besoin de Franca. Je finirai par m'exprimer comme Delly, avait-il pensé, se moquant de cet adjectif de son parler intime.

Pourtant, le mot était juste, parfaitement ajusté. C'est vrai que c'était déchirant. C'est vrai que ce désir, comme dans la définition des dictionnaires, se faisait sentir par des élancements aigus. Qu'il obsédait en tourmentant. C'est même parce que c'était vrai que ça pouvait devenir un cliché.

Mais Karel le regardait avec une sévérité mêlée d'ironie. Ou vice versa.

— Tu n'as pas l'air de t'intéresser au destin de l'Occident, ce soir ! disait-il.

Juan souriait, hochant la tête.

— Une femme ? demandait Kepela.
— Encore mieux : l'absence d'une femme.
Kepela leva les bras au ciel.
— Rien de mieux, tu as raison ! s'écria-t-il. L'absence d'une femme qui marque toutes choses de sa lumière, qui les obscurcit par son rayonnement même. L'absence d'une femme qui rend présent le monde, dans l'angoisse et l'espoir !

Larrea sifflota.

— Tu causes bien, pour un immigré d'Europe centrale !
— Je la connais ? demanda Karel.
— Non... C'est un secret.
— Envers qui ?
— Envers tout le monde, dit Larrea. Envers moi-même aussi, parfois.

Ils demeurèrent silencieux.

L'absence d'une femme comblait leur silence. De deux femmes, plutôt. Kepela, quant à lui, pensait à Ottla, avec une joie qui se mêlait de nostalgie. Il l'avait retrouvée à Venise, au retour de Merano. C'est même pour retrouver Ottla qu'il avait quitté Merano, à vrai dire. Et non pas parce que Kortchnoï s'y faisait battre à la finale du championnat du monde d'échecs.

L'absence d'une femme — deux femmes : la femme — comblait leur silence de lancinants accords.

Mais Karel revint à son propos.

— De toute façon, dit-il, on ne pouvait s'attendre à rien de bien joyeux, à Merano !

Tout semblait dit d'un mot, d'un nom. Un mince sourire avait suffi, réciproque, pour souligner cet accord.

Ils pouvaient désormais garder le silence. Comme on garde un trésor, un secret de famille, un souvenir troublant, une femme dans ses bras, une cicatrice de l'âme : Merano.

CHAPITRE IV

La « *Dialectique* » de Véronèse

1.

— Tu connais le portrait de la Dialectique, par Véronèse ? avait demandé Kepela, au terme du long silence entre eux.

Juan le regarda avec attention, puis éclata de rire.

— *Ace!* s'exclama-t-il. Pouce ! Ma langue au chat ! Tu m'en vois tout bête, bouche bée, béat ! De quoi parles-tu, mon semblable, mon frère ?

Karel n'était pas mécontent de l'avoir pris de court. Il se rengorgea, déplaçant un fou sur l'échiquier.

Habituellement, Larrea avait réponse à tout. A presque tout. Du moins quand il s'agissait de littérature, de beaux-arts. Sur Merano, par exemple, il était incollable. C'est vrai qu'il avait vécu un an avec Franz Kafka — avec ses livres, ses lettres, ses carnets, son journal —, pendant qu'il écrivait *Le Tribunal de l'Askanischer Hof*. Mais enfin Nicolaï Nicolaïevitch Krestinski n'avait apparemment rien à voir avec Kafka, avec les lettres à Milena encore moins. Et pourtant, Larrea connaissait l'épisode de Krestinski à Merano.

C'était aux Amandiers de Nanterre, un soir, quelques mois auparavant. Larrea assistait parfois aux répétitions de *Coriolan*, depuis qu'il avait décidé de confier au Tchèque la mise en scène de sa prochaine pièce.

Ce soir-là, donc, Kepela lui avait parlé du dispositif scénique qu'il avait imaginé pour celle-ci. Le jardin de l'*Askanischer Hof*, au fond du décor, derrière le salon, viendrait au premier plan, pour les scènes dialoguées entre les écrivains chers à Kafka. Il pourrait s'élargir aussi, ce jardin, pour les scènes du Tiergarten entre Franz et Felice.

Tout naturellement, après que Larrea eut approuvé cette idée, ils en étaient venus à parler des lettres de Kafka. Pas seulement de celles qu'il écrivit à Felice Bauer, dont Larrea s'était inspiré pour sa pièce, mais aussi de celles qu'il adressa, quelques années plus tard, à Milena Jesenskà, alors qu'il faisait une cure à Merano.

Car Merano n'est pas seulement la petite ville — station thermale et lieu de cure — des Alpes dolomitiques, aujourd'hui italiennes, autrichiennes autrefois, où allait se dérouler, en octobre 1981, la finale du championnat du monde d'échecs. C'est aussi à Merano que Franz Kafka vint une fois soigner son mal, la longue et douloureuse maladie de sa vie. (De la vie?) C'est à Merano, à la pension Ottoburg, qu'il commença d'écrire à Milena les lettres de l'amour fou.

— Il n'y a pas que ça, avait dit Juan, ce soir-là, laconique.

Kepela sursauta. Il fut aussitôt certain que l'autre

voulait faire allusion à Krestinski, qu'il allait lui en parler, tout de suite.

— Il y a aussi Krestinski, dit Larrea, en effet.

Kepela respira profondément.

Ça l'agaçait, à la fin, que Juan eût investi le même territoire imaginaire que lui. Car ce n'était pas la première fois que ça se produisait : ils semblaient avoir les mêmes obsessions, ils étaient hantés par les mêmes personnages. Mais Merano, quand même, c'était son domaine à lui ! Larrea ne pouvait y être qu'un intrus.

— Parce que tu connais aussi l'épisode Krestinski ? demanda Kepela d'une voix sifflante.

Larrea tourna vers lui un regard faussement candide.

— Tout le monde connaît, voyons !

C'était quelque peu excessif.

Tout le monde ne sait pas, en effet, que Nicolaï Nicolaïevitch Krestinski, vieux bolchevik, revenant sur ses aveux lors de la première séance du procès du « Bloc des droitiers et des trotskistes », le 2 mars 1938, à Moscou, refusa de se reconnaître coupable, au grand scandale du tribunal, du procureur Vychinski, et même — surtout, peut-être — de ses coaccusés.

« Je ne me reconnais pas coupable, proclama Krestinski, à peine le président du tribunal avait-il commencé l'interrogatoire des inculpés. — Je ne suis pas trotskiste. Je n'ai pas fait partie du " bloc des droitiers et des trotskistes ", dont j'ignorais l'existence. Je n'ai pas non plus commis un seul des crimes qui me sont imputés. »

L'un de ces crimes était l'organisation d'une rencontre clandestine avec Trotski ; à Merano, précisément, en octobre 1933. Rencontre totalement imaginaire, bien entendu. A cette époque, Trotski était à Saint-Palais, en France, assigné à résidence : il ne pouvait pas se déplacer d'un kilomètre sans avoir l'inspecteur Gagneux à ses trousses. C'est le N.K.V.D. qui avait imaginé cette rencontre, bien entendu.

Mais il était question de la Dialectique, pour l'instant. Non pas du dernier grand procès de Moscou, en mars 1938, où se retrouvèrent au banc des accusés Krestinski et Rykov, Yagoda et Boukharine, entre autres. (Bien qu'un certain rapport entre ce dernier événement particulier et la Dialectique, en général, ne puisse être exclu sans y réfléchir plus avant.)

Kepela venait de demander à Larrea, après le long silence complice provoqué par l'évocation de Merano, s'il connaissait la Dialectique de Véronèse.

Et il n'était pas mécontent d'avoir pris son ami en flagrant délit d'ignorance.

Il omit de dire, bien sûr, qu'il avait lui-même découvert la Dialectique — celle de Véronèse, s'entend : l'autre, il n'avait cessé d'avoir à faire avec elle, d'en pâtir, tout le long de sa vie — quelques jours plus tôt seulement. Et encore, tout à fait par hasard. Ou plutôt, grâce à Ottla, à sa façon systématique de visiter les musées, guides, catalogues et ouvrages de référence en main. Dans ce cas, d'ailleurs, il ne s'agissait pas d'un musée, mais du palais des Doges. De la salle du Collège, plus précisément.

Ottla lisait le guide et énumérait les huit Vertus dont les portraits ornent le plafond de la salle : la Modération, la Simplicité, la Mansuétude...

Et justement, Karel l'écoutait avec mansuétude, sans

intérêt véritable. Non pas qu'il méprisât la peinture de Paolo Caliari, dit le Véronèse. Au contraire, il venait de passer un long moment, immobile, charmé, devant *L'Enlèvement d'Europe,* qui se trouve dans une autre salle du Palais ducal. Il en avait admiré la composition savante ; il avait été touché par la sensualité de la figure d'Europe : le mouvement alangui du corps ; l'écartement des jambes faisant plisser le lourd tissu de la robe ; l'admirable sein dénudé ; le visage pâmé, aux lèvres entrouvertes ; l'œil exorbité qui trahit la montée irrésistible d'un désir panique. Il avait pensé à une galerie possible des visages de femme chez Véronèse.

Il ne sous-estimait donc pas la peinture de celui-ci. Mais il était parvenu, tout simplement, à ce point de saturation, inévitable lorsqu'on visite ou revisite une ville comme Venise, au galop, courant d'une église à un musée, d'une place adorable de beauté simple à un palais somptueusement baroque, où l'on ne sait plus distinguer le vrai du faux, le beau du toc.

Ottla poursuivait pourtant son énumération vertueuse : la Fidélité, la Prospérité, la Vigilance, la Dialectique... Elle s'interrompit tout net, leva les yeux, oubliant de nommer la huitième Vertu.

Karel sursauta.

— La quoi ? s'écria-t-il.

C'était quelques jours plus tôt à Venise, où Ottla était venue le retrouver.

— La Dialectique, dit la jeune femme, perplexe.

Ils regardèrent ensemble, serrés l'un contre l'autre, tremblants, le plafond de la salle du Collège.

Un genou à terre, devant le socle d'une colonne de marbre qui s'élève en amorce sur la partie supérieure droite du panneau peint ; avec un morceau de ciel bleu pommelé de nuages gris — d'un gris très clair, presque blanc — au-dessus d'elle ; le pied droit, nu, visible sous les plis de la robe ; le corps pris dans la torsion du mouvement qui lui faisait dresser la tête et les bras, la Dialectique de Véronèse était une opulente jeune femme blonde. Bon pied, bon œil : bon poids aussi. Mais nulle mollesse dans ces rondeurs dodues : une chair aussi ferme que la terre promise.

La Dialectique tenait entre ses mains un instrument bizarre : sorte de métier à tisser rudimentaire dont la toile aurait été arachnéenne. Mais littéralement : une véritable toile d'araignée se tissait entre les mains de la Dialectique. Toile où attraper les mouches engourdies du réel, sans doute.

Karel et Ottla s'étaient tournés l'un vers l'autre. Ils furent pris par une sorte de fou rire rentré, énervé.

— La Dialectique ! Enfin on sait à qui on avait à faire ! murmura Kepela.

Toute la journée du 2 mars 1938, se souvient-il, Nicolaï Nicolaïevitch Krestinski se défendit pied à pied, à Moscou, il revint sur toutes ses déclarations antérieures au juge d'instruction. Il nia tout, en vrac, sans faire le détail. Vychinski, l'habituel procureur à ces procès spectaculaires, visiblement surpris par cette attitude insolite, non prévue dans le scénario du drame à jouer par chacun des accusés, ne se laissa pourtant pas démonter. Il déploya tous les artifices de la Dialectique pour prendre Krestinski au piège, pour le mettre en contradiction avec lui-même, avec ses coïnculpés. Il interrogea ceux-ci, Bessonov, Rakovski, Rykov, Boukharine : il leur fit confirmer que Nicolaï

Nicolaïevitch était bien trotskiste, qu'il faisait bien partie d'un « bloc » clandestin antisoviétique, qu'il avait bien établi des rapports avec les services d'espionnage allemands dès 1921.

Krestinski s'acharna à nier, durant toute la journée. Pied à pied, le dos au mur, pris dans la toile d'araignée de ses mensonges antérieurs. « Vous prétendez nous dire la vérité maintenant, lui rappelait Vychinski. Donc vous mentiez avant. Vous avez menti au juge d'instruction. Délibérément, sans y être obligé. Car le juge d'instruction ne souhaitait connaître que la vérité. Mais si vous êtes un menteur, comment savoir quand vous dites la vérité ? La dites-vous quand vous affirmez dire la vérité ou quand vous affirmez avoir menti ? Si vous étiez un menteur devant le juge d'instruction, pourquoi ne le seriez-vous pas aujourd'hui ? »

A un moment donné, n'en pouvant plus, probablement, Krestinski eut un malaise, il demanda une interruption de son interrogatoire : juste le temps de prendre quelques comprimés. On reprendrait ensuite. Et Vychinski, grand dialecticien, vieil humaniste réel — on peut imaginer combien les observateurs diplomatiques occidentaux, les Davis et consorts, ont dû apprécier le geste ! — Vychinski de proclamer : « Si l'accusé déclare se sentir mal, je n'ai pas le droit de l'interroger davantage. »

Le salaud, pense Kepela.

Il tient Ottla serrée dans ses bras, dans la salle du Collège, sous le portrait de la Dialectique. Ottla pleure, elle sanglote contre son épaule. Mais il ne sait pas encore pourquoi elle pleure. Il boit ses larmes sur le bord des yeux meurtris. Il boit le sel de sa tristesse, mais il ne sait pas pourquoi elle pleure, en vérité. Il imagine que ses raisons sont similaires aux siennes, il ne sait pas encore dans quel abîme Ottla s'est laissé entraîner.

Il serre dans ses bras cette femme sanglotante. Des touristes plus raisonnables commencent à se tourner vers eux. Intrigués, sans doute. Peut-être même gênés par cette explosion de sentiments qu'ils ne peuvent pas croire attribuables à la seule peinture de Véronèse.

Nicolaï Nicolaïevitch Krestinski, que Vychinski déclare ne pas pouvoir interroger davantage, puisqu'il se trouve mal, vient de passer de longs mois soumis à la question ; soumis à la torture de la soif, de la privation de sommeil, aux brutalités les plus raffinées, au chantage moral ; coupé du monde extérieur, n'en recevant, ainsi que de sa famille, que les nouvelles que les organes policiers veulent bien laisser filtrer. Il est arrivé aujourd'hui, dans la salle d'audience, brisé, défait, consentant : devenu un vrai communiste, un véritable homme nouveau ; brindille d'herbe dans les mains du Dieu de l'Histoire, petite vis et minuscule rouage dans les mécanismes du Grand Appareil.

Et brusquement il nie. Il se révolte, il proclame le mensonge de toute cette mise en scène. Pendant toute une longue journée d'audience, il ose redevenir un individu, soi-même, moi, je : il a une mémoire personnelle, des valeurs, une conscience, un honneur à défendre.

Le lendemain — on dit que la nuit porte conseil, surtout dans les cachots du N.K.V.D. — dès l'ouverture des débats, Krestinski rentre dans le rang. Il redevient communiste, il dépose sa fierté d'homme sur l'autel du Parti, il participe de nouveau au long cortège des héros anonymes de la Révolution. « Hier, déclare-t-il — et on peut imaginer cette voix désespérée, ce débit monotone —, sous l'empire d'un sentiment fugitif et aigu de fausse honte, je n'ai pu dire la vérité, dire que j'étais coupable. »

Et sans doute ce qu'est l'homme n'a jamais été mieux défini. L'homme n'est qu'un *sentiment aigu et fugitif,* en effet. Très fugitif, mais tellement aigu qu'il marque toute chose de son empreinte.

— Les salauds ! crie Kepela, dans la salle du Collège du Palais ducal, à Venise.

Plusieurs touristes manifestent à haute voix leur désapprobation. Lui demandent de faire silence, de respecter le calme des lieux, l'attention feutrée, de bon aloi, qui correspond aux Vertus dont le portrait orne le plafond de la salle. Ils ne peuvent pas savoir, bien entendu. Combien de douleur, combien de vies éparpillées, combien de sang aussi, derrière ce simple mot : la Dialectique, ô mortifère vertu !

Karel serre la jeune femme encore plus fort dans ses bras. Il l'embrasse sur la bouche, dans la bouche, plutôt, profondément. Il lui caresse les hanches, soulève sa robe pour atteindre le creux de ses jambes.

Depuis 1948 (et il avait participé à cet événement, plein de fougue et de certitudes) la Dialectique, déesse implacable, gouvernait la nuit tombée sur la Tchécoslovaquie.

Le positif et le négatif, l'ancien et le nouveau, la négation de la négation — que ce balourd de Staline avait négligé de mentionner dans son fameux quatrième chapitre, mais on l'avait remise au poste de

commandement après le XXᵉ Congrès, voyons donc !
—, l'identité des contraires et la contradiction des identiques, et puis l'*Aufhebung*, merde ! L'inépuisable, insaisissable et miraculeuse capacité de l'Histoire à se dépasser en niant sa positivité et en affirmant — n'est-ce point sublime ? — sa négativité.

— *Die Aufhebung, Scheisse, die verdammte Aufhebung!* crie Karel, en s'écartant un instant d'Ottla.

Et il crie en allemand, bien sûr, qui est l'idiome idoine pour les prononcements (*pronunciamientos*) philosophiques.

L'hostilité à leur égard devient ouverte. Quelques personnes, s'attribuant sans doute des droits de police culturelle, se mettent en marche vers eux.

Mais ils rient à la folie, maintenant, dans les bras l'un de l'autre. Il l'entraîne dans une sorte de valse lente à travers la salle du Collège.

Brusquement, Ottla l'arrête, le regardant dans les yeux.

— Baise-moi, dit-elle à Karel, catégorique.

— Ici même ? Debout ? Contre ce siège ? Par le siège ? Sous le regard voyeur de la Dialectique ? demande-t-il.

Les visiteurs, gardiens de l'ordre et de la loi, sont autour d'eux, silencieux, mais prêts à intervenir.

— Ramène-moi à l'hôtel, dit Ottla. Fais-moi l'amour jusqu'au départ du train, demain.

Il lui caresse les seins, sous le regard outré des visiteurs, dont le cercle se rapproche.

— Tu m'as toujours surestimé, dit-il en l'entraînant.

2.

— Dostoïevski, demande tout à coup Juan, interrompant le récit de Kepela, tu crois que Dostoïevski a remarqué aussi la Dialectique de Véronèse ?

Karel hoche la tête.

— Je n'ai pas fait attention à Dostoïevski, dit-il. Il était à Venise en même temps que moi ?

Larrea appelle un serveur qui passe à portée de voix. Ils prennent plusieurs verres d'alcool sur le plateau, au cas où la conversation durerait encore.

— Dostoïevski était à Venise, avec Anna Grigorievna, en juillet 1869. Fin juillet, même. Toutes les chroniques signalent qu'il s'y est surtout intéressé aux mosaïques de Saint-Marc et aux plafonds du palais des Doges. D'où ma question : Tu ne te souviens pas de quelque réflexion, ou souvenir, de Dostoïevski au sujet de la Dialectique ?

Kepela boit une longue gorgée.

— Je ne veux pas me souvenir de Dostoïevski. *Überhaupt nicht,* déclare-t-il, péremptoire.

— Sauf que tu rêves d'une adaptation des *Démons*, tu me l'as dit !

— Dans *Les Démons*, dit Kepela, ce n'est pas Dostoïevski qui m'intéresse, c'est Netchaïev !

— On peut le comprendre, dit Larrea.

Mais il revient à son idée.

— Avoue que c'est excitant à imaginer ! s'exclame-t-il. Car Dostoïevski a pu contempler la Dialectique de Véronèse. Plus de quarante ans plus tard, Franz Kafka fait le même voyage — tout le monde faisait les mêmes voyages, jusqu'à la Première Guerre mondiale : c'était la même Europe pour tous, de Saint-Pétersbourg à Capri — mais il le fait dans l'autre sens. Les Dostoïevski, eux, arrivent à Venise en venant de Florence, puis vont de Venise à Trieste, et de là à Vienne, et de Vienne à Prague. Où ils ne trouvent pas de logement à portée de leur bourse, il leur faut aller jusqu'à Dresde. Ils s'y installent pour plusieurs mois. Kafka, lui, fait exactement le chemin inverse, de Prague à Venise, en passant par Vienne et Trieste, en septembre 1913...

— Tu devrais ouvrir une agence de voyages, dit Kepela, persifleur.

— De voyages imaginaires, je veux bien! répond Juan. Je prendrais pour guide Valery Larbaud. Ou Rainer Maria Rilke. Et Franz von Bayros pour l'inventaire des obsessions sexuelles mittel-européennes!

Il rit brièvement. A ce propos, revenons à Kafka. Pourquoi ne pas imaginer qu'il a, lui aussi, contemplé ce Véronèse, au plafond de la salle du Collège ?

— On ne sait rien de Kafka à Venise, sauf des riens, objecte Kepela.

— On sait qu'il a aimé la ville.

— Très original!

— Et qu'il y a été seul comme un chien, termine Larrea.

— Partout. Il a été partout seul comme un chien. D'ailleurs, c'est normal. Le chien est un personnage privilégié, allez savoir pourquoi, des écrivains pragois. On pourrait faire une savante étude sur les chiens dans la littérature tchèque, depuis Kafka et Čapek jusqu'à *La Valse aux adieux* de Kundera!

Ils boivent encore.

— Il n'a pas été partout seul comme un chien, le

chien Kafka, dit Juan. C'est une exagération de la kafkologie. Quelques jours après cette solitude vénitienne, par exemple, à Riva, au sanatorium, il séduit en deux coups de cuillère à pot une petite Suissesse de dix-huit ans. Pas de lettres, ici, pas de mots : des actes. Le passage à l'acte !

— Tu es sûr qu'il l'a vraiment baisée ? demande Kepela.

Il a un sourire quelque peu sournois, comme s'il tendait un piège. Comme s'il disait : c'est la question à dix mille francs, mon vieux ! Montre-nous ce que tu sais faire !

Juan lève la main.

— Question préalable : il faut s'entendre sur les termes. Ça veut dire quoi, baiser, selon toi, quand on parle de Kafka ?

Kepela hoche la tête.

— Très bonne question, dit-il. Quelle est ta réponse ?

Juan boit une longue gorgée.

— On pourrait en faire un traité, comme pour les chiens dans la littérature de ton pays, dit-il. Tu m'autorises à un certain schématisme ? A m'en tenir à l'essentiel ?

Kepela autorise, grand seigneur.

— Bien, dit Juan. Kafka semble normalement doué d'instincts sexuels, de pulsions érotiques. Même si l'on ne prend pas au pied de la lettre toutes les notations de son journal (car il n'y a rien de plus sournois, de plus fanfaron qu'un écrivain qui tient son journal, à la fois pour se glorifier et se masquer, et celui-ci en connaît un sacré bout, dans ce domaine !), même si l'on fait la part de l'affabulation, il semble bien que le sexe l'occupe, le préoccupe : l'obsède, même, à certaines époques de sa vie. D'autant plus que sa morale, très vite, tourne au vinaigre judéo-chrétien et le culpabilise à outrance. En janvier 1911, souviens-toi, il a alors vingt-quatre ans, il exprime dans son journal intime la nostalgie de son innocence onaniste, du paradis perdu du plaisir solitaire. Il parle des choses impures qui s'emparent de lui, qu'il lui faudrait toute la nuit pour décrire. Et il ajoute : « *Jadis, pour autant qu'il m'en souvienne, j'étais en mesure de leur échapper par une volte-face, une petite volte-face qui, au surplus, suffisait déjà à me rendre heureux.* » N'est-ce pas charmant ? De la masturbation en tant que volte-face ! Même le prolixe Henri-Frédéric Amiel n'a jamais rien trouvé d'aussi cocassement métaphorique pour parler de ses pollutions nocturnes. *Trouvez Hortense, l'ardente hygiène des races,* comme dirait Rimbaud, quant à lui ! Donc, Kafka est normalement constitué : il rêve, il bande, il fantasme. Le problème tient justement au fait qu'il est « normal » (j'y mets des guillemets, bien sûr !). Car il s'est très tôt fixé sur l'autre sexe, il suffit de se rappeler Mlle Bailly, la gouvernante française — elles sont toujours françaises, les gouvernantes qui cristallisent et parfois assouvissent le désir enfantin ou adolescent des intellectuels bourgeois à travers l'Europe, n'est-ce pas, camarade Kepela ? —, de se souvenir du fameux après-midi de *La Sonate à Kreutzer !* Bon nombre de conditions étaient réunies pour qu'il devienne homosexuel, mais non, il manque le dernier déclic, c'est aux femmes qu'il s'intéresse, vivement. Mortellement, plutôt : de façon mortifère. Mais pas de digression, je t'ai promis d'être succinct. Il s'intéresse aux femmes et c'est là que le bât blesse. (Et quand je dis bât, n'y vois aucune allusion, aucun *Witz* phallique.) Car il aime les femmes mais il n'aime pas, il craint même, leur sexe, au sens étroit, ou large d'ailleurs, mais précis, du terme. Il craint le con. Souviens-toi de cette notation admirable du mois d'août 1913, en plein délire épistolaire avec Felice : « *Le coït considéré comme châtiment du bonheur de vivre ensemble. Vivre dans le plus grand ascétisme possible, plus ascétiquement qu'un célibataire, c'est pour moi l'unique possibilité de supporter le mariage. Mais elle ?* » En effet, mais elle ? Elles, en général. Car ce n'est pas seulement avec Felice que la question se pose. *Le coït considéré comme châtiment :* voilà le nœud du problème. Et j'espère que ta connaissance de la langue française, Karel, est désormais suffisante pour comprendre le jeu de mots, volontaire cette fois-ci. Le nœud, as-tu compris ? D'accord, d'accord, ne t'énerve pas, je constate que tu fais des progrès ! Mais je ne vais pas tirer à la ligne sur Kafka et son horreur du coït, tout cela est assez clair. Pour toi, du moins. Résumons-nous : Kafka rêve de mariage, de gentille progéniture, de vie familiale. Du moins, il se croit obligé de rêver à cela, puisque ce rêve, cette illusion, le rattachent à la normalité de la vie, qu'il a en horreur mais qui lui est moralement contraignante, dont il ne parvient pas à faire son deuil. Mais quel mariage, quelle progéniture y aurait-il sans coït ? Il passe donc le plus clair ou le plus sombre de son temps à échafauder des fiançailles, des mariages, des vies en commun, et à les détruire, dès que ces échafaudages ont emprisonné les femmes concernées, les étouffant comme le lierre étouffe l'arbre ; dès qu'ils sont devenus échafauds. Bien sûr, il y aurait une solution en dehors des liens sacrés du mariage. Car il n'y a sans doute pas de mariage sans coït, mais rien n'est plus facile que le rapport sexuel sans ce sale petit moment. Du moins, sans que ce dernier soit obligatoire, inaugural et programmé. Mais il faut vraiment aimer les femmes, aimer leur amour, donc, être assez tendre et fort, tyrannique et altruiste pour les convaincre de ne pas s'obséder sur le coït, de ne pas considérer la pénétration comme seul signe, indice ou preuve d'une sexualité satisfaisante. Vois-tu Kafka osant expliquer à Felice, au cours d'une promenade dans le Tiergarten berlinois, les charmes d'une aimable fellation ? D'une gentille manuélisation ? Il y faudrait un cynisme plein de santé, une joie de vivre communicative, une fuite hors des stéréotypes judéo-chrétiens, qui ne me semblent pas caractéristiques de notre personnage ! D'où conflit, épanchements sémantiques sinon séminaux. D'où fréquentation des bordels, aussi, obsession des maisons closes, lieux privilégiés, où il n'est pas nécessaire de convaincre les femmes, il suffit de les payer, quitte à payer d'un remords tenace, d'une angoisse éternelle, ce prix-là. Il y aurait, sans doute, une autre solution, encore plus gratifiante que celle du bordel, c'est celle de l'inceste. Mais ne t'impatiente pas, Karel, je ne vais pas te parler d'Ottla une nouvelle fois. Je sais que ça irrite le kafkologue qui sommeille en toi ! Je veux juste te faire remarquer que l'inceste et le suicide, depuis Heinrich von Kleist, au moins, jusqu'à Klaus Mann, semblent être des thèmes favoris de la littérature et de la vie allemandes. De la vie des littérateurs allemands, en tout cas. Que l'un et l'autre — suicide et inceste — soient réalisés, vraiment accomplis, est un point secondaire : j'en parle comme horizons culturels et normatifs, comme possibilités concrètes. Mais j'en termine, si tant est qu'on puisse en terminer un jour avec la question de la sexualité de Kafka, qui est au nœud, mais oui, mais oui, ne t'esclaffe pas, au nœud de sa textualité, de son rapport à la littérature! Revenons-en à la jeune Suissesse de Riva, en 1913. L'a-t-il vraiment baisée, me demandes-tu ? Je réponds qu'à mon avis il a eu avec elle de vrais rapports sexuels mais en dehors du coït, si j'ose dire. Qu'en dis-tu, toi ?

Mais il ne dit rien, Kepela.

Il hoche la tête, c'est tout.

Pourquoi Karel Kepela ne raconte-t-il pas à cet instant l'histoire de sa rencontre avec la Suissesse dont il est question ? Pourquoi garde-t-il pour lui ce souvenir ? Par superstition ? Par avarice intellectuelle ?

Il ne dit rien.

Pourtant, sa rencontre avec la Suissesse de Riva, en 1959, dans le nouveau cimetière juif de Straschnitz, devant la tombe de Kafka, est mémorable. C'était une dame de plus de soixante ans, toute proprette, toute blanche, tirée à quatre épingles. Tellement émue de se trouver là que Kepela n'avait eu aucune difficulté à la faire parler. A lui faire évoquer l'ancien souvenir de Riva, dans ses détails, une fois qu'il l'eut identifiée.

Ça aurait intéressé Larrea, certainement.

Mais Kepela garde cette anecdote pour lui, en fin de compte. Il hoche la tête, il dit qu'il ne voit pas le rapport.

— Je ne vois pas le rapport, dit Kepela.

— Avec quoi ?
— Avec Dostoïevski. Tu n'avais pas commencé à me parler de Dostoïevski ?

Larrea fait des gestes affirmatifs.

— Mais si, mais si ! dit-il. Entre Dostoïevski, Kafka et Kepela, il y a un rapport : la Dialectique de Véronèse. Un rapport ou support imaginaire. Un regard sur le même visage, le même corps de femme. Mais à propos : comment est-elle, la Dialectique ? Bandante ?

Kepela éclate de rire.

— Non, dit-il. Il ne manquerait plus que ça, qu'elle soit bandante, la garce !

— Mais encore ? insiste Larrea.

— Tu te souviens d'Europe ? demande Karel. Dans l'*Enlèvement* ?

Larrea se souvient.

— Extasiée, chavirée, poursuit Karel, ouvrant les jambes, déjà, pendant que le taureau — c'est lui qui bande, sans doute — lui lèche le pied droit ? Eh bien, la Dialectique est une blonde dodue du même genre. Mais sérieuse, ça se voit. Elle a pourtant, elle aussi, le pied droit dénudé, mais il n'y a ni taureau ni galant pour le lui lécher. Elle ne prend pas son pied, en somme !

Larrea se lève.

— Elle ne viendra plus ? demande Karel, goguenard.

— De qui tu parles ?

— Mais voyons, pendant tout ce temps tu n'as pas cessé de guetter les allées et venues dans le salon ! Elle ne viendra plus, c'est clair, alors tu t'en vas !

C'est en partant, ainsi, six mois auparavant, que

Juan avait remarqué Nadine. Ou l'inverse, ça n'a plus d'importance. En tout cas, la jeune femme s'était glissée sans le savoir dans cette absence de Franca : dans ce manque, ce désir, ce besoin lancinant.

Elle y était restée, depuis lors. Jusqu'à ce samedi d'avril sur la route de Freneuse.

CHAPITRE V

Bolero a solo

1.

Juan avait poussé la porte vitrée et la voix de soprano l'avait accueilli.

Il resta sur place, ne sachant pas aussitôt s'il en était heureux ou irrité. Car c'était leur musique : les paroles de leur histoire. Qui avaient accompagné leur histoire, du moins, au long des longues années.

> *Una paloma blanca*
> *como la nieve,*
> *me ha picado en el pecho,*
> *cómo me duele!*

Immobile, sur le seuil de la porte, il écouta les paroles de cette chanson populaire espagnole, dans une harmonisation de Ludwig van Beethoven.

Nadine, restée en arrière, admirait encore la longue façade blanche de la belle maison Directoire plantée dans le paysage vallonné qui descendait en courbes de gazon vers la Seine.

En arrivant à Freneuse, la jeune femme avait voulu s'y arrêter pour acheter des fleurs. Pourquoi des fleurs ? avait demandé Juan, étonné. Mais voyons, on apporte des fleurs chez les gens ! Ça se fait ! Quels gens fréquentes-tu, Nadine ? On envoie les fleurs, avant ou après. On ne s'amène pas chez les gens, les bras chargés de fleurs, comme des ploucs ! D'ailleurs, il n'y a pas de fleuriste à Freneuse, la question est réglée.

Il eut un rire bref, elle voulut en connaître la raison. Il ne mentit qu'à moitié. « Ça me fait drôle, dit-il, d'imaginer Franca comme une femme à qui on apporte des fleurs. » Elle ne voyait pas bien ce que ça avait de drôle. « Tu ne lui as jamais offert de fleurs ? » demanda-t-elle. Il mentit un peu plus qu'à moitié : il dit non, en hochant la tête. Deux fois, pourtant : si. Deux fois au cours de toutes ces années. Mais il n'était pas arrivé chez elle les bras chargés de fleurs. Ça s'était passé autrement. Nadine profita aussitôt de l'occasion offerte pour poser des questions à propos de Franca. Comment l'avait-il connue ? Depuis quand ? Quel genre de femme était-ce ?

Il lui indiqua la route qu'il fallait prendre, à la sortie de Freneuse.

Il fut laconique.

C'est une femme du genre femme, dit-il. Elle est milanaise, s'occupait d'une galerie, je crois, d'éditions d'art. Elle a rencontré Antoine, qui est mon meilleur ami. Et c'est tout ? s'étonnait Nadine. Ça ne te paraît pas suffisant de rencontrer Antoine de Stermaria ? rétorqua-t-il. Ce n'est pas la rencontre avec Antoine qui m'intéresse, dit Nadine. C'est sa rencontre avec toi. Tu l'as connue à cause de lui ?

Il tarda à répondre.
Nous nous sommes connus en même temps, dit-il, pour finir. A Rome, lors de la première grande exposition d'Antoine en Italie. Elle y était, j'y étais, Antoine y était aussi, bien sûr.

Nadine riait, plutôt caustique.

Mais c'était Noël à Bethléem, votre histoire ! Vraiment touchant ! Et pour couronner le tout, c'est le jour même où vous vous êtes connus, les mecs, qu'elle est née ! Vous êtes sûrs de ne pas être le double Adam de cette Eve-là ?

Il se souvint avec un battement de cœur et une brusque envie de rire, amère, que Franca avait dit quelque chose d'approchant le jour de leur rencontre.

Il la regarda d'un œil froid.

Je te préfère dans l'humour juif, dit-il. Bethléem, le paradis terrestre, ce n'est vraiment pas ta tasse de thé.

Mais elle n'en avait rien à faire, de cette rebuffade. Elle était contente d'avoir trouvé chez Juan un point sensible. Franca commençait à l'intriguer.

Il fit quelques pas dans la vaste pièce du rez-de-chaussée.

Etait-ce un hasard ? Peu probable. Sans doute Franca avait-elle mis ce morceau de Beethoven délibérément, dès qu'elle avait entendu le bruit de la voiture sur le gravier de l'allée principale.

Il entendait la voix de soprano, qui ne jaillissait pas d'une source unique, déterminée ; qui semblait sourdre de partout à la fois. Il voyait les bouquets de fleurs coupées, sur les tables basses, savamment disposés. (Cette idée de Nana, quelle plouquerie !)

Mais le salon était vide.

Il pensa que c'était bien dans la manière de Franca, cette mise en scène masquée d'impromptu. Mais lorsqu'il constata, en s'approchant de l'électrophone, que l'automatisme en avait été réglé de façon à reproduire indéfiniment ce morceau-là, parmi les mélodies populaires de diverses origines orchestrées par Beethoven et enregistrées sur cette face du disque, il ne put éviter un brin d'irritation : elle en faisait trop, pour une fois.

Dix-sept ans auparavant, à Rome, il avait traversé l'espace qui le séparait de Franca. Mais c'est toujours pareil. On traverse toujours un espace : une rue, un salon, une galerie d'art, une forêt, l'océan : la vie, pour marcher vers les jeunes femmes. On marche toujours vers les jeunes femmes de la même façon, avec un identique espoir, un trouble identique : le même besoin d'éternité.

Il avait donc marché vers Franca, dix-sept ans auparavant, à Rome.

C'était dans une galerie, du côté de Bucca di Ripetta. Antoine de Stermaria y exposait un ensemble considérable de toiles et de lithographies, pour la première fois en Italie. Quand les invités, au bout d'un certain temps — une fois sortis de l'émerveillement silencieux, inquiet quasiment, qu'avait provoqué chez eux la somptueuse violence de cette peinture —, avaient recommencé à papoter, il avait traversé la distance qui le séparait de Franca.

Elle attendait ce moment depuis le début : dès le premier regard échangé. Ils le savaient tous deux.

Presque aussitôt, dans le brouhaha, le va-et-vient, les interpellations amicales des partants, les invitations à se retrouver pour dîner, les saluts des derniers arrivants, il lui avait dit son éblouissement. Avec des mots légers, presque ironiques, sur un ton qui lui permettait, à elle, d'en prendre et d'en laisser, selon son humeur.

C'est alors, pour faire entendre à Franca dans quel état l'avait mis son apparition, qu'il lui dit les paroles de cette vieille chanson espagnole : *una paloma blanca / como la nieve...*

Elle en demanda une traduction en français, incertaine qu'elle était du sens exact des mots castillans. Il en improvisa une, essayant qu'elle ne fût pas trop littérale. *Une colombe blanche / blanche comme neige / m'a piqué près du cœur / ô quelle douleur...*

Elle rit, ravie, ses cheveux courts voltigeant autour de son visage. Elle lui prédit de plus grandes souffrances, s'il persévérait. Il en accepta la probabilité. Leur regard fut grave : bonheur d'aimer, désespoir de l'amour. Elle prit au vol deux verres d'alcool sur un plateau qui passait ; ils burent. Il avait réussi à savoir par Titina Laselli, maîtresse de céans, qu'elle était milanaise : Franca Castellani ; qu'elle travaillait dans l'édition d'art. Elle avait appris, par Titina Laselli — ils rirent aux éclats à constater leur sournois travail d'identification — qu'il était l'auteur d'une pièce qu'on jouait chez Strehler à Milan, et dont il était question dans toutes les conversations, en ville, mais qu'elle n'avait pas encore vue, « ne m'en voulez pas », *La Paresse de la mort*. Elle demanda pourquoi ce titre. Il lui parla du suicide des Lafargue. Elle avait cru comprendre qu'il était un ami du peintre, ce Stermaria dont les toiles l'avaient impressionnée. Pourtant, je croyais être blasée sur la peinture actuelle, disait-elle.

Il lui raconta Nice, en 1942, sa rencontre avec Antoine. Le paysage rouge. Le déjeuner frugal dans l'atelier : du pain, du fromage, des olives. Mais la conversation fut pantagruélique. Le dîner dans un restaurant de marché noir aussi, auquel il avait invité Antoine pour le remercier de l'avoir aidé à reprendre contact avec le réseau, par l'entremise de Daniel. Jean-Marie-Action pouvait se permettre cette largesse avec Antoine : sans lui, après les arrestations d'Antibes, il aurait perdu des journées précieuses. Et le sous-marin anglais serait reparti, sans pouvoir débarquer l'officier-radio. Mais sans doute, tout compte fait, est-ce pour le paysage rouge qu'il avait invité Antoine, plutôt que pour l'aide apportée dans la recherche de Daniel, seul maillon subsistant d'une chaîne brisée. Pour le paysage et pour le coup de foudre de l'amitié. De la complicité métaphysique entre eux, dès lors. Métaphysique ? Elle riait. Elle remit leurs verres vides sur un autre plateau qui dérivait à hauteur d'épaule, les remplaçant par deux autres verres pleins. Mais, Nice, c'était quelle année ? 1942 ? Il hocha la tête affirmativement : 1942. Quel mois ? Avril, dit-il. Quel jour ? Le 25, il s'en souvenait fort bien. Elle en fut bouleversée, c'était justement le jour de sa naissance. J'ai été peut-être engendrée — on dit comme ça ? — par votre coup de foudre métaphysique. C'est une histoire de dieux de l'Olympe ! Ils ne se faisaient pas d'enfants entre eux, les dieux grecs ? Elle se moquait. Mais il lui prit la main. Laissez Antoine en dehors de tout ça, avait-il dit, c'est avec moi que vous allez dormir. Enfin, c'est façon de parler ! Elle avait dit : j'espère que c'est façon de parler, je l'espère. Elle avait dit : d'ailleurs, je n'ai pas sommeil. Elle avait dit : partons. A moins que votre complicité métaphysique avec l'artiste ne vous l'interdise !

Il avait haussé les épaules. Ils étaient partis.

Titina Laselli les attendait à la porte de la galerie. Elle leur avait souhaité bonne chance. C'était écrit depuis le premier instant, que vous partiriez ensemble, dit-elle, depuis que je vous ai vus. Puis devint songeuse. Vous ne craignez pas l'inceste ? Franca en ouvrait de grands yeux, interloquée. Elle regardait Juan, qui ne savait pas davantage à quoi Titina faisait allusion. Vous êtes identiques, dit celle-ci. Même sang, même race, même destin. Vous êtes comme des jumeaux, je le vois. Frère et sœur, ça peut faire mal !

Un très vieux frère aîné, alors, dit Juan en riant. Jumeaux à vingt ans de distance, ça change tout !

Ils partirent dans la nuit. Silencieux tout à coup, mais liés par leurs mains jointes, dans l'attente du bonheur. Ou du malheur : si proches l'un ou l'autre.

Il fit quelques pas encore.

La voix de soprano montait, retombait, rebondissait sur l'écho de ses propres volutes. *Una paloma blanca / como la nieve...* Mais ce n'était plus seulement Franca, son histoire avec elle (« C'est quoi, une histoire, d'après toi ? avait demandé Franca, un jour. — Mais une histoire, répondait-il, des traces, des cicatrices, de la mémoire, des gestes, des mots clés, des fous rires, de la tendresse, de la violence, un rituel, peut-être aussi de la routine ! Une histoire, le présent qui dure, qui n'en finit pas de se faire des souvenirs, de fabriquer des projets. ») c'était bien davantage que cette chanson évoquait : l'enfance, de lointaines racines dans la patrie perdue du langage ; un visage de femme, juvénile encore, mais maternel : jeune morte.

Il n'eut pas envie d'attendre l'arrivée de Franca dans le salon, sans doute imminente. Il préféra monter dans l'atelier d'Antoine. Il traversa la pièce, dans la lumière de l'après-midi de printemps.

2.

> *Me ha picado en el pecho,
> cómo me duele !*

Trois ans plus tôt, à Merano, il avait reconnu la langue, aussitôt : avant même de comprendre les mots. Il reconnut la sonorité dense et tranchante, austère, du castillan, malgré les vocalises, les trilles, les fioritures d'une écriture musicale sophistiquée. Ensuite — enfin — sous cette ornementation arborescente d'Europe centrale, il retrouva les mots. Ils jaillirent de la gangue harmonique : purs, inaltérables. Des mots simplement chantés par des femmes de son pays, autrefois.

Il regarda autour de lui, cherchant la source de cette musique.

Le salon de l'hôtel était vaste, cossu, fleurant bon l'encaustique et l'acajou d'autrefois.

A l'agence de voyages de la place Saint-Sulpice, quelques semaines plus tôt, Juan, s'était d'abord enquis de l'existence de l'*Hôtel de Bavière*. Y avait-il encore un *Hôtel de Bavière*, à Merano ? La jeune femme compulsait un dossier. Elle hochait la tête, négativement. Vous êtes déjà descendu à Merano, dans cet hôtel ? demandait la jeune femme de l'agence. Non, pas moi, répondait-il. Quelqu'un que je connais. C'était au mois d'octobre, en 1933. La jeune femme avait levé la tête, vivement. Quelque peu interloquée. Octobre 1933 ? Mais c'est la préhistoire ! s'exclamait-elle en riant. Il en avait convenu. Il l'avait regardée, en se demandant s'il fallait lui parler de Nicolaï Nicolaïevitch Krestinski. C'est à l'*Hôtel de Bavière*, le 10 octobre 1933, que Krestinski prétendait avoir rencontré Trotski. Il avait choisi pour cette entrevue aussi clandestine qu'imaginaire un hôtel qu'il connaissait déjà. Huit ans plus tôt, il y avait déjà séjourné, avait déclaré au procès Nicolaï Nicolaïevitch.

Mais en octobre 1979, alors que Larrea projetait de se rendre à Merano pour y travailler à sa pièce, *Le Tribunal de l'Askanischer Hof*, il n'y avait plus d'*Hôtel de Bavière*. Ou bien il a été démoli, disait la jeune femme de l'agence, ou bien il a changé de nom.

En effet, la déduction semblait raisonnable.

Il était contrarié.

L'idée l'avait séduit d'habiter le même hôtel que Krestinski. Tant pis, il se ferait une raison. Il avait alors choisi le plus ancien palace de Merano, puisqu'il n'y avait plus d'*Hôtel de Bavière*. Pas seulement par goût déterminé d'un faste désuet : vastes espaces, silences feutrés, souvenirs qu'on peut faire tinter comme le cristal. L'idée, aussi, lui était apaisante, de savoir que l'hôtel existait déjà dans les années 20. De pouvoir imaginer Franz Kafka assis dans l'un des salons, derrière quelque plante verte, regardant passer les jeunes femmes. Il regardait toujours passer les jeunes femmes, Kafka, c'est connu. Les personnes du sexe, d'ailleurs, plus généralement, quel que fût leur âge : des fillettes aux femmes mûrissantes. Ensuite, il les décrivait minutieusement dans son journal intime : leur démarche, leur coiffure, leurs vêtements, le grain de leur peau, leur poitrine, la chute de leurs reins.

Il regarda autour de lui.

Aucune femme ne passait. Ça ne devait pas être l'heure des promenades féminines, à Merano.

Si, pourtant. Franca était auprès de lui, soudain.

— Tu entends ce que j'entends ? disait-elle.

Certes, il entendait.

— C'est toi qui as demandé cette musique ?

Il haussait les épaules. Il ne savait rien de cette musique, disait-il. Il ignorait tout à fait qu'un musicien de la fin du XVIIIe — lequel, d'ailleurs ? après Bach et Mozart, en tout cas ; mais voyons, disait Franca, ça ne peut être que Beethoven, écoute bien ! — eût arrangé cette chanson populaire espagnole qu'il lui avait dite à Rome, tant d'années plus tôt.

— Combien d'années, Juan ?

Elle s'était assise auprès de lui.

Mais il ne dénombra pas les années. Il dénombra les ombres de son regard, les rides infimes de son sourire : les cicatrices de la mémoire.

— Tu es devenue une femme, dit-il sourdement. Sans moi.

Elle sursauta.

— Mais tu m'avais abandonnée, murmura-t-elle.

L'avait-il abandonnée ? Pouvait-on résumer ainsi leur histoire ?

A Rome, le lendemain de leur rencontre, il avait téléphoné à Laurence. Je ne reviens pas tout de suite, lui avait-il dit. Je reste encore quelques jours en Italie. Avec Antoine ? demandait Laurence. Non, il ne restait pas avec Antoine. Il avait quitté la galerie de Bucca di

Ripetta, la veille, sans même lui dire au revoir. Laurence ne s'était pas trompée sur le sens de son silence. Tu ne veux pas me dire ? avait-elle dit. Tu me diras plus tard ? disait-elle encore. Tu reviens ? murmurait-elle enfin.

Il avait raccroché, fermé les yeux, fait un effort pour chasser l'image de Laurence.

Il avait emmené Franca à Capri. Des amis lui avaient prêté une maison, via del Tuoro. Le troisième jour, un télégramme lui parvint, réexpédié par la galerie de Titina Laselli. Le soir tombait. Il était sorti sur la terrasse de la maison, qui surplombait le calme de la chartreuse. L'air était d'un bleu transparent. La cime du Solario se voilait de bleu plus dense. Franca l'avait rejoint. Il faut que je parte, avait-il dit. Quand ? Tout de suite. Il ne l'avait pas regardée. Il avait senti son corps à elle, tout proche, qui s'affaissait soudain contre la balustrade. Il est arrivé un accident, avait-il murmuré. A qui ? Il n'avait pas expliqué à qui était arrivé cet accident. Il est vrai qu'il n'avait pas parlé de Laurence, jamais. Pendant trois jours, il avait vu l'ombre du soir recouvrir le corps nu de Franca ; la lumière de l'aube le découvrir. Mais il n'avait pas parlé de Laurence. Une fois, aux Faraglioni, Franca avait pris sa main gauche à lui dans les siennes, avait fait tourner l'anneau de l'alliance sur son doigt. Mais elle n'avait posé aucune question.

Le soir même, ils avaient pris le bateau du retour.

Le lendemain, avant de regagner Milan, elle était revenue, esseulée, à la galerie de Bucca di Ripetta. Elle souhaitait revoir le tableau qu'Antoine de Stermaria avait peint à Nice, en 1942. Le paysage rouge que Juan avait découvert le jour de sa naissance à elle, en avril.

Soudain, Antoine fut à ses côtés. Deux mois plus tard, ils se mariaient.

C'est Grete Bloch qui parlerait, avec la véhémence du désespoir, sans doute. Franz Kafka ne dirait rien, il se tiendrait très droit sur sa chaise. Il respirerait de façon saccadée, la bouche entrouverte. Il ferait chaud, ce serait le mois de juillet. Une grande guerre éclaterait bientôt.
Mais il n'y avait pas de place pour Nicolaï Nicolaïevitch Krestinski dans *Le Tribunal de l'Askanischer Hof*.
Longtemps, il avait essayé d'introduire Krestinski dans sa pièce. Il vient de comprendre que c'est impossible.
Il écoutait cette chanson espagnole, harmonisée par Beethoven (oui, Franca avait raison !). Il se demandait si Krestinski avait lui aussi regardé les jeunes femmes, à Merano, en octobre 1933. Franca venait de rappeler qu'il l'avait abandonnée, autrefois. Mais il serait arbitraire d'introduire Krestinski dans la pièce. Sans doute était-il né la même année que Kafka. Sans doute pouvait-on imaginer qu'il connût des textes de ce dernier. Nicolaï Nicolaïevitch, en effet, avait vécu à Berlin, dans les années 20, occupant des postes diplomatiques du gouvernement soviétique. Il était l'un des meilleurs experts des questions allemandes au Commissariat du Peuple aux Affaires étrangères. Il pouvait connaître l'existence de l'écrivain Franz Kafka, ce n'était pas invraisemblable. Il aurait pu lire *Le Procès*, pourquoi pas ? En octobre 1933, au moment où il arrivait à Merano, à l'*Hôtel de Bavière*, pour y prendre

quelque repos, les autorités nazies venaient de mettre à l'index, en Allemagne, les œuvres de Kafka.

Nicolaï Nicolaïevitch aurait levé les yeux de son journal, dans le salon de lecture de l'*Hôtel de Bavière*. Kafka à l'index ? Il se serait souvenu d'un roman de cet écrivain qu'il avait lu, quelque temps auparavant, *Le Procès*. Il s'en souviendrait de nouveau quatre ans plus tard, en mars 1938, en répondant aux questions de Vychinski, à Moscou.

Mais c'est un autre sujet.

L'apparition de Krestinski dans *Le Tribunal de l'Askanischer Hof*, ou bien semblerait arbitraire ou bien exigerait des scènes justificatives. Toute une architecture complexe. Alors que la pièce s'articule de façon simple, fermement, pense-t-il, avec une rigueur impitoyable, autour de la journée de juillet 1914 où Kafka a rompu ses fiançailles avec Felice Bauer, à Berlin. Tout doit se situer dans le décor de l'hôtel. Les seules exceptions à ce respect du lieu dramatique, à cette contrainte délibérément choisie, ne peuvent être que les apparitions de Grillparzer, Flaubert et Dostoïevski, lorsque le premier évoquera le suicide de Kleist, son destin. Et les escapades au Tiergarten, les mornes dialogues dans la morosité des promenades de Franz et de Felice.

Merano, c'est un autre sujet.

Un roman, sans doute. Mais il n'a jamais écrit de roman. Peut-être parce que l'écriture romanesque exige une autre implication de soi-même dans le travail du texte, une autre façon de se démasquer.

Mais il tend subitement l'oreille, intrigué.

La musique de Beethoven s'est poursuivie sur une autre chanson espagnole, arrangée pour deux voix, celle-ci.

Il écoute, il extirpe les mots castillans des volutes et des distorsions d'une écriture musicale surchargée ; il en décrypte le sens.

> *Como la mariposa soy*
> *que por verte*
> *en la luz de tus ojos*
> *busco mi muerte...*

Il a un rire brusque et bref.

— Décidément, dit-il. Il y aura toujours une chanson espagnole pour exprimer la vérité du moment !

Elle attend, tournée vers lui.

Il lui traduit à voix basse : *Comme le papillon je suis ; prêt, pour te voir, à chercher dans l'éclat de tes yeux l'ombre de ma mort...*

Elle rit, heureuse et triste.

— Comme c'est beau, comme c'est faux !

Il la regarde.

— Que sais-tu de ma mort ? murmure-t-il.

Soudain son sang se glace, il a une sorte de vertige.

Il a l'impression d'être fendu en deux, séparé de lui-même par une paroi cristalline, brillante comme un coup de sabre.

Une partie de lui-même se trouve dans le salon d'un hôtel, à Merano, écoutant de la musique. A moins que ce ne soit l'inverse : que le salon tout entier, avec ses meubles d'acajou, ses tapis, ses cuivres, ses plantes vertes, le tintement des cuillers d'argent dans les tasses à thé ; avec ses vieilles dames autrichiennes et anglaises, et Franca, qui n'est pas vieille, malgré toutes les années qui ont passé, qui n'est pas non plus autrichienne ni anglaise ; avec cette musique de Beethoven sur des paroles populaires espagnoles qui investit l'espace, qui l'imbibe, ricochant sur le cristal des lustres, le cuivre des cache-pots ; à moins que le salon, donc, avec tout ce qu'il contient : de la mémoire, de la musique, des âmes, de l'ange, plusieurs fantômes, ne se trouve tout entier inclus dans cette partie de lui-même, lucide mais radicalement privée d'espoir, qui a décidé de venir à Merano, en octobre 1979, pour s'attaquer à l'écriture finale d'une pièce de théâtre, pour retrouver aussi, trop brièvement, après tant d'années d'absence de l'un à l'autre, Franca Castellani.

Qui est dans quoi, ou vice versa ?

Question d'autant plus difficile à résoudre, à poser même, surtout à se poser à soi-même, qu'il y a, simultanément, cette autre partie de lui-même qui n'est pas à Merano, qui n'entend pas l'arrangement par Ludwig van Beethoven de deux mélodies populaires castillanes, mais une autre musique également diffusée par des haut-parleurs, dans un tout autre lieu.

Il s'efforce de briser dans son esprit cette paroi transparente mais apparemment hermétique, qui le sépare en deux hémisphères ; de faire coïncider les deux parties de lui-même, de faire qu'elles se fondent et soient fondées, si possible, dans le présent de Merano avec Franca, dans ce bonheur provisoire, fragile, condamné à terme : exultant. Mais sans doute serait-il prêt — il le sait, même s'il évite la clarté de cette certitude, probablement blessante — prêt à accepter de retrouver son unité dans un passé néfaste qu'il s'est longtemps efforcé d'oublier : être lui-même, soi-même, fût-ce au prix d'un retour dans un après-midi de dimanche à Buchenwald, avec les haut-parleurs diffusant des chansons de Zarah Leander.

Il tend la main, caresse la hanche de Franca, assise auprès de lui, sur le canapé d'un salon, à Merano.

— Que sais-tu de ma mort? répète-t-il, à voix presque imperceptible.

Tout à l'heure, au péage de Mantes, lorsqu'il avait éprouvé la même sorte de malaise, il s'était retenu de raconter à Nadine Feierabend. A Merano, trois ans plus tôt, il avait parlé. Des heures durant, Franca l'avait écouté. Il avait partagé sa mort avec elle.

Mais elles vont arriver, toutes deux. Elles vont d'un instant à l'autre se rencontrer dans le salon où la voix de soprano chante la blessure blanche du bel amour.

Il s'en va.

3.

Elle pensa que ç'aurait été une idée assez tarte, en effet, d'apporter des fleurs ici. Il y en avait partout. Sur toutes les tables basses : des bouquets raffinés, dans leur apparente rusticité, longuement composés, sans doute.

Nadine fit quelques pas, Juan n'était plus là.

Un disque tournait sur la platine de l'électrophone. La musique ne l'intéressa pas : une voix de femme s'égosillait sur des arabesques mélodiques compliquées, lui sembla-t-il. Dans une langue qui lui était étrangère, de surcroît. En revanche, son regard fut attiré par une carte postale qui traînait sur un meuble. Seul signe de désordre, minime, insignifiant même, dans une pièce impeccablement rangée.

Ça l'attira, précisément, ce petit détail révélant quelque trace de présence humaine : oubli, négligence, n'importe quoi d'autre d'imprévu, dans cet univers de perfection insolente. Insolite, du moins.

C'était une reproduction du *Passage du Styx*, de Patinir. Ça la fit rire. Elle retourna la carte, reconnut l'écriture de Juan, bien sûr. Il l'avait écrite au bar du *Ritz*, à Madrid, un soir, quelques semaines plus tôt. Elle s'en souvenait parfaitement. La première fois qu'il lui avait parlé de son amitié avec Antoine de Stermaria.

Elle sentit une présence, derrière elle.

— Vous aimez Patinir ?

La voix était lisse et grave, traversée par les modulations d'un accent tonique particulier. Ce n'était même pas ce qu'on appelle un accent, d'ailleurs : une simple irisation de certaines syllabes, un allongement mélodieux des voyelles brèves.

Elle se retourna, regarda Franca.

Elle eut la gorge serrée par une bouffée subite de jalousie. Ou d'inquiétude, peut-être ? Plutôt, en effet. Tant de naturel dans l'éclat féminin ! Quoi qu'il en fût — elle aurait été incapable, de toute façon, d'analyser le sentiment fugace, mais violent, qui l'avait saisie — elle souhaita être aussi belle que cette femme quand elle atteindrait elle-même l'âge encore lointain de la quarantaine.

L'idée de l'âge de Franca la réconforta, troublement, l'espace d'un instant.

— Bonjour ! dit-elle.

Elle bougea dans l'aisance provocante que lui octroyait la jeunesse de son corps. Le soleil déclinant de l'après-midi bougea autour d'elle, comme un voile de fils d'or ancien.

— C'est Juan, ajouta-t-elle, qui m'a fait découvrir Joachim Patinir. Il y a trois semaines, au Prado.

Rien ne pouvait arriver de pire à Franca.

Comment n'y ai-je pas pensé ? se dit-elle. J'ai pris cette carte pour un message : un signe : un rappel. *Bleu fixe, bleu fou ; inusable ; bien à nous.* Mais il a conduit cette petite conne — belle, d'ailleurs, la garce, fraîche, plutôt : la beauté du diable — sur les traces de nos pas, de la peinture noire de Goya aux Patinir. Lui a-t-il parlé de *Judith* comme à moi ? Le Prado, son enfance : je ne pardonnerais pas.

Elle souriait, cependant, impassible.

Elle hocha la tête, même, comme si elle était parfaitement au courant de cette escapade.

— Je sais, dit-elle. Vous avez trouvé de la place au *Ritz,* finalement ?

Nadine prit cette assurance pour de l'argent comptant. Elle s'avança pour serrer la main de Franca.

— Oui, finalement, dit-elle.

Franca avait parlé au hasard, bien sûr. Il semblait qu'elle fût tombée juste. Elle en tirait une conclusion : le voyage avait été improvisé. C'est quand on arrive à l'improviste qu'ils font des chichis pour vous donner une chambre, au *Ritz* de Madrid, les messieurs en jaquette de la réception. Ça l'avançait à quoi, cette brillante déduction ?

Franca avait repris à Nadine la carte postale du *Passage du Styx.* C'est vrai que la reproduction était médiocre, Antoine avait raison.

Elle eut envie de pleurer, subitement. L'idée que ces quelques journées à Madrid, l'année dernière, avec Juan, ne seraient pas uniques ; qu'il avait sans doute refait les mêmes gestes — au musée, au lit, dans le parc de son enfance — redit des mots semblables, lui broyait la poitrine.

Mais elle se ressaisit, comme d'habitude.

Elle sourit à Nadine.

— Je ne connais que votre prénom, dit-elle. Nadine ?

Celle-ci hocha la tête affirmativement.

— Feierabend, ajouta-t-elle.

Franca posa sur elle son regard le plus neutre.

— Il ne faudra pas m'en vouloir si je me trompe, à l'occasion, dit-elle d'une voix douce. Je me débrouille assez mal avec les noms allemands.

Nadine eut un rire gai.

— C'est juif, ce n'est pas allemand !

— Ça revient souvent au même, dit Franca.

Nadine était joyeuse, elle aimait la bagarre.

— Dans mon cas, c'est plutôt polonais, dit-elle. Au départ, du moins. Et nous n'avons pas cessé de partir.

Franca eut l'air de se souvenir de quelque chose, subitement.

— Il est polonais, Karel Kepela ?

Nadine la regardait, bouche bée.

— Karel ? Non, pas polonais, tchèque. Mais pourquoi ?

— Il a téléphoné pour vous, de Zurich, à l'heure du déjeuner.

Elle rit, redevenue maîtresse de soi-même.

— A l'heure du déjeuner à Zurich, je veux dire !

Pas à celle du *Ritz* de Madrid. C'est toujours aussi guindé, le grill ?

Elle avait trop parlé, s'en mordit les lèvres.

Mais Nadine ne semblait pas avoir fait attention.

— De Zurich ? Pour moi ? C'est insensé !

Franca eut l'intuition d'un avantage à exploiter. Elle insista. Sans avoir, par ailleurs, à trop déformer la vérité des faits.

— En effet, ça m'a paru insensé, dit-elle, souriante. Il avait l'air — la voix, plutôt, n'est-ce pas ? Mais elle est belle, charmeuse, cette voix, expressive — un peu hors de lui-même. Il était déjà à l'aéroport. Il avait besoin de vous parler.

Nadine secoua la tête.

— A Juan, sans doute. Ils travaillent ensemble.

— Il m'a dit ça aussi : *La Montagne blanche*. Il m'a tout dit : qu'il savait que vous passiez deux ou trois jours ici. Que son voyage à Zurich avait été un désastre. Qu'il avait besoin de vous voir.

Elle regarda Nadine, pensive.

— Je crois vraiment qu'il parlait de vous. Vous seule. Pas de vous deux, Juan et vous. Mais je peux me tromper. Ça a été une conversation plutôt décousue.

Elle prit Nadine par le bras.

— Allons chercher vos bagages. Je vous montrerai votre chambre.

Elles marchèrent d'un même pas vers la porte-fenêtre.

— De toute façon, on sera bientôt fixés, pour Kepela. Il arrive par le train de 18 h 20, dit Franca.

Nadine s'arrêta net.

— Mais oui, dit Franca. Il avait vraiment la voix, comment dire, pleine de désarroi… Je l'ai invité à nous rejoindre. Son avion atterrissait à Orly dans l'après-midi. Il avait tout le temps.

Nadine se retourna vers la vaste pièce déserte.

— Où est Juan ?

Un rire de Franca fusa.

— Il est chez Antoine, voyons, dans l'atelier ! Vous ne saviez pas qu'il y a entre eux une complicité métaphysique ?

Elle détacha le dernier mot, ironique.

— En fait, ma chère, le seul vrai couple, ici, c'est eux !

Elle reprit sa marche. Nadine détestait qu'on l'appelât « ma chère ».

CHAPITRE VI

Le renard et le hérisson

1.

— Tu te souviens des vers d'Archiloque ? demande Juan.

Il vient de s'écarter de la toile posée sur un chevalet. Il se tourne vers Antoine de Stermaria.

Celui-ci lève les yeux. Un sourire bref, ironique, éclaire son visage. Il hoche la tête, dubitatif.

Antoine l'avait laissé jusqu'alors contempler *Marine claire*, la toile qu'il avait fini de peindre la nuit précédente. Il s'était demandé, au moment de la montrer à Juan, s'il l'avait peinte pour l'anniversaire de Franca, comme il feignait de le dire, peut-être même de le croire, ou bien, plutôt, pour voir s'allumer dans l'œil de son ami cette étincelle de jubilation — la même d'il y avait quarante ans — cette joie spirituelle de la découverte. De la re-connaissance.

Il avait constaté que le regard de Juan s'allumait, en effet, à peine effleurait-il les bleus de *Marine claire*. Un sentiment de triomphe, fugace mais non futile, embrasa Antoine de l'intérieur, lui brûla l'âme, s'éteignit aussitôt.

Il s'éloigna, abandonnant Juan à sa contemplation.

Ensuite, il y avait eu un long silence.

Mais c'était un silence léger, ne pesant pas le poids accablant des silences accablés, confus, gênés, de plomb, de mépris, d'incompréhension, à couper au couteau, de mort. Léger de toute la gravité partagée de ce moment.

Pourtant, même légers, les silences posent un problème narratif. Car aucun signe typographique n'existe pour introduire le lecteur à l'évocation d'un silence, pour lui en indiquer la topographie ; pour en suggérer la durée, la qualité, la profondeur, le sens, la densité, le bruissement musical.

Il faudrait en inventer un, pense Juan. Il en avait parlé avec Kepela, une fois.

C'était à propos d'un autre Tchèque, un autre Karel aussi que celui-là : Karel Čapek. Un jour qu'ils parlaient des *Entretiens avec Masaryk* de Čapek.

Sur plus de deux centaines de pages serrées, ce livre est le compte rendu, pour ainsi dire sténographique — aujourd'hui, ces entretiens auraient été enregistrés au magnétophone — d'un flot de paroles du vieux président : un flux apparemment ininterrompu, une marée de mots retraçant la vie de Masaryk à la première personne. Un flux de mots pour un fleuve de jours. Et Karel Čapek d'observer, à la fin de son travail de transcription, avec une pointe de mélancolie : « Il n'était pas difficile, certes, de noter de mémoire les paroles prononcées pendant tant et tant de ces matinées. Mais ce qui manque, c'est ce calme, ce silence d'où les mots émergeaient, au milieu duquel, peu à peu, se nouait la conversation. Le silence était toujours là ; il se plaçait entre les mots, terminait les phrases. Beaucoup de silences ont été nécessaires à l'élaboration des *Entretiens*. Seul le rédacteur de ceux-ci sait à quel point ils sont incomplets : c'est cet accompagnement de silences qui leur manque le plus. »

Mais de ce point de vue, tout récit est incomplet ; l'accompagnement de silences fait partout défaut. En somme, et ceci peut sembler paradoxal à première vue, un récit est incomplet lorsqu'il est trop massif, trop homogène : monolithique. Parce qu'il lui manque la porosité, la respiration du silence. La musique du silence n'est pas immanente au récit. Seul un lecteur sensible peut l'y insérer, encore faut-il que l'écrivain en suggère la possibilité.

Au théâtre, avait observé Larrea, ce n'est pas du tout pareil. L'auteur dramatique peut inscrire les silences dans son texte, lorsqu'il décrit certains mouvements de scène. La respiration du silence fait partie du texte lui-même, en quelque sorte. Quelle que soit l'utilisation récente, et abusive, du mot *lecture* par les critiques ou les théoriciens de l'art dramatique, le théâtre est une écoute. Même l'œil doit avoir une ouïe fine, une oreille juste, au théâtre.

Sans doute, avait dit Kepela. Pourtant, dans les éditions courantes des classiques, les silences sont à peine repérables. On indique surtout des mouvements : il entre, elle sort, Untel s'adresse à Telquel. Regarde *Coriolan*, dans le *New Penguin Shakespeare*, excellente édition. Les indications de scène portent surtout sur le va-et-vient : *Enter three Citizens more, Exeunt Citizens, Enter Menenius, with Brutus and Sicinius, Exeunt Coriolanus and Menenius, Enter the*

Plebeians, et ainsi de suite. Du coup, lorsqu'un silence est suggéré par Shakespeare lui-même, il prend une importance considérable. Souviens-toi, au cinq, lorsque Volumnie s'adresse longuement à son fils. A la fin, avant que Coriolan ne réponde à sa mère, Shakespeare donne une indication de jeu de scène : *Holds her by the hand, silent.* Et le silence de Coriolan, cet instant de silence pendant lequel il tient la main de Volumnie, sa mère, avant de lui répondre, éclate, explose : un silence aussi fort qu'une immense clameur ! Aussi éloquent que le plus long discours.

Larrea se souvenait fort bien.

Aux Amandiers, Kepela avait mis en scène ce moment crucial du cinquième acte dans une sorte de brouhaha. Volumnie parlait très fort, s'adressant à son fils sur le mode de la supplication, l'imprécation, l'angoisse : plusieurs tons au-dessus de la moyenne. En outre, la diatribe de Volumnie se détachait sur un bruit de fond : rumeurs du peuple romain, clairons guerriers, vivats. Et puis, subitement, un silence à couper au couteau, dense, tombait sur la scène comme une masse d'air glacial, au moment où Coriolan saisissait la main de Volumnie.

Holds her by the hand, silent.

L'un des aspects du travail de mise en scène, ils en avaient convenu aisément, consiste précisément à redécouvrir ou à inventer les silences d'un texte dramatique. Pour le metteur en scène, les silences sont aussi réels, ont autant de poids que les mots. On pourrait même analyser l'évolution des préceptes et des modes de la mise en scène selon la place — qui tend à s'élargir, à proliférer parfois cancéreusement — qu'on y accorde aux silences. Une bonne partie du théâtre contemporain est un théâtre du silence : du non-dit entre les dits, les redites et les interdits. Un théâtre de l'inter-dit.

Quoi qu'il en soit du théâtre, avait conclu Larrea, on pourrait convenir pour la littérature — tout signe, typographique ou autre est le produit d'une convention, elle-même signifiante — qu'un petit oiseau stylisé sur une branche, entre deux paragraphes (et même, pourquoi pas ? en plein milieu) indiquerait au lecteur d'avoir à observer un certain silence. La couleur dudit oiseau — vert, rouge, bariolé, le cas échéant — établirait la durée approximative du silence à respecter. Il faudrait également en suggérer la qualité, le style : le mode d'emploi, en somme, par quelque autre artifice approprié.

Quelqu'un qui respecterait scrupuleusement le temps de silence prescrit, mais qui le consacrerait à regarder, mettons, une retransmission sportive à la télévision, n'aurait, en effet, une fois revenu à la lecture, pas le même état d'esprit que celui qui, par exemple, en eût profité pour écouter le *Wandererslied* de Schubert.

Mais Juan Larrea n'a pas écouté Schubert, cette fois-ci. Il a contemplé une toile qu'Antoine vient de peindre, *Marine claire*.

Il s'en écarte, maintenant.

— Archiloque ? vient de dire Antoine. Je me souviens du fragment où il parle du désir : *Thoios gar philothetos eros...* « Si fort fut mon désir que mon cœur se noua, qu'il remplit mes yeux de brouillard ! »

Juan hoche la tête négativement.

Il regarde Antoine, qui est assis au fond de l'atelier, sur un tabouret bas, mélangeant des couleurs. Il voit le visage aux traits accusés, aux hautes pommettes saillantes — d'une ascendance bretonne mélangée de sang balte —, le grand nez aquilin, les cheveux drus, encore très bruns, avec de rares fils gris. Il voit les yeux d'Antoine, maintenant qu'Antoine a les yeux levés vers lui. Il voit le sourire d'Antoine, maintenant qu'Antoine lui sourit.

Antoine déploie son grand corps osseux, vêtu de toile bleue délavée. Il se déplace sans faire de bruit sur des espadrilles.

— Non, dit Juan. L'ïambe du renard et du hérisson.

Il rit, Antoine, gaiement.

— Qu'est-ce que tu vas chercher !

— « Le renard sait beaucoup de petites choses, le hérisson en sait une seule, mais c'est une grande chose », dit Juan.

Ils se regardent, ils rient ensemble.

— Hérisson alors, dit Antoine. Je ne sais qu'une seule chose.

Il est venu rejoindre Juan devant la marine qui s'expose dans la munificence de ses bleus.

— Justement, dit Juan. Une seule grande chose.

Quarante ans plus tôt, il était entré dans une vaste pièce nue, chaulée, sévère. Une table de bois, un lit de fer. Quelques toiles retournées contre le mur. Et au centre de la pièce, dans la somptuosité cruelle de ses rouges, le paysage.

Un ciel immense, écarlate — comme l'étoffe qui

aveugle le taureau, l'attirant dans le labyrinthe de son propre sang, dans l'enfermement prochain de sa mort — sur une plaine bistre couturée par la plaie verticale, nette et tranchée, d'un canal, au bout duquel, tout contre le ciel rouge où cette artère fémorale — ouverte d'un coup de corne du destin ? — venait s'épancher, se dressaient comme des ailes les deux bras d'un pont levant (mais nulle aube n'est probable : on est dans la clôture d'un ciel implacable, ensoleillé de sang bouillonnant, mais sans lumière vraie) qui instauraient dans un paysage plat les monolithes de quelque obscure imploration.

Juan avait été aspiré par ce tourbillon immobile : fasciné.

Plus tard, il avait remarqué une inscription qu'Antoine de Stermaria avait faite à même la chaux dans l'une des parois, d'un calligramme bleu.

Juan s'était approché pour lire le texte, autrefois.

Le suprême degré de la sagesse c'est d'avoir des rêves suffisamment grands pour ne pas les perdre de vue pendant qu'on les poursuit.

Au-dessous de ces lignes, Antoine avait écrit le nom de l'auteur, William Faulkner, et celui du roman, *Sartoris*.

Quarante ans après, ils sont ensemble, de nouveau — encore — devant une nouvelle toile. Bleue, aujourd'hui, du même bleu mince et dense, infini, du calligramme d'antan.

— En tout cas, disait Juan, tu poursuis toujours le même rêve. Ou bien est-ce toi qui es poursuivi par lui ? Un seul rêve, mais il est grand !

Antoine hoche la tête.

— Deux fois vingt ans, dit-il, c'est-à-dire, deux fois

l'âge que nous avions alors ! Deux fois vingt ans se sont passés et j'en suis toujours au même point. Tu me parles d'Archiloque, je vais te parler d'Héraclite. Heureusement que nous sommes seuls, que personne ne nous entend, ne peut nous insulter, nous traiter de pédants, de cuistres insensibles ! Combien d'enfants meurent de faim dans le monde pendant que je te parle d'Héraclite ?

Juan le regarde.

— Des milliers, dit-il. Mais tu me parlerais de Marx, de Fanon ou de Sandino, qu'ils mourraient tout autant ! Parle-moi d'Héraclite, va !

Antoine hoche la tête.

— Ma vie n'est pas un fleuve où l'on ne pourrait se baigner deux fois : c'est toujours dans le même fleuve que je me noie. Dans le même rêve que je me perds. Bien sûr, la peinture est un rêve suffisamment vaste pour que je m'y perde, sans le perdre de vue ! Mais j'ai l'étrange impression de ne rien devenir, jamais. D'être, tout simplement. Je n'ose pas dire le même, c'est une affirmation présomptueuse. Aventureuse, du moins. D'être le même et l'autre que moi-même, indivisiblement. Invisiblement. Comme toujours depuis l'éveil de mon regard sur le monde et moi-même. Et c'est affreux souvent ! Ce n'est pas l'angoisse du néant qui me travaille, c'est celle de l'être. La quotidienne horreur d'être. Non pas le vide, la vacuité, mais la plénitude : voilà ce qui m'angoisse. C'est la sérénité de la vie qui me tracasse, non ses tracas !

Il fait un geste, il se tourne vers Juan.

— Ainsi, tu te souviens encore de la phrase de Faulkner que j'avais graffitée dans l'atelier à Nice ?

Juan se souvenait de tout, en effet.

De Nice, d'une maison au bout de la promenade des Anglais — juste avant de tourner dans la petite rue qui conduisait chez Antoine — sur la façade de laquelle une plaque rappelait qu'Anton Tchekhov y avait vécu. Juan avait pensé que c'était bon signe, autrefois, de trouver Tchekhov sur sa route, alors qu'il essayait de renouer les fils du réseau Jean-Marie.

Il se souvenait de *Paludes,* du paysage rouge, de Daniel, de *Sartoris.*

Il avait toutes les raisons de se souvenir du roman de Faulkner.

2.

La jeune fille avait posé un livre sur la table voisine, c'était *Sartoris.*

Mais non, pas du tout.

La logique narrative vient d'imposer sournoisement un sujet — ici, une jeune fille inexistante, invisible du moins — un ordre de déroulement, des compléments directs ou circonstanciels. Mais la jeune fille n'avait pas été le sujet de l'action. Ni de la phrase, partant. Il n'y avait pas eu de jeune fille, à proprement parler. Il n'y avait eu que du soleil, une douce hébétude, un champ de vision minime. Le silence villageois de la place de l'église. C'était la fin du mois de mai, peut-être le début de celui de juin, à la terrasse des *Deux Magots*. Quelques semaines après le voyage à Nice. Il était seul, au soleil, il savourait cet instant. Ces instants, plutôt. Une suite discontinue, mais fluide, d'instantanés. D'ailleurs, toute la matinée avait été savoureuse. Il l'avait dégustée. Il avait humé les odeurs de Paris, de la vie, du danger, délicieuses.

Un marteau de forgeron, ou de charron, d'artisan d'art peut-être, résonnait quelque part, dans une arrière-cour toute proche. Ensuite, il fut midi. Subitement, alors qu'il venait de penser à Antoine, un petit volume au titre rouge, *Sartoris*, avec le sigle de la N.R.F. voguant comme un cygne noir sur la calme surface blanche de la couverture, apparut dans son champ de vision.

Il n'y avait donc pas eu de jeune fille. A première vue, du moins. Il y avait eu le roman de Faulkner, tout seul, tombé du ciel pour ainsi dire. Tombé sur la table voisine, inscrit dans la minutie provisoire, détachée, de surcroît, de sa vision. La jeune fille n'apparut qu'ensuite. Elle naquit dans son regard, quand il leva le regard.

Somme toute, à s'en tenir à la rigueur d'une description réellement objective, ce n'est pas la jeune fille qui avait posé le livre sur la table voisine, puisqu'il n'y avait encore aucun être humain de visible. Ni jeune fille, ni vieil homme : personne. Ça ne pouvait être que le hasard, le destin, la bonne ou mauvaise fortune, Dieu peut-être : quelque chose, ou quelqu'un d'aveugle, en tout cas, qui avait déposé *Sartoris* sur la table voisine.

Toute la matinée avait été savoureuse.

A 9 heures, il parcourait comme convenu l'avenue Niel, en face des Magasins Réunis, sur le trottoir des numéros impairs. Entre le 1 et le 7, pour être tout à fait précis.

Il n'avait pas eu à faire deux fois le trajet.

En face du numéro 5, il avait croisé Paul, l'Architecte, le patron de Jean-Marie-Action. Un peu plus loin, Mercier les avait rejoints.

La conversation avait été plaisante.

Il semblait qu'à Londres on fût satisfait des premiers résultats du réseau. Buckmaster allait multiplier les moyens d'action. On allait vers la constitution d'une structure permanente, implantée régionalement, qui ne s'occuperait plus seulement de renseignement et de sabotages sélectifs. Mercier et lui, le moment venu, bientôt, avaient été choisis pour préparer la réception des parachutages d'armes, leur stockage et leur distribution, dans l'Yonne et la Côte-d'Or. Une réunion aurait lieu à Joigny, sans doute avant la fin de l'été, pour élaborer un plan d'action.

Pendant qu'ils parlaient, il s'était amusé à essayer de repérer l'escorte de Paul. Probablement celui-ci bénéficiait-il d'une double protection. L'une, rapprochée, à portée utile d'un neuf millimètres ou de mitraillette *sten* démontée, débarrassée de sa crosse mobile. L'autre, plus éloignée, en deuxième échelon.

Mais si protection il y avait, elle n'était point voyante. Il ne parvint à trouver suspect — si l'on peut utiliser ce qualificatif pour quelqu'un dont la mission, bien au contraire, était de sauvegarder — qu'un jeune homme nonchalant, à peine plus vieux que lui-même, à l'élégance certaine mais indéfinissable, qui musardait dans les parages et dont l'œil bleu était d'un rapace, la lèvre carnassière. Il aurait volontiers parié qu'un Smith and Wesson 11,43 se cachait sous les plis d'un blouson de cuir patiné par l'usage, mais d'excellente facture.

Ensuite, il avait traversé Paris à bicyclette.

Des hauteurs de la place de l'Etoile, il s'était quasiment laissé glisser en roue libre vers la Seine et la rive gauche. Il suffisait d'éviter l'avenue Kléber et la Gestapo du *Majestic* pour que Paris ressemblât à une fête, ce jour de printemps-là. Mais sans doute était-ce qu'il avait dix-neuf ans. Et qu'il n'était pas juif.

En tout cas, il avait pensé à Antoine, au paysage rouge, et il avait vu *Sartoris* tomber du ciel sur la table voisine. Il avait levé le regard vers le ciel : c'était une jeune fille encore inconnue, Laurence.

Trois ans plus tard, un autre jour de printemps, en 1945, il était descendu d'un camion militaire, devant l'hôtel *Lutétia*. Il avait fait quelques pas, au milieu de tous les rescapés vêtus d'oripeaux rayés, sous le soleil de cette fin du mois d'avril. Il entendait des cris, des appels, des pleurs : la vie était une invention magnifique. Il avait levé son regard vers le ciel de Paris. Laurence était là, qui courait vers lui.

Il avait cru qu'il parviendrait à prendre sur soi, cette fois encore.

Il avait décidé de ne rien dire, du moins. Garder pour soi l'angoisse nauséeuse : fumée de Porcheville sur la vallée de la Seine, comme celle jadis du crématoire sur l'Ettersberg. Garder, enfouir, refouler, oublier. Laisser cette fumée s'évanouir en fumée, ne rien dire à personne, n'en pas parler. Continuer à faire semblant d'exister, comme il avait fait tout au long de toutes ces longues années : bouger, faire des gestes, boire de l'alcool, tenir des propos tranchants ou nuancés, caresser les jeunes femmes, écrire même

— mais cela était une autre histoire — comme si vraiment il était vivant.

Ou bien tout le contraire : comme s'il était mort, trente-sept ans plus tôt, parti en fumée. Comme si sa vie, dès lors, n'avait été qu'un rêve où il aurait rêvé tout le reste, le réel : les arbres, les livres, les femmes, ses personnages. A moins que ceux-ci ne l'eussent rêvé, lui-même.

Il en avait l'habitude, ça n'aurait eu rien d'étonnant, c'est vrai. Il savait les détours, les ruses, les violences de l'amnésie volontaire. Pendant vingt ans, davantage même, ça avait marché. Il était parvenu à détacher de lui ce vécu, cette vivance mortelle : à s'en mutiler. Il écoutait à l'occasion parler de l'expérience des camps nazis, dans les salons ou les séminaires de littérature, comme d'une histoire qui ne lui serait pas arrivée. Intéressé, certes, mais sans s'y voir impliqué. Passionné, sans doute, mais il l'était tout autant par des événements qu'il n'avait pas vécus : les guerres du Péloponnèse par exemple, ou celle d'Espagne. Froidement passionné, en somme. Contemplant ces événements d'un regard attentif, mais distant, lucide.

Depuis quelques années, c'est vrai, l'oubli était redevenu problématique. Comme si, à la fin de ce travail de deuil — grâce à lui, peut-être — l'ancienne vivance, l'expérience d'antan, redevenait vivace. Vitale, même. Il lui avait fallu réinventer des ruses, se projeter dans la diversion. Au printemps, surtout. Le cap du mois d'avril était pénible. Il partait en voyage, visitait des pays où le printemps n'évoquait pas la fin d'une guerre mondiale, la découverte des camps d'extermination. Il y en avait encore. C'était finalement une histoire européenne qui se tramait là, dans cette mémoire lancinante. Une histoire qui concernait surtout le cœur de l'Europe, qui la frappait au cœur.

Pourtant, malgré tout ce savoir accumulé, cette sagesse devenue instinctive, il avait été maladroit, cette année-ci. Il n'avait pas compris cette chose évidente qu'une jeune Juive ne pourrait pas l'aider à franchir le passage abominable du printemps. Même une jeune Juive évaporée, frivole, aurait subitement pu lui parler de tante Rosa, ou évoquer une cousine de Cracovie, parties l'une et l'autre en fumée. Comme ça, en passant, sans y penser. L'ombre des fumées d'antan aurait pu assombrir le plus clair regard de jeune femme. Le plus innocent regard, le plus indifférent aux paysages désolés de la mémoire. A Lisbonne, par exemple, un soir de demi-brume, mettons, la plus légère et tendre et oublieuse jeune femme juive aurait pu évoquer d'un mot tante Rosa, le souvenir de sa disparition. Comme ça, en passant, sans penser à mal, elle aurait gâché ce voyage d'évasion. Les beautés secrètes de Lisbonne, les charmes du fado — qui en serait redevenu *fatum*, signe d'un destin néfaste —, la présence d'une jeune compagne joyeuse : tout cela aurait pu être gâché par l'évocation impromptue de tante Rosa.

Nadine Feierabend, qui plus est, n'était pas n'importe quelle jeune femme juive. Raison supplémentaire de l'éviter, cette année-ci. Elle n'était pas frivole, ni évaporée. Consciente de son rapport personnel avec l'histoire des massacres qu'elle n'avait pas connus, elle en parlait à l'occasion, sans emphase, sans acrimonie larmoyante, avec une juste rigueur.

Il aurait dû la fuir dès la première soirée.

Nadine Feierabend, avait-il dit à Karel en la lui

présentant. Ce jeu de mots lui avait ouvert le chemin de son cœur. De son lit, du moins. Le lit précède le cœur souvent. Parfois aussi il ne précède rien. Rien d'autre que le lit, pourquoi s'en plaindre ? Ce n'est pas si mal, le lit : soleil d'après-midi derrière les stores vénitiens, bâtons rompus des propos, des gestes impudiques, des mots murmurés du plaisir multiplié, scintillant à la limite des joies incomparables. Feuerabend, avait-il dit à Kepela. Elle avait tardé à saisir le jeu de mots, la violence et la promesse : l'offre. Elle avait ri ensuite, aussitôt, sauvagement. Défaite, déjà. Tournant le dos, l'entraînant, chiche ! vers la porte du salon.

Mais il aurait dû la fuir, dès ce premier soir.

Un peu avant, en effet, ils avaient parlé de la pièce qu'il faisait jouer à l'Athénée depuis un mois, *Le Tribunal de l'Askanischer Hof*. Elle avait évoqué à ce propos le destin de tant de femmes de l'intimité de Kafka qui étaient mortes dans les camps, parties en fumée. Elle avait parlé de Milena Jesenskà. Elle connaissait la version anglaise du livre de Margarete Buber-Neumann, *Mistress to Kafka*, qui fait le récit de la mort de Milena à Ravensbrück. Il aurait dû fuir Nadine dès cet instant. Dès l'instant même où elle avait évoqué cette lecture, ce passé. Rien de faste, sauf l'allégresse minime mais aiguë des sens, toujours remplaçable, par ailleurs, ne pouvait lui venir d'une jeune femme qui évoquait les fumées des camps sur les plaines de l'Europe, dès la première rencontre.

Pourtant, il ne l'avait pas fuie.

Au cours de l'hiver, il s'était parfois surpris à caresser d'un doigt la morbidesse de la face interne de l'avant-bras de Nadine. Juste avant l'amour, ou peu après, n'importe. Elle avait pensé, sans doute, qu'il rappelait d'un geste, d'un effleurement, l'instant où il l'avait tenue par le poignet, le premier soir, rue de l'Université. Sans doute, oui : on pouvait l'interpréter ainsi. On pouvait également remarquer qu'il caressait la peau dorée, tendre, à l'endroit précis où aurait pu s'inscrire, entre le réseau délicat des veinules à fleur d'épiderme, le tatouage bleuâtre du numéro matricule d'Auschwitz.

Parfois, au cours de l'hiver, il s'était surpris à ce geste morbide, le cœur battant.

Il aurait dû la fuir, alors, il n'était pas trop tard. Pas encore. Il ne l'avait pas fait.

Il avait même accepté de l'entendre, lorsqu'elle lui parlait de son travail. Nadine préparait, cet hiver-là, une thèse universitaire sur l'extermination des Juifs européens, en réponse, d'une certaine façon, aux idéologues niant l'existence des chambres à gaz. Il avait accepté de l'entendre, à l'occasion, de lire des fragments de son manuscrit, de lui donner son avis — toujours précis et utile, elle l'avait apprécié, bien qu'elle ignorât les raisons de cette pertinence — sur certains points. Les conclusions de ce travail avaient paru, au début du printemps dans la revue *Esprit*, aux côtés d'un essai sur le même thème de Pierre Vidal-Naquet.

Lorsque Nadine lui avait demandé conseil à propos d'un titre pour son texte, il avait d'abord pensé à un article récent de Lothar Baier paru dans une revue allemande, *Die Weisswäscher von Auschwitz* (Les blanchisseurs d'Auschwitz). Soudain, cela lui avait rappelé une page de *Pauvreté et Privilège*, de René Char, datant de 1948, où il n'était pas directement question du problème des camps, certes, mais qui démasquait lucidement certaines ruses du totalitarisme et qui disait ceci : *Les stratèges sont la plaie de ce monde et sa mauvaise haleine... Ce sont les médecins de l'agonie, les charançons de la naissance et de la mort. Ils désignent du nom de science de l'Histoire la conscience faussée qui leur fait décimer une forêt heureuse pour installer un bagne subtil, projeter les ténèbres de leur chaos comme lumière de la Connaissance. Ils font sans cesse se lever devant eux des moissons nouvelles d'ennemis afin que leur faux ne se rouille pas, leur intelligence entreprenante ne se paralyse... Ils mettent en pièces des préjugés anodins et les remplacent par des règles implacables... Ce sont les blanchisseurs de la putréfaction...*

Voilà : le titre de l'article de Nadine Feierabend était tout trouvé, *Les blanchisseurs de la putréfaction*.

Die Weisswäscher der Verwesung.

Mais il aurait dû la fuir, l'oublier, fermer les yeux pour ne pas voir son regard, se boucher les oreilles pour ne pas entendre sa voix. Il aurait dû se rappeler qu'après l'hiver vient le printemps, avril après octobre. Il aurait dû prévoir, c'était pourtant banal, que de toutes les femmes qui étaient cet automne-là à portée de sa main, celle-ci était la seule qu'il fallait éviter : fuir ou faire fuir. On ne franchit pas le souvenir terrifiant du mois d'avril aux côtés d'une jeune Juive d'après les massacres mais pétrie dans l'argile friable — inaltérable — de la mémoire collective.

3.

Avec un grand éclat de rire, Antoine s'approche de lui.

Il vient de faire apparaître un seau à champagne où une bouteille fraîchit. N'y peux rien, dit-il, pas de fête sans champagne. C'est mon côté baron balte, von Vahl par ma mère, rappelle-toi, nuits de Saint-Pétersbourg, et cetera !

Quarante ans auparavant, déjà, il y avait eu du champagne dans le restaurant de marché noir, à Nice. Il avait invité Antoine avec l'argent de Buckmaster, il le méritait bien. Mary-Lou était là, aussi. A l'atelier, avant le dîner, il avait été surpris quand Antoine l'avait présentée comme son modèle. Mais tu ne peins pas de nus ! s'était-il exclamé. Tu peins des paysages rouges, des horizons bistres, des superpositions de couleurs, des densités de l'atmosphère, des cristallisations du temps, de l'imaginaire. Tu n'as pas encore peint de corps, surtout pas de corps de femme. Il faudra que tu inventes pour cela la ligne courbe : profil des hanches, turgescence du sein, vallon des reins.

Elle riait, Mary-Lou, autrefois.

Il parle bien, ton copain ! s'esclaffait-elle. Si jeune et déjà-ponais ! Je veux dire, c'est plutôt du chinois, son truc !

Ils riaient.

Modèle de vie, voulais-je dire, disait Antoine. Modèle moral, modèle de tendresse libertine, de fidélité intermittente mais inusable, de partage des rêves les plus fous, de soumission sauvage.

Elle riait, Mary-Lou, se rengorgeait.

Du champagne, donc, avec la jeune femme, au restaurant. Elle ouvrait des yeux ronds, tenait des propos gouailleurs, à les entendre pérorer sur Spengler et Goethe, leurs théories de la couleur. Suis-je inaugurale, moi, demandait-elle, rigolarde, comme la couleur rouge de vos Boches ?

Toute femme est inaugurale, répondait Antoine de Stermaria, très sérieux, lui baisant la main. Baron balte en diable. Mais la dernière bouteille de champagne, Antoine avait voulu l'emporter chez sa mère, pour la boire avec elle.

Plus tard, revenu à l'atelier, au moment de s'endormir dans l'ivresse légère du petit matin, la porte de la chambre d'ami où Antoine lui avait proposé de rester, cette nuit-là, s'était ouverte, Mary-Lou, pieds nus, demi-nue, s'était glissée dans le lit. Cadeau d'Antoine, disait-elle à voix basse, un peu enrouée par la fumée, l'alcool de la nuit blanche. Peut-être aussi par l'excitation. Cadeau de ton ami, murmurait-elle à son oreille. Il désire que tu possèdes tout ce qu'il possède, m'a-t-il dit de te dire. Il veut que tu l'aides à inventer le corps de la femme, m'a-t-il ordonné... La courbure de la hanche, l'arrondi du sein, la fuite non euclidienne (vous êtes chiants, quand même, avec vos mots pédants !) des cuisses vers l'infini du sexe (texto, mon vieux, je suis priée de répéter textuellement !).

Mais je vois que tu acceptes le don, mon salaud. Tu, déjà, viens, va...

Elle cria, ravie.

— Ainsi, dit Antoine, quarante ans plus tard, tu te souviens encore de la phrase de Faulkner ?

Il lui tendait une coupe de champagne, ils buvaient.

— Impossible d'oublier. Quelques semaines plus tard, aux *Deux Magots,* quelqu'un a déposé un exemplaire de *Sartoris* sur la table voisine. C'était Laurence !

Laurence, disait-il. Il avait levé les yeux. Laurence était née de ce moment-là.

Mais il ne pensait pas à cette dernière journée, à vrai dire. Il se souvenait d'une autre matinée de printemps, trois ans plus tard. Il était descendu d'un camion militaire, devant le centre de rapatriement de l'hôtel *Lutétia,* et Laurence l'attendait. Elle l'avait attendu là, tous les jours, depuis les premiers retours. Elle l'avait emmené, sitôt les formalités d'identification achevées.

Laurence l'avait installé dans un appartement du septième arrondissement. Toute une semaine, elle l'y avait gardé ; ils étaient seuls. Sous les fenêtres, un jardin de couvent égrenait régulièrement un bruit de cloches, cristallin. Il n'y avait eu ni jours, ni nuits. Un temps incommensurable, tantôt ensoleillé, tantôt ombreux : dense et poreux. Elle le nourrissait à petites doses de mets raffinés, savoureux. Il avait redécouvert le goût des nourritures, les odeurs des épices, la violente émotion de l'abondance : rien n'était jamais fini, épuisé, on pouvait toujours reprendre dans la bouche un morceau de pain, une boulette de viande hachée. S'il n'y avait pas eu la discipline d'une prudence diététique, il aurait pu manger sans arrêt. Par petites bouchées, sans fin. Laurence lui aurait donné la becquée jusqu'à la fin des temps. Il y aurait toujours eu quelque chose à mâcher, à savourer, après ce morceau de pain, après cette pulpe de fruit. Laurence profitait des moments où il sombrait dans un sommeil de mort pour chercher dans Paris, le long de mystérieux itinéraires de marché noir, des nourritures célestes. Il semblait qu'il n'y eût pas de fin à la possibilité de se rassasier.

Malgré leur importance, pourtant, malgré les bonheurs déchirants qu'ils procuraient, la nourriture et le sommeil n'occupèrent qu'une faible partie de ces journées intemporelles. Dès leur arrivée dans l'appartement, dès que Laurence eut ouvert les fenêtres sur le jardin de couvent éclaboussé de soleil, rempli des tintements d'une cloche maternelle, un pépiement ébouriffé d'oiseaux, avec les trilles, les volutes, les stridences acidulées de leur chant avait envahi la pièce. Il en avait été assourdi, abasourdi. Cela faisait deux ans, il en prit conscience à l'instant même, qu'il n'avait pas entendu un chant d'oiseau. Pas un oiseau dans la forêt de hêtres qui entourait le camp, étrangement : la fumée les chassait, sans doute. Il avait marché, les jambes flageolantes, vers la fenêtre ouverte, vers tous les oiseaux invisibles mais bruyants. Abasourdi, ravi, aspiré par ce soleil latéral, cette lumière qui devenait musique, algarade de chants d'oiseaux.

Il avait commencé à dire, à raconter, dès ce premier instant. Et il n'avait pas cessé de parler.

Dès qu'il émergeait du sommeil, abruptement ; dès qu'il s'arrêtait de mâcher, de rouler dans sa bouche les aliments, de savourer les goûts minimes d'un bonheur insatiable, il racontait. C'est faux, pensait-il, qu'on ne puisse pas formuler cette expérience, qu'on ne puisse pas tout dire. On peut tout dire, disait-il. Le problème est ailleurs : c'est qu'on n'aura jamais fini de tout dire, qu'il y aura toujours quelque chose, autre chose, à dire. On peut tout dire, mais c'est une tâche sans fin, un récit infini. Le problème est aussi qu'on peut sans doute tout dire en escomptant l'éternité d'une narration, mais peut-on tout écouter ? Tout entendre ?

Pendant cinq jours et cinq nuits — mais il n'y avait plus de jour ni de nuit : un temps suspendu, d'orage et de pénombre —, Laurence avait écouté. Elle avait entendu. Elle le nourrissait et l'écoutait. De tout son corps, toute son imagination débridée, elle l'écoutait. Toutes les forces qu'il reprenait lentement, elle semblait les perdre. Elle errait dans Paris à la recherche de nourriture, éperdue. Elle vivait dans une sorte de dédoublement halluciné. Il lui arrivait de ne plus entendre dans le jardin le pépiement ensoleillé des oiseaux mais les coups de sifflet des *kapos* rassemblant les déportés pour l'appel du matin. Il mastiquait lentement le pain blanc que Laurence se procurait chez un boulanger de la rue Saint-Dominique ; il buvait à petites gorgées le vin de Bordeaux qu'elle chipait dans la cave paternelle, reprenant ainsi le goût de la vie. En échange, d'une certaine façon, elle absorbait l'horreur de ce récit découpé en fragments lourds et haletants, faisant ainsi connaissance avec la saveur fade mais fascinante de la mort.

A l'aube du sixième jour, ils furent allongés l'un près de l'autre, épuisés, comme un couple de gisants.

Laurence prit conscience de la torpeur qui la gagnait. Elle était amaigrie, ses yeux s'étaient cernés de toutes les visions qui hantaient son regard à lui. Elle devina qu'ils risquaient de sombrer ensemble. Elle avait pris sur elle, littéralement, une part lourde et visqueuse de ce passé. Il en était d'autant plus léger, sans doute.

Il avait repris du poids, paradoxalement. Mais s'il

s'était aguerri, c'était pour un combat désormais inutile. Néfaste, même. Car il ne s'agissait plus de se battre contre la mort. Même pas de se battre pour survivre. Pour vivre, tout bêtement. Pour la vie toute bête, banale. C'était tout différent. Il ne suffisait plus de l'écouter raconter sa mort.

A l'aube du sixième jour, affaiblie par tant d'amour désespéré, lucide pourtant, elle commença de caresser ce corps d'homme revenu jusqu'à elle d'un naufrage irrémédiable. Il leur fallut tout le savoir des sens, toute la sagesse des gestes anciens pour trouver une issue à cette mémoire d'exterminés.

— Laurence, murmure Antoine. C'est ainsi que tu l'as connue ? Aux *Deux Magots* ?

Il hoche la tête. C'est ainsi, oui. Une jeune fille qui lisait *Sartoris*, qu'il n'avait plus quittée. Enfin : entendons-nous. Dont il n'avait plus cessé d'entendre battre le cœur, comme lorsqu'on tient un oisillon au creux de la main. Mais ce n'est qu'au retour, dans cet appartement désert du septième arrondissement qu'il l'avait connue charnellement. A l'aube du sixième jour, Laurence avait réinventé leurs corps, après l'avoir écouté jusqu'à l'atroce sérénité de l'innommable.

Ils boivent encore.

Il lève son verre, regarde Antoine dans les yeux.

— Buvons au paysage rouge, dit-il, à la marine bleue. A nous deux.

— Buvons, dit Antoine, d'une voix subitement sombre. Mais joyeuse à la fois. Enjouée du moins. Buvons à Franca Castellani, qui est née le jour de notre rencontre. Née de cette rencontre, qui sait ?

Il avait aussitôt compris que l'invocation de Franca n'était pas innocente, ni accidentelle. Qu'elle était plutôt liée à un besoin exigeant. Il n'en eut cure, pourtant. Il négligea d'y porter l'attention que cette façon de mentionner Franca méritait sans doute. Il venait de comprendre — à cause de Laurence, du souvenir resurgi de ce retour — que ce n'était pas par inadvertance ni maladresse qu'il avait omis de fuir, comme il aurait dû le faire, Nadine Feierabend, cet hiver. Au contraire. C'est précisément pour sortir de l'oubli, de cette longue et douloureuse maladie de l'âme, qu'il avait choisi la jeune femme. Obscurément, sans l'avoir prémédité, c'est pour revivre son ancienne mort qu'il avait choisi pour compagne de voyage cette jeune Juive. Il s'était piégé lui-même, voilà. Et le piège avait fonctionné.

Il frémit soudain, en regardant Antoine, à l'idée de ce qui l'attendait.

4.

Ils étaient debout, devant la baie vitrée. Devant les reflets d'un soleil déclinant.

Antoine de Stermaria avait posé une main sur l'épaule de Juan.

Les mots travaillaient encore. Comme des lampes allumées dans une nuit d'été les papillons, ils attiraient des images enfouies, les nausées ou les frayeurs d'autrefois : une sorte de ressourcement.

Il avait dit la banalité du voyage en voiture, cet après-midi ; le regard occasionnel, quasi machinal, distrait, sur la centrale thermique de Porcheville ; il avait dit la fumée ; il avait dit l'angoisse, la panique : tant d'années d'efforts, de censure, de maîtrise de soi, d'organisation sournoise de l'oubli, brusquement réduites à néant ; réduites en cendres, justement ; il avait dit l'origine de tout cela : le voyage à Madrid, la journée du 11 avril ; il avait dit l'impression paradoxale d'une résurrection : comme si sa vie de toutes ces années n'avait été qu'une longue mort, qu'un rêve, dans le meilleur des cas, et que la mort ancienne était la vérité de sa vie ; l'humble et inacceptable vérité de sa vie ; comme s'il était enfin ressuscité d'entre les vivants oublieux et fantasques pour retrouver sa place parmi les morts amicaux, fraternels, leur implacable mémoire. Il avait dit la certitude soudaine, indicible, de n'être pas de ce monde.

Il avait dit, pour finir : « Tu sais à quoi j'ai pensé, Antoine ? »

Celui-ci n'avait pas répondu, ne lui avait pas posé de questions. Il ne lui avait pas dit qu'il ne savait pas, c'était évident qu'il ne savait pas. Il n'avait pas dit qu'il voudrait bien savoir, c'était évident qu'il voulait savoir.

Antoine avait attendu la suite, c'était tout.

Il avait ri, Juan, d'un rire glacé : tellement c'était difficile à nommer. Tellement indécent. Il en avait la bouche asséchée.

— J'ai pensé...

Mais il buta encore sur l'apparente impossibilité de dire.

Antoine savait qu'il ne fallait pas l'inciter à parler. Qu'il fallait seulement lui offrir un silence attentif, une attente silencieuse. Un silence de secours, prêt à tout accepter, à tout entendre. Y compris la prolongation indéfinie du silence de Juan, son bouillonnement. Il fallait une capacité d'écoute totalement ouverte, perméable aux plus légers frissons du désir de dire. L'abominable désir de dire, sans doute.

— J'ai pensé, poursuivit Juan, que mon souvenir le plus personnel, le moins partagé... Celui qui me fait être ce que je suis... Qui me distingue des autres, du moins, tous les autres... Qui me retranche même, tout en m'identifiant, de l'espèce humaine... A quelques centaines d'exceptions près... Qui brûle dans ma mémoire d'une flamme d'horreur et d'abjection... D'orgueil aussi... C'est le souvenir vivace, entêtant, de l'odeur du four crématoire : fade, écœurante... L'odeur de chair brûlée sur la colline de l'Ettersberg... Pas seulement la fumée : l'odeur aussi de cette fumée...

Il s'était arraché les mots de la gorge, un par un, syllabe par syllabe, plutôt.

Il était livide.

Le soleil couchant s'effaça de la baie vitrée de l'atelier d'Antoine, d'un coup.

Juan s'ébroua. Il sourit à Antoine.

— Ce que je pèse, Ulysse ? Je pèse le poids de fumée de tous mes copains morts, partis en fumée. Je pèse le poids infime, infiniment lourd, de ma propre fumée. Je pèse le poids impalpable de cette odeur de fumée sur le paysage...

— Arrête, dit Antoine.

Il posa une main sur l'épaule de Juan. Leurs regards

étaient tournés vers la vallée de la Seine, qui s'assombrissait.

Du côté de Freneuse montait dans le ciel une fumée calme, légère, domestique : fumée de feu de bois, fée du logis, fantasme floconneux du foyer.

DEUXIÈME PARTIE

CHAPITRE VII

Zurich, Spiegelgasse

1.

Un tramway passa, dans un bruit cristallin, ferrugineux.

Karel Kepela était arrivé au bout de la Bahnhofstrasse, sur le quai. Il avait regardé l'heure à son poignet. Il avait tout le temps. Des touristes attendaient sur l'embarcadère le départ de l'un des bateaux qui font le tour du lac de Zurich.

Il regarda l'horizon lacustre. Ensuite, il traversa le pont.

C'est sur la Bellevueplatz, alors qu'il poursuivait sa promenade sans but, à petits pas, toute la lourdeur du monde sur ses épaules, désormais, qu'il entendit le bruit de soufflerie, bref mais dense, grelottant, de surcroît, que fit un tramway en passant derrière lui.

Il resta sur place, figé.

Dans une sorte de sanglot qui remonta dans sa bouche, la remplissant de fadeur écœurante, comme si un caillot de sang avait fondu dans sa gorge, il se souvint des tramways de Prague.

Moins ferrailleur, sans doute, parce que les véhicules étaient ici, à Zurich, plus modernes, mieux entretenus, c'était le même bruit qu'autrefois : un bruit d'enfance, de temps retrouvé, de paradis perdu.

Le bruit nostalgique d'une éphémère éternité de la mémoire.

Immobile, tremblant, il constata avec une angoisse disproportionnée qu'il avait oublié le numéro du tramway qui menait de la place Pohořelec au terminus de Bilá Hora, la Montagne blanche. Tout ce qui lui était arrivé à Zurich, depuis trois jours — le séminaire à l'Université, la découverte de la trahison d'Ottla, le départ de la jeune femme, ce matin ; les conversations, les rencontres, les rêves —, tout lui sembla dérisoire à côté de cet événement minime et terrifiant : il ne se souvenait plus du numéro de la ligne qui conduisait à la Montagne blanche. C'était comme si tout un pan de sa vie s'effritait, s'effondrait dans les marécages du non-être.

Mais un homme avait sauté sur la chaussée, juste au moment où le tramway se remettait en marche. Il courait vers lui en hurlant son nom, tout en évitant avec agilité les automobiles dont les conducteurs klaxonnaient, outrés.

C'était Josef Klims.

Ils s'étaient connus vers le début des années 50, dans le cimetière juif de Straschnitz, auprès de la tombe de Kafka.

Josef Klims n'était qu'un visiteur. Kepela, lui, était l'un des gardiens du cimetière. C'était le seul poste de travail pour lequel, après de multiples avatars, on l'avait trouvé suffisamment qualifié. D'abord, lorsqu'il avait été chassé du parti, de l'Université et de la direction de l'Atelier théâtral, on l'avait envoyé en usine. A la production, comme on disait, non sans un brin de vantardise. Il est contestable, en effet, qu'on puisse objectivement qualifier de productif le travail socialiste.

Mais il avait trop mauvais esprit, semblait-il, pour faire un bon ouvrier, docile, réalisant les normes. Pour finir, après quelques mois de tracasseries, de convocations quotidiennes, d'attentes interminables et inutiles dans les locaux de la Milice, Kepela fut reçu par un jeune lieutenant des services de la Sécurité. Le type le laissa mariner, debout, prenant son temps pour feuilleter l'épais dossier de Karel. « Bon, dit-il à la fin, sans même lever les yeux, je vous ai trouvé un poste de travail digne de vous. Vous serez gardien de cimetière. A Straschnitz, dans le nouveau cimetière juif. »

Il leva les yeux, à ce moment précis. « Il n'y a pas à Prague de cimetière pour chiens, ajouta-t-il, sinon je vous y aurais envoyé ! » Kepela soutint son regard. Il parvint même à sourire, béatement. « Mais les Juifs sont des chiens, voyons ! » dit-il. Et il poursuivit, de sa voix la plus douce. « Ou l'inverse, lieutenant... lisez donc Kafka ! »

L'autre le mit à la porte, en hurlant, après lui avoir jeté à la figure sa feuille d'affectation.

Un jour, quelque temps après, Kepela était en train d'arranger les fleurs d'un bouquet anonyme devant la pierre tombale de Franz Kafka, lorsqu'un inconnu est arrivé.

L'inconnu était visiblement radieux d'avoir trouvé la tombe de Kafka. Visiblement surpris, aussi, de constater que Franz n'y était pas seul : serré sans doute entre papa et maman, dont les noms s'inscrivaient avec le sien sur la pierre funéraire.

Oui, dit Kepela, les familles finissent souvent par vous rattraper !

L'autre sourit, lui tendit la main, se présenta : Josef Klims.

Ils s'étaient mis à parler ensemble, aussitôt, assis sur la margelle de ciment qui circonscrivait l'espace de repos éternel octroyé à la famille Kafka. Aussitôt en confiance, pour avoir compris qu'ils étaient tombés du même mauvais côté de l'histoire : du côté de l'ombre resplendissante et inutile de la vérité.

Klims avait été chassé de l'Université, et plus précisément de la Faculté de philosophie, dont il était l'un des plus brillants sujets, à cause de Boukharine. Tu as parlé de Boukharine en fac ? demandait Kepela. Tu cherchais les ennuis, vieux ! Ils étaient jeunes, cependant. Le même âge à quelques mois près. Nés en 1930 tous les deux. Je n'ai pas parlé de Boukharine seulement, expliqua Klims. Le titre complet de mon exposé était : *Vychinski, Hegel et Boukharine, quelques idées sur la Dialectique.*

Kepela avait eu le fou rire. Ce type le comblait de joie.

Raconte, tu m'intéresses, avait-il dit à son nouvel ami. Car il ne douta pas qu'ils deviendraient amis. Et Klims raconta, ravi d'avoir un auditeur attentif et connaisseur.

Quelques mois plus tôt, donc, à la fin du cours universitaire, pour le clôturer et célébrer du même coup en apothéose les vertus universelles du marxisme-léninisme, il avait été chargé de faire un exposé sur la Dialectique. Devant les étudiants et le corps enseignant de la Faculté de philosophie, mais en présence, également, des figures les plus éminentes du Rectorat.

Tu comprends, disait-il, la Dialectique, il faut la saisir à bras-le-corps, en action, en flagrant délit, dirais-je ! Inutile de se perdre dans les détails académiques : entrer dans le vif du sujet — qui est la mort de celui-ci, le plus souvent — voilà ! Dans cette optique, connais-tu un meilleur dialecticien que Vychinski ? Un meilleur exemple de maniement de la dialectique que celui qu'il a fourni lors des grands procès de Moscou ?

Kepela hochait la tête, approbateur. Les Procès, bien sûr ! C'était la Dialectique à l'œuvre. Il y avait cru, sincèrement. Sans aucune malice. Et c'est bien cela qui avait causé sa perte. Les lois de la Dialectique s'étaient resserrées autour de son cou, comme la corde autour de celui du pendu.

Il raconta son aventure à Klims, l'interrompant. Mais ce dernier ne s'en formalisa pas : il n'aimait rien de mieux que le dialogue avec ses surprises, ses allées et venues, ses contradictions. Le dialogue comme négation de la Dialectique, en somme.

Après le procès Slansky, donc, Karel avait décidé de monter un spectacle pédagogique, une sorte de *Lehrstück* brechtien (d'ailleurs, il s'était ouvertement inspiré de *Die Masanahme*, pièce de Bertolt Brecht du début des années 30, dont le titre est généralement, et plutôt approximativement, traduit par *La Décision*) à partir du compte rendu sténographique dudit procès. Il avait mis la pièce en répétition à l'Atelier théâtral de l'Université qu'il dirigeait. C'est alors que tout commença à dévier, à devenir ambigu, équivoque : suspect en somme. Car les acteurs ne parvenaient pas à être vrais, crédibles du moins. Plus le texte qu'ils avaient à prononcer recoupait la vérité de celui que les accusés du procès Slansky avaient récité devant le Tribunal, plus les acteurs parlaient faux. C'était la véracité de leur jeu, la tentative du moins de l'atteindre, de parvenir à un parler juste, qui dévoilait les mensonges du texte du procès.

Ainsi, peu à peu, au long des répétitions, les acteurs, et Kepela au premier chef, bien sûr, puisqu'il les dirigeait, parvinrent à la conviction que tout avait été mensonge, truquage, illusion tragique, dans le procès Slansky. En somme, l'illusion de réalité que les acteurs avaient à créer par leur jeu, leur diction, leur conviction, démasquait sans cesse la réalité de l'illusion du procès, destinée à maintenir dans le bon peuple, terrorisé par le spectacle de tant de trahisons, tenues pour réelles, une fiction politique. Karel Kepela fut dénoncé, alors que les répétitions du *Procès* étaient en cours. La police de sécurité organisa un enregistrement clandestin de l'une des séances de travail, enregistrement qui mit en évidence les doutes, pour ne pas dire plus, qui gagnaient les acteurs et qui provoqua la dissolution de l'Atelier théâtral, la destitution de Kepela, son exclusion du parti et son renvoi dans les ténèbres extérieures du cimetière juif de Straschnitz.

Josef Klims fut enchanté de ce récit, qu'il trouva exemplaire.

Tu vois, s'écriait-il, nous sommes victimes de la même procédure, pour avoir voulu mettre notre nez dans le secret des Procès ! Toi, celui de Slansky, en

1952, moi celui de Boukharine, en 1938. Tu connais le compte rendu sténographique du procès du « Bloc des droitiers et des trotskistes » ? Karel ne le connaissait pas, Klims lui en parla longuement. Il lui promit même de lui prêter un exemplaire de la version française, qui était en sa possession.

C'est ce jour-là, en fait, que Kepela apprit la révolte soudaine, imprévue mais provisoire, de Nicolaï Nicolaïevitch Krestinski, dès l'ouverture du procès. « Je ne me reconnais pas coupable. Je ne suis pas trotskiste. Je n'ai jamais fait partie du *Bloc des droitiers et des trotskistes*, dont j'ignorais l'existence... » Assis sur la bordure en ciment de la tombe de Kafka, Josef Klims récitait d'une voix monotone, ce jour d'automne 1953, les paroles de Krestinski. Tu sais, demandait-il, quel était le chef d'accusation principal contre Nicolaï Nicolaïevitch ? Non, Karel ne savait pas. Klims lui raconta l'histoire de l'entrevue secrète que Krestinski aurait eu, à Merano, avec Trotski. Tu me racontes un roman d'espionnage, commentait Kepela. Mais c'est un roman d'espionnage ! Merano, tu te rends compte ? Non, Karel ne se rendait pas bien compte. C'est quoi, Merano ? Une petite station climatique dans les Alpes, autrichiennes autrefois, aujourd'hui italiennes. Et alors ? Il riait, Klims, tout heureux de partager sa science avec son nouvel ami. Alors voilà ! s'exclamait-il. Il sortait de la poche de sa large veste de velours, d'une couleur agreste, forestière même, un mince volume en allemand des éditions Fischer, *Briefe an Milena*. L'auteur en était Franz Kafka, on s'en doute. C'est paru l'année dernière, disait Klims. Il ouvrait le livre, tournait les pages de la préface de

Willy Haas et montrait à Karel l'en-tête de la première lettre à Milena : *Merano-Untermais, Pension Ottoburg*.

C'est ainsi, épaule contre épaule, assis sur le bord de la tombe de Franz Kafka, qu'ils lirent ensemble certains passages des lettres à Milena. Ainsi qu'ils évoquèrent la figure de Nicolaï Nicolaïevitch Krestinski, faussement accusé d'avoir rencontré Trotski à Merano.

Mais dis-moi, dit Kepela tout à coup, tu devais me parler de Boukharine et de la Dialectique, pas de Kafka ! On y vient, on y vient ! disait Klims.

Il y vint, en effet.

Il y a deux moments fabuleux dans ce procès, dit Josef Klims. Car Boukharine a capitulé, il reconnaît l'essentiel des termes de l'accusation. Il a accepté de jouer le jeu de Staline, il se reconnaît coupable. Mais il introduit subrepticement, sournoisement — dialectiquement, pourrait-on dire — dans cet aveu de culpabilité un élément d'incertitude, de flou, qui irrite profondément Vychinski, lequel se sent floué. Il transforme, en effet, sa culpabilité en un processus objectif, échappant à sa volonté, en quelque sorte. Il se reconnaît coupable, mais il n'assume pas cette culpabilité. Il ne s'y reconnaît pas, en somme. Il participe de cette culpabilité objective, historique, mais elle ne lui appartient pas en propre. A proprement parler, elle ne fait pas partie de son être, de sa conscience. Sur ce thème, l'affrontement entre Vychinski et Boukharine est constant, tout le long du procès. Deux fois au moins, sur un prétexte théorique, Boukharine réussit à renverser la situation, à changer de rôle : c'est lui qui fait la leçon au procureur Vychinski ! Qui en perd le contrôle de son discours, tellement maîtrisé, mesuré, le reste du temps. La première fois il est question de « solipsisme », la deuxième de Hegel. Tu te rends compte, quel plaisir ! Mais tu verras toi-même !

Bref, avant que Josef Klims eût fini son exposé sur la Dialectique, pour clôturer le cours de l'année 1953, l'amphithéâtre de l'Université s'était pratiquement vidé d'auditeurs. Les professeurs, en tout cas, s'étaient levés à l'unisson et avaient déserté la tribune. Quant aux étudiants, il ne restait dans la salle que ceux qui étaient trop ignares ou assez courageux pour comprendre de quoi il était question. Et quand il descendit de la place magistrale de conférencier, Josef Klims se trouva nez à nez avec les agents de la Sécurité convoqués par le Rectorat.

Le vrai rapport avec la Dialectique pouvait commencer.

Tout comme Kepela, Josef Klims fut envoyé en usine. Mais outre sa connaissance de la philosophie et de la littérature interdites, qui ne servaient à rien sur une chaîne de montage, sauf à en comprendre les mécanismes d'exploitation mieux que les autres, il avait un vrai atout dans son jeu. C'était un musicien de jazz tout à fait remarquable. Bientôt, grâce à ses talents de saxophoniste et de batteur, il échappa à la condition ouvrière en faisant partie de l'orchestre d'un club syndical.

Mais le temps passait, il fallut interrompre cette première conversation. Kepela avait du travail. Car il n'était pas seulement le gardien de celle de Kafka, mais celui de beaucoup d'autres tombes juives du nouveau cimetière de Straschnitz.

Ils se quittèrent, décidés à bientôt se revoir.

2.

IN DIESEM HAUSE WOHNTE VON 1741-1778
JOHANN CASPAR LAVATER. HIER BESUCHTE
IHN 1775 GOETHE

Ils sont devant la maison qui porte le numéro 11 de la ruelle. Une plaque rappelle que Lavater y a vécu de 1741 — année de sa naissance, par ailleurs — jusqu'à 1778. C'est ici que Goethe lui a rendu visite, en 1775.

— Voici la première, dit Klims.

Karel se souvient qu'il a vu récemment, quelque part, sur un rayon de bibliothèque, plusieurs volumes d'œuvres de Lavater.

— Je ne vois pas le rapport avec le livre que tu écris, dit-il. Encore moins avec Kafka.

Tout à l'heure, sur la Bellevueplatz, après les embrassades, les premières nouvelles échangées, les souvenirs évoqués, Kepela avait demandé à Klims ce qu'il faisait. Toujours de la musique, en tout cas. Il jouait tous les soirs dans la boîte de jazz la plus huppée de Zurich. En outre, il écrivait un livre. A propos de quoi ? Karel avait-il le temps ? As-tu un peu de temps, Karel ? Ce dernier en avait, son avion ne décollait qu'en début d'après-midi. Alors, viens, disait Klims. Je vais te montrer le sujet de mon livre : *L'Ecriture ou la mort !* Il y sera beaucoup question de Kafka, bien entendu.

Et maintenant, devant la maison qui porte le numéro 11 de la Spiegelgasse, Josef Klims rit. Heureux que Kepela ne voie pas le rapport : il va pouvoir le lui expliquer.

— Mais si, tu vas comprendre ! dit-il.

Karel se souvient, tout à coup.

C'est à Paris, chez François Périer, qu'il avait remarqué les volumes de Lavater. Quelques semaines plus tôt, il avait longuement parlé d'un projet avec le comédien. A un certain moment, il avait marché dans la pièce, selon son habitude, tout en parlant. Il en avait profité pour jeter un coup d'œil sur les rayons de la bibliothèque. Des éditions anciennes du théâtre de Molière avaient attiré son regard. Les volumes de Lavater également. Ça l'avait frappé sans doute parce qu'il n'était pas courant de trouver les œuvres de Johann Caspar Lavater dans les bibliothèques privées, même les plus raffinées. Mais il n'avait pas eu l'occasion de demander au comédien pourquoi il s'intéressait à ce personnage. Il le ferait une prochaine fois.

— Tu es sûr de ne pas te rappeler pourquoi Goethe est venu à Zurich, en 1775 ? demande Klims, avec une insistance qui est le produit de son incrédulité.

Karel fait un geste d'agacement.

— Si tu crois que j'ai la tête à m'occuper de Goethe, aujourd'hui ! s'exclame-t-il.

— Qu'est-ce qui te tracasse ? Ton séminaire s'est bien passé, non ? Un triomphe, si j'en crois la presse !

Visiblement, Kepela n'est pas au courant.

— J'étais dans le tram, dit Klims, je lisais le journal. Un papier dithyrambique vantait ton intelligence, ta culture et ton humour ! C'est ainsi que j'ai appris que tu étais à Zurich. Et juste à ce moment je lève les yeux et je te vois !

Kepela hoche la tête.

— Bien entendu, ajoute Klims, le papier sur ton séminaire était signé d'un nom féminin. Tu as toujours eu le chic et la cote avec les dames !

Kepela a un rire bref, sarcastique.

La veille, il avait découvert la trahison d'Ottla.

Ils étaient revenus ensemble à l'hôtel, à la fin de l'après-midi, après la dernière réunion du séminaire que Karel avait été invité à diriger à l'Université de Zurich.

Littérature et cinéma : tel en était le sujet.

Ottla avait assisté à cette dernière journée.

On y discuta longuement de *La Valse aux adieux* de Milan Kundera. Karel avait choisi ce livre pour les séances de travaux pratiques avec les étudiants : comment résoudraient-ils les problèmes d'une adaptation cinématographique ?

De tous ceux de Kundera, ce roman était celui que Karel préférait. Sans doute parce que c'était le récit d'un passage, l'annonce de l'exil. Tous les thèmes habituels de Kundera s'orchestraient ici autour de la petite phrase musicale de l'exil imminent. Le texte avait l'apparente légèreté d'une approche ironique, mais il était travaillé dans ses profondeurs par l'anxiété des ruptures et des déchirements. Le roman en était imprégné : il avait le charme inquiétant d'un dernier message, avant le naufrage.

Kepela fut agréablement surpris par le sérieux et

l'intelligence avec lesquels bon nombre d'étudiants parlèrent de *La Valse aux adieux*. Ainsi, le fait que le bon docteur — aimable partisan du traitement de la stérilité féminine par tous les moyens thérapeutiques, y compris la mise en œuvre de ses propres capacités génésiques — portât le même nom que Karel Skreta, grand peintre du XVIIe qui marque de son empreinte toute l'histoire du baroque en Bohême, n'avait pas échappé à une jeune étudiante, qui en tirait des hypothèses plausibles sur le rapport de Kundera avec le fonds culturel national.

Kepela regardait la jeune fille, ravi de sa perspicacité. De son physique aussi, pour tout dire. Il lui fit un signe amical d'approbation, quand elle eut fini de parler. Ensuite il abonda dans son sens.

Il y a, dit-il à la jeune étudiante, un autre indice qui tend à corroborer les hypothèses que vous venez d'énoncer. Avez-vous remarqué le nom du trompettiste, Klima ? Elle l'avait remarqué. Tous les étudiants l'avaient remarqué. Ils s'en souvenaient, du moins. Mais ils ne semblaient pas en déduire quoi que ce fût. Il est vrai qu'on ne peut pas demander à des étudiants, même zurichois, de tout connaître. Kepela leur vint en aide : Klima, dit-il, comme Ladislav Klima, le philosophe et romancier tchèque. Mais ils ne savaient rien de Ladislav Klima, ce qui est excusable, tout compte fait. Karel leur donna un bref aperçu de sa vie et de son œuvre.

Un peu plus tard, au moment d'une pause, la jeune fille qui avait parlé du peintre Skreta s'approcha de lui. Elle portait des lunettes, qui ne devaient pas être indispensables — les verres en étaient bien plats — mais qui donnaient à son expression une touche d'austérité studieuse, assez piquante, par le contraste établi avec un visage aux traits bien évidemment sensuels. Sans doute avait-elle un éclaircissement à demander, une question à poser.

Mais Kepela la devança.

Vous n'avez pas de robe rouge ? lui demanda-t-il à brûle-pourpoint.

Elle le regarda interloquée.

Non, en effet, elle n'avait pas de robe rouge, c'était visible. Elle portait un pull de cachemire rose, avec un foulard indien noué à la diable autour de son cou et une jupe de panne de velours noir, ample, à plis.

A quoi rimait cette question ?

Soudain elle comprit. Son regard brilla derrière ses lunettes sages d'un éclat ironique et polisson. Kepela faisait allusion à un passage de *La Valse aux adieux*, aux mots d'une conversation téléphonique et néanmoins scabreuse entre Klima et Ruzena.

Karel perçut cet éclair de compréhension, de complicité.

Imaginez ce que je porte sous la robe rouge que je ne porte pas ! dit la jeune Zurichoise.

Sa voix tremblait un peu, de plaisir anticipé. Elle se rapprocha davantage.

Ils parlaient à voix basse, entourés d'étudiants qui attendaient leur tour pour s'adresser à Kepela, à respectueuse distance.

Un slip de couleur gaie, dit-il.

Elle secoua ses cheveux coupés court.

Non, pas de slip. Ni gai, ni triste. Une vraie petite culotte de soie, à l'ancienne, couleur sable, guipurée. Je les achète à Paris, rue des Saints-Pères.

Il fit un effort pour garder son sérieux.

Il contempla avec bonheur et convoitise la bouche de cette jeune Zurichoise de bonne famille — quatre générations, au moins, derrière elle, de cachemires et de leçons de piano, de villas sur la rive du lac à Küsnacht, et de visites dans les musées de l'Europe, c'était visible ! — assez cultivée pour déceler les coquetteries érudites de Kundera, chargeant d'allusions les noms de ses personnages ; assez audacieuse également pour accepter le jeu du langage libertin : léger ou grave, impossible de le savoir d'avance. Il arrive, en effet, que les mots créent du réel, que le verbe devienne chair.

Ce sera une joie de le vérifier, dit Kepela.

Mais Ottla s'approchait.

Elle avait bien compris qu'il fallait s'interposer.

La jeune Zurichoise la vit arriver, du coin de l'œil. Elle murmura à Karel un numéro de téléphone. Appelez-moi, dit-elle dans un souffle, avant de tourner les talons.

Il était donc revenu à l'hôtel avec Ottla.

A peine la porte de l'ascenseur refermée sur eux, Ottla l'avait embrassé avec une sorte de hâte fébrile. D'inquiétude, peut-être. Karel avait pensé que c'était l'approche de leur séparation qui provoquait chez la jeune femme — joyeuse luronne, par ailleurs, goulue en toute circonstance — cette fougue un peu haletante. Le fait est qu'Ottla l'avait pratiquement déculotté, tout en marchant dans le corridor, sous l'œil exorbité, les gloussements d'un rire nerveux, émoustillé, d'une fille d'étage visiblement méridionale, bien tournée, à qui Karel avait jeté en passant un œil de velours, tout en ébauchant de sa main libre, l'autre essayant de retenir son pantalon, un geste d'excuse.

Plus tard, à l'heure de la cigarette partagée, de la conversation à bâtons aussi rompus que leurs corps, un peu attristés pourtant par l'imminence du départ d'Ottla, qui prenait le lendemain matin le rapide de Prague, la jeune femme était allée chercher un poudrier, d'apparence luxueuse, que Kepela ne lui connaissait pas. Qu'il remarquait du moins pour la première fois, lors de cette rencontre de Zurich.

Il parlait de sa vie à Paris, de son travail, de ses conciliabules avec d'autres émigrés tchèques : rêves, projets, contacts par voies détournées avec les gens de la Charte 77, à Prague. Et Ottla l'écoutait, assise en tailleur sur le lit défait, attentive, presque nue, le torse dressé, offrant des seins parfaits, fruiteux, dans le geste des deux bras tendus pour tenir à hauteur de ses yeux le poudrier qu'elle utilisait pour se refaire, comme on dit, une beauté.

Karel la regardait, tout en parlant, dans la lumière parcimonieuse d'une lampe de chevet.

Ottla venait de poser le poudrier sur le drap, entre eux. Karel tendit la main pour le prendre, le soupeser.

— C'est le cadeau d'un homme, Ottilie ?

La jeune femme se raidissait aussitôt. Elle essayait de reprendre l'objet sans y parvenir.

Karel rit, lui flatta l'encolure de la main libre.

— Ottilie, dit-il. Je ne peux pas m'attendre à ce que tu sois fidèle, voyons ! J'aimerais savoir...

Elle le regardait.

Il sembla à Karel que l'angoisse qui affleurait dans les yeux de la jeune femme était disproportionnée.

— C'est rien, dit Ottla, d'une voix précipitée. Un type qui me courtise. Il n'a rien obtenu.

Et puis, dans l'un de ces accès de sincérité qui faisaient son charme, qui donnaient à son comportement tant de fraîcheur, de spontanéité, elle ajouta :

— Pas tout, du moins ! Pas mon amour !

Il rit, lui caressa la hanche, sous la dentelle du porte-jarretelles noir.

— Je connais ? demanda-t-il. Quel est son nom ?

— Karel, dit-elle, dans un murmure.

— Mais oui, je t'écoute.

Elle hocha la tête.

— Non Karel ! C'est son prénom, Karel...

Il rit de bon cœur.

— Parfait, s'exclama-t-il. Ainsi, quand il couche avec toi, tu ne commets pas d'impair au moment de l'extase !

Elle rit aussi, mais son regard ne quittait pas le poudrier cossu, lourd dans la main de Kepela.

— Karel comment ? demanda Karel.

Ottla n'eut sans doute pas la présence d'esprit d'inventer quelque faux nom. Ou bien pensa-t-elle que la vérité n'avait aucune importance.

— Karel Sabina, dit-elle.

Il manqua de s'étrangler. Le brusque fou rire aux larmes lui avait fait avaler de travers la fumée de sa cigarette. Il étouffait. Exultait ensuite, avec de grands gestes des bras.

Ottla le contemplait, surprise de cette explosion.

— Ce n'est pas possible, s'exclamait Kepela. Tu inventes, dis-le !

La jeune femme haussa les épaules. Elle n'avait pas le cœur à inventer, certes pas.

143

Elle fit une nouvelle tentative, infructueuse comme les précédentes, pour reprendre le poudrier.

En fait, à ce moment, Kepela ne soupçonnait encore rien. Il retenait l'objet sans arrière-pensée, simplement parce qu'il en trouvait le contact agréable à la main : nulle autre raison.

— Pourquoi veux-tu que j'invente un nom aussi con ? disait Ottla, furieuse.

Elle se souvint des exigences maniaques de Sabina, des photos pour lesquelles il l'avait contrainte à poser. Elle se souvint surtout — elle en ferma les yeux, une fraction de seconde, avec un frémissement — qu'elle trouvait son plaisir, innommable, à tout cela.

Mais elle voulut savoir pourquoi le nom de Karel Sabina le faisait tellement rire. Ça lui rappelait quoi ?

Kepela n'avait pas envie de raconter à Ottla, ce serait trop long, les péripéties du Comité National tchèque lors du printemps révolutionnaire de 1848. Il pensa fugitivement — mais peut-être *penser* est un verbe trop précis, trop fort, pour traduire ce qui se passa, ou passa, dans l'esprit de Kepela à ce moment : évocations, associations, lambeaux d'images et de concepts — aux journées de juin, à Prague, à la répression organisée par le comte Windischgrätz contre les démocrates insurgés ; il se souvint d'un article de Friedrich Engels à propos de cette insurrection pragoise de 48 — néfaste année pour les Tchèques que celle-là, aussi bien au XIXe qu'au XXe siècle, même si c'est pour des raisons paradoxalement inverses, de fait symétriques ! — article qu'il trouvait tout bonnement génial ; il pensa au triste destin de Karel Sabina, plus précisément.

— Karel Sabina, dit-il à Ottla, était un patriote

tchèque du siècle dernier. Un démocrate de gauche qui finit comme indicateur de la police autrichienne !

Alors Ottla eut une réaction imprévisible, brutale. Elle arracha le poudrier de la main de Kepela.

Subitement, le précieux objet se mit à parler.

On entendait la voix de Kepela, distincte, malgré la déformation inhérente à tout enregistrement au magnétophone.

— ...crate de gauche qui finit comme indicateur de la police autrichienne...

Le grésillement du silence, ensuite, l'enregistrement ayant été interrompu par le geste brutal d'Ottla.

Ils étaient sur le lit défait, face à face.

Elle, toujours nue, figée, puis s'effondrant sur elle-même, tremblant, se recroquevillant comme un animal apeuré. Lui, livide, glacé, investi par une haine atroce qui ne la concernait pas : pauvre Ottla, misérable Ottla, mon Ottilie !

Mais c'est le lendemain, devant le numéro 11 de la Spiegelgasse, et Klims vient de lui dire qu'il a toujours eu le chic et la cote avec les dames.

Kepela a eu un rire bref.

— Tu peux le dire, Pepikou ! Une cote inouïe ! Tiens, parle-moi plutôt de Goethe, tout compte fait...

— C'est aussi une histoire de femme, dit Klims.

Il avait sauté du tramway, tout à l'heure. Il avait couru comme un fou, en hurlant le nom de Kepela. Ils étaient tombés dans les bras l'un de l'autre. Tu es apparu, là, subitement alors que je pensais à toi, à cause du journal : comme le personnage d'un de mes rêves, comme une création de ma pensée, avait-il dit.

Et Kepela : tu vois qu'ils ont eu raison de t'exclure du P.C. ? Tu es un idéaliste forcené, pire que l'évêque Berkeley ! La réalité extérieure, l'être-autre n'existent que dans ta pensée ! Grâce à elle !

— Une histoire de femme ? demande Karel. Goethe est venu à Zurich en 1775, pour une histoire de femme ?

Mais bien sûr, dit Klims. Il a fui Lili Schönemann. De toutes les femmes de la vie de Goethe — et Dieu sait qu'on pourrait en dire à ce sujet, autant que de Franz Kafka ! — c'était Lili, sans doute, la plus remarquable. La plus libre, en tout cas, donc la plus dangereuse. Walter Benjamin l'affirme. Ça doit être vrai, il se trompe rarement. Ainsi, en 1775, Goethe a fui Lili Schönemann. Dans sa longue bataille défensive contre le mariage, il choisit la fuite, une fois encore. Il file en Suisse avec le comte Stolberg. Il vient voir Lavater, dont les études de physiognomonie l'intéressent, mais dont le piétisme illuminé le rebutera bientôt. Et puis, plus d'un siècle après, l'été 1911, Kafka arrive à Zurich avec Max Brod. Il parcourt cette rue, la Spiegelgasse...

Attends, attends, pas si vite ! s'exclame Kepela. On ne sait pas du tout s'il est passé par ici. Son journal de voyage...

En effet, reconnaît Klims, son journal n'en dit rien, expressément. Il dit...

Mais je m'en souviens aussi, qu'est-ce que tu crois ? s'exclame Kepela.

Et ils disent la phrase de Kafka ensemble, à l'unisson : « Vieille ville : ruelle étroite et abrupte qu'un homme en blouse bleue dévale pesamment... »

Ils rient.

Pourquoi pas celle-ci ? poursuit Klims. Tu auras remarqué qu'on y parvient tout naturellement, en s'enfonçant dans la vieille ville à partir des quais de la Limmatt. Donc, Kafka remonte cette Spiegelgasse « étroite et abrupte ». La plaque sur le numéro 11 attire son attention. A cause de Goethe, bien entendu. D'ailleurs, l'été suivant, en 1912, comme par hasard, quand il repart en voyage de vacances avec Brod, c'est à Weimar qu'ils se rendent, chez Goethe. Ça ne te dit rien, Karel ? Et il est tellement détendu, notre Franz, qu'il poursuit de ses assiduités la fille du conservateur de la maison de Goethe. Une période de sa vie dont les kafkologues n'ont rien à dire ! Un mois plus tard, à Prague, il rencontre Felice Bauer. Encore une histoire de fiancée, n'est-ce pas ? Lili Schönemann et Felice Bauer : tu en veux davantage ?

Il rit, Kepela.

— Non, ça va, vas-y !

— Alors, dit Klims, triomphant, le bouquin commence ici : à la fin du mois d'août 1911, au moment même où Kafka tombe en arrêt devant la plaque commémorant la visite que Goethe fit à Johann Caspar Lavater, en 1775...

— Mais c'est quoi, ton livre ? l'interrompt Kepela. Tout à l'heure, ça avait l'air d'un essai sur la littérature, maintenant ça ressemble à un roman !

— Alors ? dit Klims. Ne sois pas dogmatique, Karel ! C'est les deux à la fois : un roman philosophique. Un genre tchèque bien connu, *nicht wahr* ?

— Très bien, dit Kepela. Et quels en sont les personnages ? Parce qu'à Zurich, il y en a, des personnages possibles ! De Rosa Luxemburg à Dada, de Parvus à Einstein, de Martov à Lénine, pour ne parler que du XXe siècle !

— Attends, attends, pas si vite, s'exclame Klims. Restons-en au XIXe !

Et il entraîne Kepela un peu plus loin, sur le trottoir d'en face, celui des numéros pairs. Il montre à Karel une deuxième plaque apposée sur la façade d'une deuxième petite maison, celle qui porte le numéro 12 de la Ruelle-au-Miroir.

Il s'en frotte les mains d'avance, Josef Klims, à guetter la lueur de surprise et d'intérêt dans le regard de son ami.

Ça n'a pas raté.

Il y a eu aussitôt une lueur d'intérêt et de surprise dans les yeux de Karel Kepela.

IN DIESEM HAUSE STARB AM
19 FEBRUAR 1837
DER DICHTER GEORG BÜCHNER

— Ça alors ! s'écrie-t-il.

Il est devant la maison où est mort Büchner. Et c'est une mise en scène de *La Mort de Danton* qu'il préparait pour le Théâtre national de Prague, en 1969, lorsqu'il fut renvoyé pour la deuxième fois dans les ténèbres extérieures, chassé de toute activité culturelle publique. La seule différence avec le premier épisode de sa disgrâce, celui de 1953, était qu'on n'eut pas à le chasser du parti, cette fois-ci. Il s'était bien gardé d'y revenir, lors dudit printemps de Prague.

Mais en 1969-1970, au moment du rétablissement de l'ordre, il ne fut pas renvoyé à la production. Il ne fut pas non plus nommé gardien de cimetière. Tous les postes de travail où il aurait pu établir des contacts, pour minimes ou fugaces qu'ils fussent, avec ses concitoyens, lui furent interdits. Finalement, après de longues semaines d'atermoiements, on l'envoya travailler dans la chaufferie d'un ensemble locatif de la proche banlieue de Prague. Tous les matins, il revêtait son bleu de mécanicien dans le vaste espace souterrain qui était devenu son domaine — sa caverne platonicienne, disait-il à Ottla — et il enfournait des pelletées de charbon dans les chaudières qui fournissaient de l'eau chaude à plusieurs centaines de logements. Ça le faisait rire, parfois. Il avait commencé sa vie de réprouvé comme gardien du tombeau de Kafka, en 1953, et il la terminait, après l'intermède exultant de la fin des années 60, comme un personnage de l'écrivain : celui du soutier de *L'Amérique*.

Oui, ça l'avait fait rire, à l'occasion.

Il regarde la plaque commémorative sur la maison où est mort, à l'âge de vingt-quatre ans, Georg Büchner, auteur dramatique sans doute visité par le génie.

— *Nur ein Feigling stirbt für die Republik, en Jacobiner tötet für sie...*

Il a parlé à mi-voix. Mais Josef Klims saisit parfaitement ses paroles. Il connaît bien ce passage de *La Mort de Danton*.

Ça se trouve dans la troisième scène du premier acte. C'est un Lyonnais qui parle, au Club des Jacobins. *Seul un couard meurt pour la République, un Jacobin tue pour elle !* Dans ce renversement, dans ce passage de la *mort* au *meurtre*, légitimé habituellement par l'avenir que ce dernier engendrerait, se noue en quelques mots l'un des thèmes par excellence de toute révolution. L'idée neuve du bonheur, en tout cas, aussi sanguinaire, historiquement, aussi totalitaire que celle de la société sans classes, hante certains moments et personnages de la pièce de Büchner.

— Tu vois que la Spiegelgasse nous mène dans le vif du sujet ? dit Klims.

— Sa mort, plutôt, répond Kepela. L'inéluctable mort du sujet !

Ils rient, ils allument des cigarettes.

Ils se souviennent vaguement qu'ils ont déjà dit à peu près la même chose, trente ans auparavant, à Straschnitz. Le jour même où ils se sont rencontrés. Il y avait du soleil, ils étaient assis sur la margelle qui délimite l'espace funéraire de la famille Kafka. Ils avaient longuement parlé de la Mort qui gouvernait la vie — parfois les âmes aussi — de leurs contemporains, sous l'invocation du progrès de l'Histoire.

Trente ans et rien de décisif ne s'est produit. Rien de vraiment important, même. L'histoire a continué de se décomposer, de fabriquer de la mort : un terreau riche et gras, un humus sans doute fertile où ne lèvent pour l'instant que les moissons du désespoir. Mais peut-être est-ce là que se nourrissent les moissons de la lucidité. Peut-être faudra-t-il aller jusqu'au bout de cette décomposition, jusqu'à la fin de cette histoire. Qui ne sera pas la fin de l'Histoire, bien entendu : celle-ci n'a ni fin, ni fins. Elle a des sujets, en revanche, et de toute sorte : nations, peuples, classes, seigneurs charismatiques des vents et des marées, patrons du commerce du sel ou du pétrole, individus anonymes ou éponymes, ainsi de suite. Des sujets innombrables, parfois déterminés, souvent irrésolus, ne sachant jamais l'histoire qu'ils font, mais la faisant. Et la défaisant. Sans trêve, sans pitié, avec plaisir à l'occasion.

Tu te souviens des assiettes de faïence françaises du début du XIXᵉ siècle ? dit Klims. Autour d'un arbre de la liberté, ou d'un bonnet phrygien planté sur une pique, ou d'un coq gaulois annonçant le bonheur au monde, on peut lire en exergue *La Liberté ou la mort !* Parfois *La Patrie ou la mort !* Avec Büchner commencent à se poser les vrais problèmes de cette rhétorique : est-ce que la décision populaire, massive, enthousiaste, indiscutable, de mourir s'il le faut pour la liberté, pour la patrie le cas échéant, donne aux Jacobins — et j'ajouterai : aux Bolcheviks — un droit circonstanciel de vie et de mort, un droit au meurtre ? Qui finirait par devenir institutionnel, terreur permanente que Trotski a justifiée plus brillamment, même s'il l'a moins exercée que Staline, qui n'était qu'un pragmatique indécrottable, donc un hypocrite ? Au nom d'une abstraite volonté du peuple qu'on finit par monopoliser, manipuler, puis réduire au silence de la servitude ? De *La Mort de Danton* aux procès de Moscou, il y a une certaine continuité des thèmes historiques.

A la différence près, considérable, ajoute Klims, que la révolution bourgeoise est une révolution véritable. Et en tant que telle, vivante. C'est la vie qui gouverne son évolution, ses involutions, ses excès, ses bonheurs et ses crimes, tout au long du XIXᵉ siècle. Alors que la révolution prolétarienne est mort-née. Elle ne peut être gouvernée que par la mort, par des morts-vivants, des meurtriers ou des momies vénérées, vénériennes.

Parce que le prolétariat est — quoi qu'on en dise, et c'est là tout le drame — une classe incapable de dépasser l'horizon de la société bourgeoise — au mouvement de laquelle il est indispensable, en revanche —, incapable de donner vie à autre chose que la survaleur de ses propres produits et de lui-même en tant que producteur...

A la différence près, aussi, dit Kepela, que Büchner ne se voile pas la face comme le fera Lukács, un siècle plus tard, parlant de *La Mort de Danton,* en 1937, à l'époque même des grands procès staliniens. Qu'il n'occulte rien sous les voiles hypocrites d'une idéologie de justification. Son texte est clair, merveilleusement brutal, d'une précision chirurgicale : aussi précis que le discours sur le système nerveux de la boîte crânienne qu'il a prononcé ici, à Zurich, en 1836, un an avant sa mort...

Où il parle de Lavater, d'ailleurs, l'interrompt Klims. Tu vois que tout se tient, comme les scénarios bien ficelés, les romans populaires...

Et il finit comment, ton livre ? demande Kepela.

Il éclate de rire, Josef Klims.

Viens voir, s'écrie-t-il, viens voir comment finit mon livre !

Il l'entraîne vers la maison voisine, toujours sur le côté des numéros pairs de la ruelle. Celle, donc, qui porte le numéro 14.

HIER WOHNTE VON 21 FEBRUAR 1916
BIS 2 APRIL 1917
LENIN, DER FÜHRER DER RUSSISCHEN
REVOLUTION

Alors ils tombent dans les bras l'un de l'autre, ils sont secoués par le fou rire, les mots s'étranglent dans leur bouche, ils n'arrivent pas à reprendre leur souffle, devant cette maison où a vécu Lénine, le « führer » de la révolution russe, du 21 février 1916 au 2 avril 1917.

Une famille suisse, paisible et promeneuse, passe à ce moment sur le trottoir d'en face de la ruelle. Papa, maman, les enfants tournent un œil indulgent, compréhensif, bien que légèrement étonné, vers ces deux excités qui font de grands gestes et prononcent des mots inarticulés dans une langue bien évidemment étrangère.

Le même regard suisse, placide, qu'on peut observer sur une ancienne photographie découverte par Josef Klims dans les archives de la Bibliothèque municipale de Zurich, au cours des recherches liées à son travail. Photographie où l'on voit trois exilés russes — trois « nihilistes », dit la légende du document — discuter dans une rue de Zurich en 1915 ou 1916. Il s'agit d'Axelrod, de Martov et de Martynov. Martov, qui s'en souvient ? Jules Ossipovitch Tsederbaum, dit Martov, le leader des Mencheviks de gauche qui a toujours eu raison contre Lénine, tout le temps, dans toutes les époques de leurs interminables discussions, mais dont le nom, la mémoire — parfois l'honneur aussi — ont été jetés aux oubliettes, aux poubelles même, de l'Histoire. Social-traître, bien sûr. Ennemi principal, toujours, quoi qu'ils feignent de dire, des Bolcheviks.

Ils sont donc là, dans la rue, à discuter avec de grands gestes. Derrière eux, à l'arrière-plan de la photographie, un monsieur suisse se retourne et les contemple. Avec le même regard suisse, placide, que la famille suisse, promeneuse et placide, tourne ce samedi d'avril 1982 vers Klims et Kepela, toujours en proie à un fou rire désespéré, devant la porte de la maison où a vécu un peu plus d'un an Vladimir Ilitch Oulianov, dit Lénine. Juste avant de venir imposer à la Russie, avec une intelligence illuminée, l'idée neuve du bonheur dont son pays est mort.

Spiegelgasse, la Ruelle-au-Miroir. Aux alouettes, sans doute.

CHAPITRE VIII

La fin du libertinage

1.

Sur le quai de la gare, à Vernon, à 18 h 20, il reconnut aussitôt Franca Castellani.

Il ne l'avait jamais vue, pourtant. Il avait vu souvent Nadine Feierabend, qui se tenait à côté de Franca, au bout du quai, près de la porte de sortie. Mais il ne vit pas Nadine Feierabend, ne la remarqua pas. Il n'identifia donc pas Franca Castellani par déduction, parce qu'elle se trouvait là, à côté de Nadine : parce que ça ne pouvait pas être quelqu'un d'autre, logiquement.

Non, pas du tout.

Il ne vit que Franca Castellani, elle seule. Toute seule. Il ne reconnut qu'elle, qu'il n'avait jamais vue. Il marcha vers elle, sachant qui elle était, avant même de distinguer, dans l'allégresse de cette reconnaissance, la silhouette de Nadine Feierabend.

C'est vrai qu'il avait bu, que l'alcool aiguisait ses sens, ses sentiments, bien qu'il ne fût jamais ivre. Ou rarement.

Mais il marchait vers Franca Castellani avec l'impression absurde, saugrenue du moins, que sa présence sur le quai effaçait en quelque sorte la trahison d'Ottla.

Quelques heures plus tôt, ce matin, il avait accompagné Ottla à la gare mais n'avait pas attendu le départ du train. Il n'était même pas monté dans le wagon. Il l'avait vue se retourner, de ce mouvement vif et gracieux de tout le corps qui l'avait tant charmé, naguère. Un bref instant, il avait pu saisir le regard d'Ottla.

Pour la dernière fois, sans doute.

La jeune femme avait disparu dans le couloir du wagon, traînant une valise. Elle traînait toujours des valises, lourdes en apparence. Lorsqu'elle les défaisait, cependant, il n'en sortait jamais que de la lingerie, en masses légères et vaporeuses : de la soie, des guipures, des guêpières, du frou-frou. Peut-être était-ce cette légèreté libertine qui était lourde à porter, allez savoir.

Il avait vu réapparaître le visage d'Ottla, derrière la vitre du compartiment. Il avait regardé ce visage, à demi estompé, brouillé dans le contre-jour d'un soleil mutin, matinal. Il l'avait contemplé pour la dernière fois.

— Ottla, mon Ottilie, avait-il murmuré.

Mais elle ne pouvait pas l'entendre, elle ne pourrait plus jamais l'entendre.

Elle fit un geste.

Il eut l'impression qu'elle voulait baisser la vitre du compartiment. Sans doute pour lui dire quelque chose : un adieu, un dernier mot, je t'aime ! Mais le mouvement de son bras resta en suspens. Le dernier adieu resta suspendu, gorgé de silence étouffé, dans l'atmosphère bruyante de la gare de Zurich.

Il tourna les talons, s'éloigna d'un pas vif.

Il parcourut ainsi à peu près la moitié de la longueur du quai. Puis se mit à courir, subitement. A grandes foulées. Il s'étonna lui-même de cette impulsion irréfléchie : il courait.

Un coup de sifflet brisa son élan.

Un employé des chemins de fer helvétiques, sincèrement chagriné, le rappelait à l'ordre. Une course aussi folle, disait-il, aveugle de surcroît, pouvait provoquer un accident. Avec tous ces enfants sur le quai! s'exclamait l'employé des C.F.F.

Karel Kepela regarda autour de lui, revenu à lui-même.

Le quai grouillait d'enfants et de tout jeunes adolescents, en effet. Quelque départ en excursion scolaire et collective, vraisemblablement, ce samedi d'avril.

Il s'excusa de son imprudence involontaire.

L'employé laissa apparaître un air compatissant qui se vit sur sa figure.

— La jeune dame vous quitte ? demanda-t-il.

Karel n'éprouva pas le besoin de préciser que c'est lui qui quittait Ottla, mais que c'est elle qui l'avait trahi. Il se borna à hocher la tête.

L'employé expliqua qu'il les avait observés, à leur arrivée sur le quai. Il y avait du malheur entre eux, c'était visible. A quoi ? A tout. A leur silence, à leur façon de marcher en retrait l'un de l'autre, l'écart entre eux s'élargissant. Au maquillage inachevé de la jeune femme, dont un œil était soigneusement fait — traits de crayon, paupière bleuie — alors que l'autre ne l'était pas du tout, ce qui donnait à ce visage féminin une dissemblance interne, une asymétrie dérangeante : d'un côté, l'assurance du masque ; de l'autre, le désarroi désarmé d'un visage nu.

A ce moment, l'employé des S.B.B. — qui parlait un allemand fluide et châtié, *Hochdeutsch*, et non pas le vernaculaire suisse alémanique — fut saisi, semblait-il, par un vertige sémantique : il se mit à jouer sur les mots, assez gros jeu. Tout à l'heure, lors de sa première question, il avait parlé de la *junge Dame*, jeune dame, pour mentionner Ottla. Maintenant, il disait *junge Frau*, jeune femme, ce qui était tout aussi approprié, banal en soi, mais qui lui permettait, subtilement, de glisser de cette appellation *junge Frau* à des jeux avec *Jungfrau*, qui veut dire vierge, pucelle, demoiselle en somme, et avec *jungfräulich*, qui est l'adjectif du précédent ; ce qui le conduisit à une digression ou élucubration sur l'aspect virginal du visage d'Ottla, dans cette partie du moins où l'œil n'avait pas été fait, masqué, maquillé, où il se présentait dans la nudité transparente d'un désespoir juvénile.

Bref, l'employé de la gare de Zurich avait déduit le malheur entre eux de toute une série de signes, y compris, pour finir, du fait qu'elle portât elle-même sa valise, alors qu'il n'avait pas du tout l'air de quelqu'un qui laisse porter les valises par les dames. Ni même par les demoiselles. Une douleur trop grande, donc, l'accaparait, l'obnubilait : il n'y avait pas d'autre explication.

— Elle descend où ? demandait l'employé. A Vienne ? Ou à la fin seulement, à Prague ?

Kepela se remit en marche, à petits pas.

Il tourna la tête, en s'éloignant.

— A Prague, dit-il, dans un murmure.

Mais tous les haut-parleurs de la gare de Zurich interrompirent au même moment leurs messages aux usagers. Tous les enfants partant en excursion sur le quai numéro 5 s'étaient tus, à l'unisson. Les seuls à parler encore furent les amoureux qui se disaient au revoir, mais c'était un langage de chuchotements, de soupirs, d'attouchements.

Dans ce silence soudain, le murmure de Karel se détacha avec netteté.

L'employé des C.F.F. s'était incliné comme s'il venait d'apprendre la nouvelle de la mort d'un être cher. Il avait hoché la tête, accablé. Puis, d'un geste de compassion, ou de condoléances, il avait soulevé légèrement sa casquette galonnée.

Ottla avait à peine dix-sept ans lorsqu'elle était apparue dans la vie de Karel. Littéralement apparue. Un beau jour elle fut là, à la porte des studios où il tournait les intérieurs de son deuxième film, en 1967. Elle avait une petite valise à ses pieds, elle l'attendait.

Elle arrivait de Doksy, petite bourgade de la région des lacs, en Bohême du Nord. A quinze ans, elle avait quitté la ferme familiale, pour travailler comme serveuse dans une maison de repos des syndicats, sur la rive du lac Máchovo. Elle n'avait pas gardé un mauvais souvenir de cette époque. Les hommes la trouvaient gentille. Ils le lui faisaient entendre parfois avec trop de fougue, mais elle savait les tenir à distance, pour l'essentiel, sans pour autant tomber dans l'humeur acariâtre. Jusqu'au jour où elle se laissa gaiement délurer par l'un des moniteurs sportifs de l'institution syndicale et vacancière. Ça se passa dans une barque à rames, loin des regards indiscrets, près de la rive opposée du lac, touffue d'arbres centenaires. C'était à la tombée du jour. Une pluie brève, drue mais tiède, d'orage de fin d'été, inonda ses jambes et son ventre dénudés, emportant dans un flot de jouissance le sang de sa vertu.

Elle fut heureuse, dès cette fois. Mais elle était heureuse à chaque fois. Douée pour ce genre de bonheur-là. Douée pour tous les petits bonheurs, assurément.

Un jour, donc, elle apparut, arrivant de Doksy, de la région des lacs et des forêts de la Bohême du Nord. Elle l'attendait, lui, Karel Kepela, personne d'autre, à la porte des studios de Barrandow.

C'étaient les années où les images illusoires du cinématographe commençaient à renouer sournoisement les fils rompus entre la société civile tchèque — atomisée, massifiée, par quinze ans de domination totalitaire et dialectique — et la vérité. Avec sa propre réalité, en fin de compte. Comme les hirondelles annoncent le printemps, comme le frémissement de l'eau annonce le point d'ébullition, les images fantasmales, gratuites en apparence, hasardeuses, du cinéma de Véra Chytilova et de Kadàr, de Jasny et de Passer, de Forman et de Kepela, annonçaient le profond mouvement social qui éclaterait au grand jour des années plus tard.

Les premiers à déchiffrer correctement le message de ce nouveau cinéma tchèque furent les hommes du pouvoir, bien entendu. « Aussi longtemps que je serai à mon poste, l'art contre-révolutionnaire ne sera pas diffusé ! » proclama avec emphase Karol Bacilek, premier secrétaire du P.C. de Slovaquie, au printemps 1963. D'une certaine façon, il avait raison. Aussi perdit-il bientôt son poste, où il fut remplacé par un inconnu qui se nommait Alexander Dubček.

Mais Ottla ne savait rien de Karol Bacilek.

Elle ignorait qu'il avait été ministre de la Sécurité d'Etat, dans les années 50 et, à ce titre, l'un des organisateurs du procès Slansky. Elle ignorait également comment ce dernier événement avait changé, de façon retorse, la vie de Kepela, provoquant sa première descente dans les oubliettes de la société, après son exclusion du parti.

Ottla s'intéressait tout simplement au cinéma, redevenu vivant et gai. Elle voulait être comédienne, c'est tout. Alors, dans un magazine illustré, elle choisit parmi les portraits de metteurs en scène de la nouvelle vague, celui de Kepela, qu'elle trouva plus séduisant que les autres. (A dire toute la vérité : elle hésita quelques heures entre Forman et Kepela, mais celui-ci avait déjà des cheveux blancs, malgré ses trente-sept ans, et Ottla avait autant besoin d'être rassurée que séduite.)

Elle se renseigna, patiemment, pour obtenir l'adresse et l'emploi du temps de Karel Kepela. Lorsqu'elle fut en possession d'informations pertinentes, elle boucla une petite valise et prit des autocars qui la conduisirent à Prague, par étapes.

Un beau jour, donc, elle apparut à la porte des studios de Barrandow, attendant la sortie de Kepela. Elle ne devint pas comédienne, cependant. Après deux ou trois apparitions falotes dans des personnages secondaires, elle passa derrière la caméra, dans un rôle de scripte. Mais elle resta dans la vie de Karel, à travers les incertitudes de toutes ces années.

En sortant de la gare de Zurich, ce matin, il avait marché le long de la Bahnhofstrasse, vers le lac.

Il avait contemplé la rutilante somptuosité des vitrines. Les boutiques étalaient les coloris moelleux des cachemires. Les librairies exposaient des livres de toute provenance, dans toutes les langues. Des chaussures de femme en cuir souple à hauts talons se montraient nonchalamment aux regards. Les fruits tropicaux se présentaient dans l'évidence et le naturel de leur être-là : comme s'il était normal que leur exotique exubérance s'offrît ainsi, dans la banalité de leur essence marchande. La lingerie intime la plus délicate, sophistiquée, chatoyait au soleil printanier sur les jambes galbées, les hanches et les poitrines séduisantes des mannequins en mousse de polystyrène.

Il se souvint d'Ottla, bien sûr, de ses bagages toujours remplis de dessous de rechange. Il faut dire que la jeune femme faisait une consommation effrénée de pièces de lingerie. Dans toutes les chambres où Karel lui avait fait l'amour, à travers l'Europe, elle avait toujours oublié quelque chose : ici une paire de bas couleur de fumée, une petite culotte de soie saumon là-bas, un porte-jarretelles de dentelle noire encore ailleurs.

Mais ce souvenir lui glaça le cœur : il évoquait des images trop précises. Il s'arrêta, soudain à bout de forces.

Il respirait fort, le souffle court.

Peut-être, tout compte fait, était-il lui-même en partie responsable de la déchéance, de l'asservissement d'Ottla aux caprices de Sabina, policier méthodique et libidineux. Car elle ne connaissait, quand il l'avait rencontrée, en 1967, que le désir et le plaisir, pulsions élémentaires, non problématiques. Innocentes, quelle qu'en fût l'intempérance. Il lui avait appris l'érotisme, qui est une sorte de culture. Un langage, du moins : traversé de non-dits, donc, d'interdits, de violences, de transgressions possibles, par voie de conséquence. Ce qui ne va pas sans exploration de l'abominable, sans apprentissage de la servitude volontaire.

Ainsi, il l'avait peut-être préparée à devenir la servante de Karel Sabina, policier sadique, lorsqu'il en avait fait sa maîtresse, rouée et ravie, des années plus tôt.

2.

Mais à Vernon, sur le quai de la gare, à 18 h 21 le samedi 24 avril 1982, il marchait allègrement vers Franca Castellani.

Il avait eu la sensation étrange que la présence de celle-ci effaçait la trahison d'Ottla. Qu'elle effaçait aussi une autre trahison, originaire, lointaine, dont l'oubli avait sans doute hanté son intimité, dans la brutalité silencieuse, mais non dénuée d'expressions, du refoulement.

Il pensa que nul n'aurait osé imaginer une mise en scène aussi kitsch : seule la vie pouvait se le permettre. Ottla disparaissait à tout jamais, Franca apparaissait tout aussitôt. Et sur un quai de gare, toutes les deux. C'était presque incroyable ! Du feuilleton !

Il rit, en marchant vers Franca Castellani.

Celle-ci fut saisie de le trouver aussi séduisant, d'une beauté à la fois fulgurante et foudroyée, éclairée par le regard d'un bleu glacial, pétillant de malice.

Ils se rencontrèrent.

Il s'inclina devant Franca, lui dit d'une voix grave et gaie qu'elle était exactement comme il l'avait imaginée : inimaginable. Elle sourit, un peu débordée par tant de fougue. Il embrassa Nadine, éberluée elle-même, sur le coin de la bouche.

Tout allait bien.

Il avait atteint un point de griserie extrême, mais étale ; aussi pure, aussi tonique qu'un accord musical parfait, qui se prolongerait sans limites et sans raison. Un point auquel on ne parvient que rarement, même lorsqu'on se laisse imbiber lentement, posément, par les vapeurs de l'alcool, qui vous imprègnent comme l'eau de pluie imprégnait le terreau des sous-bois, aux environs du lac de Máchovo, dans les récits d'Ottla sur son enfance.

Ils marchèrent vers la sortie, il demanda où était Juan, Franca lui dit qu'il était sans doute resté avec Antoine, dans l'atelier, peut-être ne savait-il même pas que Kepela arrivait ce soir, l'avait-elle dit à Antoine ? Plus aucun souvenir. Je me demande si c'est une bonne surprise qu'il va avoir, Juan, mais il fallait que je lui parle, vite. *La Montagne blanche* ? demanda Nadine, tu veux le voir à cause de votre projet ? Mais Karel haussait les épaules. *La Montagne blanche*, disait-il, était une idée qui leur prendrait encore des mois, des années qui sait, de travail, non, pas du tout à cause de cette grande machine dramatique (mais quel était le numéro de la ligne de tramway qui menait de la place Pohořelec au terminus de la Montagne blanche ? Klims non plus n'avait pu le lui dire, tout avait pourtant commencé là, ce matin, par la recherche de ce souvenir évanoui !) à cause plutôt d'une découverte métaphysique qu'il avait faite sur lui-même, dont il fallait qu'il parle avec Juan, tout de suite. Les deux femmes éclataient de rire ensemble, se regardaient, brusquement complices, du même côté du monde, ne fût-ce que pour ce bref instant où elles riaient, s'écriant ensemble « Métaphysique ? encore ! » et Kepela ne comprenait pas pourquoi elles riaient, à quel enjeu cette exclamation faisait allusion, il riait aussi, il n'en avait rien à faire : c'est vrai qu'il avait fait une découverte à propos de lui-même, aujourd'hui, métaphysique si l'on veut, si l'on reprend le terme qu'il avait utilisé avec un brin de dérision.

Il jette son sac de voyage dans le coffre de la voiture. Il monte à l'arrière. Les deux femmes sont déjà installées, Franca derrière le volant, Nadine à sa droite. Elles se retournent d'un même mouvement, vers lui. Leurs cheveux voltigent autour de leurs visages. Il trouve que cet instant est un régal, que les femmes sont des êtres délicieux. Il admire la jeunesse triomphante de Nadine, sa beauté à la fois grave et sensuelle. Il comprend, dès qu'il regarde Franca, tournée vers lui, pourquoi il l'a aussitôt reconnue, sur le quai de la gare de Vernon. C'est que cette inconnue a atteint, dans le parcours de son âge, ce point de maturation, de floraison, d'épanouissement, d'éclat, de grâce, qui se passe de toute déclaration, fioriture, arrangement, maquillage ou masque : ce point de vérité intérieure, d'équilibre à la fois inusable et fragile, parfait et menacé, qui rendait son charme si déchirant, et qui pouvait se comparer, par métaphore ou analogie, au point qu'il a atteint lui-même dans sa griserie. Mais il doit y avoir un poème lyrique grec ou latin pour décrire tout cela. Il faudra demander à Larrea, il est très fort pour les références classiques.

Il se penche sur le dossier des sièges avant, il parle aux deux femmes, tourné alternativement vers l'une et l'autre.

— Si on partait ? dit-il.

— Mais on part, dit Franca, qui met le moteur en marche.

Il rit.

— Partir pour de bon, je veux dire ! dit-il.

Elles le regardent.

— On laisse tomber l'artiste et l'écrivain, on s'en va. Ils se sont connus il y a quarante ans, n'est-ce pas ? Ils ont sûrement des tas de choses à se dire. Peut-être ne remarqueront-ils même pas notre absence ! On part ?

— Où ça ? demande Franca.

Il les regarde toutes les deux, longuement. Comme s'il cherchait dans l'augure de leurs yeux une réponse à cette question.

— Partons pour Merano, dit-il, ça doit être beau, au printemps. Je n'ai connu Merano qu'à l'automne, comme Nicolaï Nicolaïevitch Krestinski. Et j'ai toujours rêvé d'aller à Merano avec deux femmes !

Nadine se raidit.

— Moi, dit-elle cinglante, avec deux hommes. Parfois, tu étais l'un d'eux !

Elle le provoque. Ils s'affrontent du regard, c'est lui qui se détourne.

— Et vous ? dit-il à Franca.

— Je connais bien Merano, dit celle-ci d'un ton neutre.

Elle n'en dira pas plus.

— Si l'on oublie l'aspect libertin de ce voyage idiot, dit Nadine, pourquoi Merano ?

Karel veut protester. Elle n'a pas l'air de comprendre que c'est tout le contraire, qu'il s'agit de la fin du libertinage dans sa vie. Il est vrai que ce n'est pas facile à comprendre. Du moins, si l'on s'en tient à la forme de ses propos. Il faudra qu'il s'en explique mieux.

Nadine insiste, elle veut savoir pourquoi Merano.

— A cause de Kafka, bien sûr ! C'est en avril qu'il y est allé...

— Avec deux femmes ? l'interrompt Nadine, d'une voix narquoise.

— Justement pas ! Tout seul, tout fou, tout malheureux ! Allons à Merano pour exorciser le malheur de Kafka, sa solitude.

Nadine a un rire acide.

— La solitude de Kafka, parlons-en ! s'écrie-t-elle. D'abord, il l'a voulue, établie, protégée. Ensuite, il en a fait une arme pour faire souffrir toutes les femmes qu'il a connues, qu'il a décidé d'aimer. Attention, je dis bien aimer ! Car celles qu'il a décidé de baiser, ici ou là, pas trop souvent, ça fatigue l'écrivain, ça prodigue inutilement sa semence divine, celles-là il les a baisées sans parlote, ni chichis. Peut-être aussi sans trop de succès, c'est une autre affaire ! Mais il n'a emmerdé que les femmes, avec sa solitude ! Les hommes, ses copains, il ne les emmerdait pas, il ne les triturait pas avec les exigences névrotiques de son égoïsme. Il rigolait avec eux, buvait de la bière avec eux, allait sur les plages de la Baltique avec eux, il leur lisait ses petites œuvres immortelles ! Alors, si c'est à cause de Kafka, tu peux aller à Merano tout seul, comme lui... Sans moi, en tout cas !

Franca rit de bon cœur, Kepela siffle d'admiration.

— On connaissait la lecture naturelle et la surnaturelle de l'œuvre de Kafka, l'analytique et la sociologique, l'humaniste et l'anti-humaniste : voici la lecture féministe de Nadine Feierabend. Le week-end va être sublime, mesdames, je le sens. Il faut boire un coup !

Karel tire de la poche intérieure de sa veste une gourde de voyage, plate, ouvragée. Il en dévisse le bouchon d'argent qui sert de verre, le tend à Franca.

— Buvons ! dit-il.

— C'est de la vodka ? demande Franca, méfiante.

Il s'exclame, indigné.

— Quelle horreur ! Je ne bois jamais cet alcool de moujik, de cosaque pogromiste, de rêveur veule et karamazovien, d'envahisseur attilesque, et éthylique... Je ne bois que l'alcool démocratique par excellence, le bon vieux whisky écossais, dont l'expansion dans le monde va de pair avec la progression de la musique classique, du fair-play, des belles-lettres et de la contraception !

Franca sourit. Elle commence à croire que Kepela a vraiment fait une découverte importante, aujourd'hui. Sur lui-même ou sur le monde ? Sur tous deux à la fois, peut-être. Ça le rend volubile.

Elle tend la main.

— Une goutte alors, dit-elle.

Il lui sert un peu d'alcool mordoré.

— Vous avez le droit de faire un vœu, il sera exaucé, dit Karel.

Elle lève le verre minuscule à hauteur de son visage, elle les regarde à tour de rôle. Un souhait fou lui embrase le cœur, le corps, brusquement. Elle avale d'un trait l'eau de feu. Elle en ferme les yeux.

Karel reprend le bouchon d'argent qui sert de récipient, il le remplit à nouveau, le tend à Nadine.

— A toi, maintenant.

Elle boit aussi, d'une seule gorgée.

— Bravo ! dit-il. Vous étiez vraiment dignes de m'accompagner toutes les deux ! A Merano ou à Vals-les-Bains, qu'importe ! On en reparlera.

Il se sert à boire, il regarde les deux femmes tournées vers lui, dans la voiture dont le moteur ronfle au ralenti.

— Je porte un toast ému et reconnaissant à la flotte britannique qui fonce en ce moment même vers les Malouines, Union Jack déployé ! dit-il.

Nadine le regarde avaler l'alcool. Elle parle d'un air réprobateur.

— Tu trouves ça glorieux, cette expédition impériale ? demande-t-elle.

Karel Kepela la regarde, sérieux.

— Je ne trouve jamais rien de glorieux à aucune entreprise militaire, quelle qu'elle soit, dit-il. Mais je trouve celle-ci réconfortante.

Il se sert encore à boire.

— Je porte un toast à la défaite de la dictature argentine... Je sais bien que, à la suite de Fidel Castro et de Garcia Marquez, tous les progressistes latino-américains se jettent dans les bras des généraux argentins, fantoches couverts de médailles et de sang... Mais je bois à leur écrasement inconditionnel, de tout mon cœur. Pour une fois, la Dialectique a du bon : cette expédition impériale, comme tu dis, ma chérie, va sans doute rétablir la démocratie en Argentine !

Franca de Stermaria le regarde.

— Si on allait poursuivre cette passionnante discussion à la maison ? dit-elle.

Karel hoche la tête, radieux.

— C'est ça, dit-il, excellente idée. Il faut que je parle à Juan !

Il se sert à nouveau à boire, une dernière gorgée de whisky.

— Je bois à la fin du libertinage, dit-il, solennel.

Elles ne savent pas de quoi il parle, ça n'a pas trop d'importance. La voiture démarre. Il remet la gourde dans la poche de sa veste, il se laisse aller.

3.

Il avait commencé à boire dès le matin, chez Josef Klims.

Celui-ci occupait un appartement au 18 de la Spiegelgasse, deux numéros après la maison où avait vécu Lénine. Ils y allèrent, Kepela avait encore du temps.

Klims prépara du café. Ensuite, sans préméditation, mais sans difficulté, ils se laissèrent glisser dans la froideur communicative de l'alcool. Très bon pour le *Verfremdungseffekt,* dit Kepela en riant : l'effet de distanciation, indispensable pour une conversation comme la nôtre. Sans alcool et sans distanciation, ajouta Klims, on va finir par pleurer comme des veaux !

Ils parlèrent de Brecht, reprenant le fil de leurs propos sur *La Mort de Danton* ; de la clarté quasi cynique (« *hündisch, hündisch*, dirait Kafka », disait Kepela) de *Die Massnahme*, pièce pédagogique où Brecht, dès le début des années 30, met en scène par avance les procès staliniens, tout en les dépouillant, par avance également, de leurs oripeaux de justification idéologique.

Ce n'est pas, en effet, parce que le jeune agitateur communiste devient un agent de l'ennemi que ses camarades militants décident de l'exécuter, dans *Die Massnahme*. C'est, tout au contraire, parce qu'il devient agent de lui-même : de ses impulsions, ses sentiments, ses valeurs, son individualité. C'est parce qu'il est agi par lui-même, parce qu'il devient lui-même, soi-même, acteur en somme et non plus agent de la raison-de-parti, de l'esprit-de-parti. C'est l'individu singulier — ô combien singulier d'être lui-même ! — que ses camarades exécutent : un être assez fou, assez irresponsable pour avoir voulu marquer l'histoire du mouvement communiste de son initiative personnelle. Mais il ne la marquera que par l'exemple de sa punition exemplaire et par l'exemplaire acceptation, abjecte et glorieuse, de cette punition. Par l'acceptation d'une mort déshonorante au bénéfice de l'honneur historique de la Révolution.

C'est justement cet aspect de la pièce de Brecht — son cynisme, son réalisme décapants — qui provoqua l'étonnement et le courroux bien-pensant des bureaucrates de la littérature socialiste-réaliste, des Kurella et consorts. Comment pouvaient-ils admettre un tel langage, froid, dépourvu d'équivoques idéologiques, au moment où Staline proclamait, en prenant dans ses bras toutes les petites pionnières en costume marin qui passaient à sa portée, que l'homme est le capital le plus précieux ? Au moment, en somme, de l'apogée de la Terreur ?

Ils parlèrent, ils burent : le temps passait.

Ensuite, ils eurent faim : l'alcool et la conversation creusent l'appétit.

Si Libuše était là, proclama Klims, elle nous préparerait quelque chose à manger. Des œufs brouillés, par exemple. Libuše ? Mais oui, elle fait partie de l'orchestre symphonique de Zurich, désormais : troisième violon. Mais elle répète toute la matinée, tu ne la verras pas, disait Klims.

Kepela avait oublié le prénom de la compagne de Klims. Il en avait même oublié l'existence, tout simplement. Dans la joie des retrouvailles, l'excitation du bavardage, il avait oublié Libuše ce matin. Pourtant, c'était bien ingrat, bien égoïste, car il en avait eu de très bons souvenirs. Tellement plaisants, remplis de rires, d'inventions scabreuses, de désinvolture sensuelle, que c'était pitié de les avoir oubliés, fût-ce momentanément. A New York, d'ailleurs, quinze jours plus tôt, il avait pensé à Libuše. A cause de l'album de von Bayros qu'il avait acheté dans une librairie de Times Square, bien sûr. Il avait regardé l'une des planches du recueil et il s'était souvenu, en souriant, de Libuše, de son violon, à Karlovy Vary.

Car il avait connu Libuše — bibliquement, s'entend — à Karlovy Vary, en 1966, à l'occasion d'un festival de cinéma. Klims l'avait connue à la même occasion, mais il n'avait rien de biblique, Klims : il était plutôt livresque. Ou romantique. Enfin, ce qu'on appelle romantique dans le parler populaire, comme si les romantiques n'avaient pas été de foutus baiseurs ! Mais Klims, romanesque plutôt que romantique, aurait trouvé inconcevable, inconvenant d'un point de vue intellectuel, sinon moral, d'écarter les jambes d'une jeune femme visiblement consentante, alanguie à ses côtés sur un canapé, avant de lui avoir, par exemple, au cours des promenades sous la colonnade Zitek (si ça se passait à Karlovy Vary, bien entendu, autrefois Karlsbad, à l'époque où Goethe, et puis Marx, et puis Kafka, y venaient, mais les arcades de la rue de Rivoli auraient tout aussi bien rempli le rôle, le cas échéant), longuement parlé de Diotime — admirable prénom, qui permettait de passer quasiment sans transition de Hölderlin à Musil ! —, avant de lui avoir écrit quelques dizaines de lettres ou de billets bouleversants. Klims, donc, à Karlovy Vary, cette année-là, faisait à Libuše une cour assidue mais courtoise. Pendant ce temps, Karel retrouvait la jeune femme pour des siestes ou des petits déjeuners dévergondés, dans la chambre qu'elle occupait sous les combles du *Moskva-Pupp*, où ils s'en faisaient mutuellement voir des vertes et des pas mûres, au grand scandale jaloux mais émoustillé des autres dames de l'orchestre féminin logées au même étage.

Pourtant, le prénom de Libuše n'évoquait pas seulement des souvenirs plaisants : cocasses et coquins. Sournoisement, il rappelait aussi à Kepela le destin d'Ottla, sa trahison. Karel Sabina, en effet — le premier Sabina, celui du siècle précédent — avait écrit le livret d'un opéra de Bedrich Smetana, *La Fiancée vendue*. Mais l'œuvre la plus célèbre du musicien tchèque était *Libuše*, précisément. Ainsi, à cause du prénom momentanément oublié de la compagne de Klims, Karel s'était souvenu de Smetana et puis, par association, de Sabina, le talentueux journaliste patriote qui finit comme indicateur de la police impériale autrichienne.

Puisqu'il n'y aurait pas de Libuše, donc, aujourd'hui, pas d'œufs brouillés non plus, il raconta à Klims la trahison d'Ottla, l'histoire du minuscule appareil d'enregistrement caché dans un poudrier luxueux.

— Qu'as-tu fait, demanda Josef, lorsque le hasard t'a permis de découvrir cette surveillance ?

— J'ai fait l'amour à Ottla le plus longtemps possible, jusqu'à l'épuisement de mes forces, avec désespoir, dit Kepela. Sans m'arrêter de parler. Et j'ai tout enregistré, effaçant du même coup les traces antérieures sur la bande. En fait de renseignements confidentiels, Sabina n'aura pu entendre cette fois-ci que des cochonneries !

Ils rirent tristement.

Ils continuèrent à boire, sans hâte mais sans arrêt. L'alcool imbibait leur sang, comme la pluie de l'automne s'infiltrait autrefois dans les sous-bois sablonneux, autour du lac de Máchovo.

La pluie maternelle des récits d'Ottla, perdue à jamais.

4.

Un chien l'attendait dans la Spiegelgasse, lorsqu'il quitta Josef Klims.

J'ai trop bu, pensa-t-il tout d'abord.

Le chien était de race indéfinie, d'un poil gris tacheté de jaune. Assis sur son arrière-train, il semblait guetter la sortie de Karel, juste en face du numéro 18, de l'autre côté de la ruelle.

Il se dressa, frétilla de la queue.

Je sais d'où tu viens, *Hund*, pensa Kepela. Je sais de quels rêves, quelles lectures, quelles expériences vécues comme en rêve. Chien de Čapek, chien de Kafka, chien de Pinkas, disparais ! Je n'ai pas assez bu pour que tu m'accompagnes !

Mais le chien lui faisait fête, sur le trottoir d'en face.

Alors, il traversa la ruelle en courant, en hurlant aussi, sus à l'animal, pour faire peur à ce chien de ma chienne, ce chien de rêve et de brouillard.

Il fallut pourtant se rendre à l'évidence : le chien était bien réel. C'était un bâtard, sans doute, mais il était réel. Non seulement réellement bâtard, mais réel, sans plus. Vrai, en somme. Un vrai chien en chair et en os, qui l'attendait, qui avait envie de jouer, de surcroît : il s'était écarté en glapissant de bonheur, lorsque Karel avait foncé sur lui. Il n'avait pas du tout eu peur.

Il sautillait sur place, un peu plus loin, en jappant doucement. S'attendant sans doute à reprendre le jeu des courses folles le long des pentes de la Spiegelgasse.

Somme toute, pensa Karel, je n'ai pas encore assez bu.

Il s'assit alors sur le bord du trottoir. Laissez venir à moi les petits chiens, pensa-t-il. Peut-être même le dit-il à mi-voix. En tout cas, le bâtard gris et jaune aboya d'allégresse et vint se planter devant lui.

C'est à cet instant qu'il le reconnut.

C'était le chien de Valérie, bien sûr ! Ou plutôt le chien que Valérie lui avait donné. Combien de temps s'était passé ? Plus de trente ans. Tout lui revint en mémoire, tout ce qu'il avait oublié, délibérément, rageusement. Il en frissonna, sous le soleil d'avril, assis sur le bord du trottoir, entre la maison où avait vécu Vladimir Ilitch Lénine et celle où était mort Georg Büchner.

Il se pencha vers le chien et l'appela par son nom d'autrefois.

— Fučik, dit-il à voix basse.

Le chien dressa l'oreille, huma l'air tiède et se mit à ramper vers la main de Karel, vers la caresse que cette main semblait promettre, en gémissant de bonheur anticipé.

— Fučik, dit Karel, mon petit Fučik !

Il caressa la tête du jeune chien, qui s'aplatit entre ses jambes.

Trente ans plus tôt, à Prague, Valérie était arrivée dans l'appartement qu'ils occupaient depuis leur mariage, le chiot dans les bras.

Tiens, avait-elle crié, tu ne voulais pas un marmot ? Le voici, je l'ai fait toute seule !

Il avait blêmi, sans bien comprendre où elle voulait en venir. Enfin, suffisamment quand même pour en blêmir.

Pourquoi fais-tu cette tête d'ahuri ? Je t'ai déjà dit que je ne veux pas d'enfant de toi ! Alors, si tu veux jouer à papa-maman, joues-y pour ton compte ! Voici ton marmot, tu n'auras rien d'autre !

Et elle lui avait mis le chiot dans les mains.

Karel ferma les yeux, respira profondément, essaya de se rappeler comment ça se termine, dans les romans où l'amour est malheureux. Quand il se fut souvenu de plusieurs romans où ça se termine très mal, vraiment très mal, quand il rouvrit les yeux, Valérie quittait la pièce pour s'enfermer dans sa chambre. Sur le pas de la porte, elle se retourna.

Le jour où tu m'auras fait voir le Kremlin, nous en reparlerons ! dit-elle d'une voix sifflante.

La porte claqua. Karel resta figé, abasourdi par ce dernier coup.

Sans doute faut-il profiter de la fraction minime de temps que Karel Kepela va mettre à se remettre, comme on dit, à reprendre le dessus, du poil de la bête, le souffle et ses esprits, pour éclaircir ce que le Kremlin vient faire dans cette histoire privée.

C'est assez simple, en vérité.

Tous les amis qui entourent le jeune couple — ils ont vingt ans, leurs copains ont vingt ans, la Tchécoslovaquie construit le socialisme, au début des années 50 ! —, tous les amis qui les entourent à l'Université, à l'Atelier théâtral que Karel dirige avec un talent déjà reconnu, tous sont militants des jeunesses communistes, parfois même du parti.

Mais ils sont tchèques, ils appartiennent à un pays de vieille culture, longtemps brimée et bridée par ailleurs. Ils ont baigné, donc, dans un climat d'ancestrale ironie, d'humour enraciné, formes habituelles d'autodéfense nationale, de dissuasion du faible au fort. Alors, malgré leur fidèle enthousiasme idéologique, ils ne peuvent s'empêcher de rire entre eux de la niaise pruderie des films soviétiques qu'on les oblige à voir.

L'un de ces longs métrages, arménien de surcroît, était célèbre parmi eux, parce que, chaque fois que le héros et l'héroïne se penchaient l'un vers l'autre, langoureusement ; chaque fois qu'ils auraient dû s'embrasser, se rouler sur le tapis ou dans le foin kolkhozien, pour connaître l'extase, l'un des deux interrompait le mouvement, regardait fixement un point de l'horizon et proclamait, emphatique, le regard fixe et vide, qu'il lui semblait voir le Kremlin, les fenêtres éclairées du Kremlin derrière lesquelles, tard dans la nuit, Joseph Staline veillait paternellement sur le bonheur du peuple.

Ainsi, « voir le Kremlin » était devenu dans leur cercle d'amis intimes une sorte de mot de passe ironique : *l'analogon* moqueur et clandestin du plaisir sexuel que les méritants kolkhoziens du film en question se refusaient dans un effort sublime de sublimation.

Mais le fait est que le trait final de Valérie, *in cauda venenum*, était d'autant plus blessant qu'il était vrai, tristement vrai.

Après plus de huit mois de mariage, Karel n'était pas encore parvenu à faire voir le Kremlin à sa jeune femme. Il l'aimait à la folie — car elle était follement aimable : la plus radieuse beauté qui se puisse imaginer —, il la désirait à tout moment, il la prenait à toutes les occasions et même sans occasion plausible, mais il ne parvenait pas à lui faire connaître vraiment le plaisir.

Ses approches, ses préliminaires, ses promesses, ses prémices, sans doute. Mais le plaisir lui-même : le cri, le chavirement, l'abîme innommable, la jouissance, non. Et ça ne s'arrangeait pas au fil du temps, bien sûr. Ça cristallisait en aigreurs, rancunes, désespérances et meurtrissures.

Plus tard, lorsque Karel Kepela eut accumulé assez d'expériences pour savoir que Valérie était la seule femme à laquelle il ne fût pas parvenu à faire voir le Kremlin ; la seule qui n'eût pas — avec lui, du moins — comme toutes les autres semblaient l'avoir, le Kremlin non seulement facile, mais à fleur de peau, à profusion, à tire-larigot, en veux-tu en voilà ; plus tard il lui arriva parfois de se dire — sottement, car c'était ou bien de la délectation morose, ou bien le refus d'analyser jusqu'au bout son échec avec Valérie — que le grand amour n'est pas compatible avec le plaisir, qu'ils font partie de deux univers différents. Lui, en tout cas, avait longtemps feint de croire qu'il n'avait plus jamais aimé une femme comme il avait aimé Valérie. En revanche, il n'avait cessé de connaître et de faire connaître le plaisir. Ça devenait même fastidieux, cette prodigalité répétitive du libertinage.

Il caressa la tête de Fučik, accroupi entre ses genoux, sur le bord du trottoir de la Spiegelgasse.

— Alors, disait-il au chien, à mi-voix, alors, jeune chien, vieux Fučik, petit corniaud, t'es revenu ? T'as entendu dire dans l'au-delà qu'il m'arrivait malheur, encore une fois à cause d'une femme, t'as quitté Straschnitz, t'es venu me retrouver ? Petit chien bâtard, petit Fučik, mon amour !

Trente ans plus tôt, il avait d'abord décidé de détester le chiot que Valérie lui avait mis dans les mains, comme un symbole dérisoire — chaud, vivant, poilu, vagissant — de son échec avec elle. De son malheur avec elle. Il avait même décidé de s'en séparer, de l'abandonner dans un square, n'importe où. Mais le jeune chien l'avait regardé avec tant de confiance, tant de tendre soumission, qu'il n'avait pas eu le courage de mettre son projet à exécution.

Il avait donc gardé le chiot, lui donnant le nom de Fučik.

Du moins était-ce le nom qu'il utilisait en privé, à la maison. Ou bien devant quelques copains de son cercle le plus intime. En public, il l'interpellait en allemand, il l'appelait *Hund*, sans plus. *Julius*, parfois, dans les moments de jeu et de joie.

Le nom du chien avait été choisi en fonction des mêmes critères de saine ironie qui leur faisaient dire « voir le Kremlin » pour « prendre son pied ». Julius Fučik avait été, en effet, un des héros communistes de la résistance anti-nazie. Mort sous la potence, il avait laissé une sorte de journal intime — du moins est-ce ainsi que l'on présentait ce texte — dont la rhétorique humaniste (« Hommes je vous aimais ! Soyez vigilants ! », proclamaient fort opportunément, les derniers mots de ce journal) était devenue ritournelle quasi officielle. Meetings, assemblées, randonnées sportives, manœuvres militaires ou discussions sur l'art trouvaient avec le même bonheur une conclusion appropriée dans les mots de Julius Fučik.

Plus tard, deux ans après l'arrivée du petit chien dans la vie de Karel Kepela, le cadavre de Julius Fučik assassiné par les hitlériens rendit encore de grands services aux dirigeants du Parti, de l'Etat et de la Sécurité de ce dernier, lors des procès truqués des années 50. Ainsi, Rodolf Slansky et certains de ses coïnculpés furent-ils accusés d'avoir livré Fučik à la Gestapo.

Accusation tout à fait infondée, on s'en doute, mais qui permit la convocation à la barre des témoins de la veuve du militant assassiné par les nazis. Fučikova fut sublime de rigueur révolutionnaire et d'esprit-de-parti. Elle demanda la tête des inculpés, chiens courants de l'impérialisme, du sionisme et du révisionnisme, et cita une fois de plus les mots de la fin de Julius Fučik : « Hommes, je vous aimais ! Soyez vigilants ! »

C'est au nom de cet amour des hommes que Slansky et ses coaccusés furent pendus. Au nom de cette vigilance humaniste que des milliers d'hommes et de femmes connurent la torture, la prison, les travaux forcés.

Quoi qu'il en soit, donner le nom de Fučik à un jeune chien, bâtard de surcroît, même avant le procès Slansky, était assez irrespectueux. Pas bien méchant, mais irrespectueux. Ça humanisait, paradoxalement, sans doute, le personnage de Julius Fučik, le faisant descendre du piédestal inaccessible de l'Humanisme stalinien. Mais cette humanisation était une faute politique, bien évidemment ; l'Humanisme prolétarien n'est pas fait pour humaniser les Chefs, mais pour les diviniser.

Encore un mystère de la Dialectique !

En tout cas, dans son procès à lui, Kepela, qui se déroula à huis clos, devant les instances de contrôle du parti, si on ne demanda pas à Fučikova de venir rappeler les mots de son mari, on convoqua bel et bien Julius Fučik.

Le chien Fučik, bien sûr, témoin à charge à son corps défendant.

Le fait d'avoir donné à un chiot bâtard le nom d'un héros immarcescible fut, on s'en doute, inscrit dans le chapitre des faits à retenir contre le suspect. Un jour, donc, devant la commission qui instruisait son cas, et qui était composée de membres de la Section des cadres du parti et des services de Sécurité — tous anonymes, tous couverts par le masque du mot « camarade » —, Karel vit apparaître Valérie, portant le petit chien Fučik.

D'une voix brisée, tremblante, la jeune femme, toujours aussi radieuse, expliqua combien elle avait souffert, dans son patriotisme socialiste, avec ce mari sceptique, cosmopolite, tournant tout en dérision. Sa vie avait été un véritable enfer moral. Elle illustra cette affirmation à l'aide de quelques anecdotes bien senties — mais l'histoire du Kremlin n'en faisait pas partie — qui dévoilaient le mauvais esprit de Karel.

Les yeux humides, tournée vers les camarades du tribunal du parti, Valérie fit une autocritique approfondie, demandant pour finir grâce et pardon : donnez-moi une chance, s'écria-t-elle, de refaire ma vie, d'oublier à jamais dans le travail d'édification socialiste cet ennemi du peuple, ce fils de professeur bourgeois, qui a failli ruiner mon existence !

Karel avait été sur le point d'applaudir à cette tirade.

Il s'était félicité, rétrospectivement, du flair qui l'avait inspiré lorsqu'il avait distribué les rôles de sa pièce pédagogique, son *Lehrstück* sur le procès Slansky retourné contre lui comme un boomerang, et qu'il avait confié à Valérie tous les personnages de femmes admirables dénonçant leurs maris pour le bien de la cause.

Elle aurait été très bien dans le rôle, tout à fait juste. La preuve venait d'en être administrée.

Pour finir, pour définitivement éclaircir ce point de l'accusation, l'un des camarades de la Section des cadres avait demandé à Kepela d'appeler son chien.

Karel avait souri.

Hund! murmura-t-il d'abord. Le petit bâtard dressa l'oreille. *Julius!* dit-il ensuite. Le petit bâtard frétilla de la queue. *Fučik!* cria Kepela enfin. Le petit chien s'échappa des mains de Valérie qui le tenait en laisse. Il courut vers Karel en aboyant doucement de joie, vint se frotter à ses jambes, sautiller autour de lui.

C'était clair : les membres du tribunal interne se regardaient entre eux, hochant la tête à la vue d'une telle dépravation.

A ce moment-là, on demanda à Karel s'il avait quelque chose à déclarer. Il était debout, avec le petit chien bâtard dans les bras. Il regarda Valérie de son œil le plus bleu, le plus calme. Oui, sans doute, il avait une déclaration à faire. Il dit d'une voix posée qu'il était heureux de constater que Valérie avait enfin vu le Kremlin.

Personne ne comprit à quoi il faisait allusion. Mais il n'avait parlé que pour Valérie. La jeune femme devint livide. Occulta son regard.

Quelques semaines après, lorsque le divorce fut prononcé, le chien Fučik avait été confié à la garde de Valérie. Fort logiquement, le magistrat jugea Karel indigne de continuer à élever un petit chien, même bâtard, de la grande communauté socialiste.

Les mois passèrent.

Karel Kepela travaillait désormais à Straschnitz. Ce matin-là, il était à la porte d'entrée principale du nouveau cimetière juif. Il parlait avec le gardien-chef, un vieil ouvrier retraité qui l'avait pris en amitié. Soudain, le chien Fučik apparut. Il courait comme un fou, avec des glapissements de joie. Fučik s'était enfui de l'appartement de Valérie, il avait traversé la ville. Il courait vers son maître, haletant. Il traversait la chaussée, en diagonale, lorsqu'un camion le heurta, lui brisant les reins.

Quelques minutes plus tard, Fučik était mort dans les bras de Karel.

Malgré les réticences initiales du gardien-chef, qui finit par céder aux supplications et arguments de Kepela (« Ecoute, František, ce petit chien est comme un juif : seul, malheureux comme un petit juif abandonné ! Il a le droit d'être enterré à Straschnitz ! »), Karel prit le petit cadavre et le porta à l'intérieur de l'enceinte. Surveillant les alentours, pour ne pas être surpris, il creusa une fosse dans les limites du carré herbu qui entourait la pierre funéraire de la famille Kafka. Il y plaça Fučik, combla le trou, et marqua l'endroit d'un beau caillou, étrangement bleu, qu'il trouva dans les parages.

Au début des années 60, lorsque Kepela, toujours gardien de tombeaux, fut muté du nouveau cimetière juif de Straschnitz au vieux cimetière de Pinkas, en plein centre de la ville, il comprit qu'il avait, sans le savoir, accompli un geste traditionnel, expiatoire.

Dans le cimetière de Pinkas, lui apprit-on, les

pierres tombales qui s'érigent ici ou là, anonymes, parfois tout de travers, chevauchant les espaces funéraires dans un désordre à première vue incompréhensible, marquent, en effet, la place où tombèrent, au fil des siècles, les cadavres des chiens jetés par-dessus les murs par des chrétiens voulant ainsi profaner le lieu saint judaïque.

Le chien Fučik avait donc eu une honnête sépulture de chien juif : ce n'était que justice.

Mais Kepela est assis au soleil, sur le trottoir de la Spiegelgasse.

Il parle à mi-voix à un petit chien bâtard, gris et jaune, surgi du fond de la vie, de la mémoire : de la mort. Il lui raconte ce qui lui est arrivé, depuis qu'il était gardien de cimetière, à Prague. Il lui parle des gens qu'il a connus sur la tombe de Kafka, venus du monde entier y apporter une fleur, une pensée, qu'ils déposaient parfois près du caillou bleu qui rappelait pour l'éternité — mais pour elle seule, sans doute ; personne n'en saura plus rien quand nous serons morts, toi et moi, petit bâtard ! — la vie du chien Fučik. Il lui parle des films qu'il a réalisés, des pièces qu'il veut monter. Des femmes qu'il a connues. Il lui parle du suicide de son père, le professeur Oskar Kepela. Il lui parle du monument à Staline qui se dressait sur la colline de Letnà. Il lui parle du tramway de Bilà Hora, la Montagne blanche.

Tu ne te souviens pas du numéro du tram qui va de la place Pohořelec au terminus de Bilà Hora ?

Le petit chien dresse l'oreille, fait ostensiblement preuve de la meilleure volonté. On lit l'effort attentif dans son regard. Mais il ne sait que répondre, visiblement.

Tout avait pourtant commencé là, ce matin, par ce souvenir qui se dérobait, dont l'oubli tenace avait déclenché le mécanisme vertigineux de la mémoire.

Il ne s'est pas souvenu du numéro du tramway de Bilà Hora, mais il s'est souvenu de tout le reste. Tout ce qui avait été enfoui, refoulé, banalisé. Il regarde sa vie en face, dans les yeux du petit chien bâtard de la Ruelle-au-Miroir. Il avait vécu la trahison de Valérie, autrefois, comme une faute. Comme la punition, plutôt, d'une faute qu'il aurait commise, lui, et d'autant plus grave que nul n'aurait pu la qualifier, la définir, ni même l'identifier. Une faute impardonnable, c'est tout, qu'il avait essayé d'effacer en fuyant l'amour dans le labyrinthe exaltant et répétitif du libertinage.

Tu comprends, petit Fučik, Julius, *Hund*, tu permets que je t'appelle ainsi ? tu comprends, une faute impardonnable. Et j'ai dès lors vécu l'amour comme impossible à vivre et le plaisir comme impossible à aimer. C'était ma punition pour cette faute dont je ne savais rien. Tout est clair, désormais, grâce à la trahison d'Ottla, grâce à toi : la boucle est bouclée, c'est la fin du libertinage ! L'amour va recommencer !

Il caresse la tête du chien, il contemple le monde avec la lucidité blessante, ou blessée ?, de l'alcool.

Mais une petite fille de huit ans arrive en courant, tout essoufflée, rouge du bonheur d'avoir retrouvé son chien.

Elle le prend dans ses bras, le cajole, explique à Kepela que ce petit chien a toujours été très sage, mais qu'il fait des fugues insensées depuis hier.

Karel hoche la tête.
— Bien sûr, depuis la trahison d'Ottla, murmure-t-il.
La petite fille ne comprend pas, mais elle n'en a cure. Les petites filles savent qu'il y a plein de choses qu'on ne comprend pas, ou plutôt, dont la compréhension n'est pas indispensable. Pas intéressante, même. C'est plus tard, lorsqu'elles deviennent adultes que ça se gâte, qu'elles veulent toujours qu'il y ait des *i* sous les points.
— Comment s'appelle ton chien ? demande Kepela.
— Julius, dit la petite fille.
Karel hoche la tête.

CHAPITRE IX

Edmund Husserl, Mme de Stermaria, née von Vahl, et les tramways de Prague

1.

— Le 22, dit Antoine, le numéro 22.

Il a parlé d'une voix nette ; la voix de quelqu'un qui donne une information véridique, vérifiable : heure de train, cotation en Bourse, taux d'inflation.

On se tourne vers lui.

— Comment ? dit Kepela.

Karel racontait ses journées de Zurich. Avec truculence, mais également sens du raccourci, lorsque le raccourci s'avérait nécessaire à l'efficace beauté de la narration.

Il se tourne vers Antoine. Jusque-là, celui-ci s'était tenu en retrait, ostensiblement. Il buvait du champagne, un peu à l'écart, l'œil froid. Et Karel avait parfaitement senti cette distance délibérée.

— Le tramway qui conduit de la place Pohořelec à Bilà Hora, dit Antoine, porte le numéro 22 !

Son ton suggère clairement que ce n'est pas la peine d'en faire toute une histoire. Ce n'est pas parce que Kepela n'était point parvenu, ce matin, à Zurich, à se souvenir du numéro du tramway de Prague qui mène au terminus de la Montagne blanche qu'il fallait en faire un fromage. Il l'avait oublié ? Ça n'avait rien de passionnant. C'était le 22, voilà tout !

On peut s'expliquer l'agacement d'Antoine de Stermaria.

L'apparition de Kepela, sa présence envahissante, et d'autant plus que le personnage était plein de charme et de bagou, dérangeait considérablement sa stratégie personnelle.

Il n'était pas du tout prévu au programme de ces quelques jours à Freneuse, le Tchèque. Mais sans doute était-ce pour cette raison que Franca l'avait fait venir. Parce qu'il n'était pas prévu, parce que sa présence risquait d'être dérangeante. Elle avait une intuition très sûre de ces choses-là.

Ce qui était prévu, ce qu'Antoine avait souhaité, c'est le face-à-face de Franca et de Nadine. C'est pour cela qu'il avait insisté auprès de Juan afin qu'il vienne avec la jeune femme. Généralement, ils ne rencontraient pas, ne connaissaient parfois même pas, les éphémères compagnes de Juan. Celui-ci s'était donc étonné de l'insistance inhabituelle d'Antoine. Il avait fini par y céder. Non seulement de guerre lasse. Aussi, surtout, à dire vrai, parce que, même si ses raisons étaient à l'inverse de celles d'Antoine — symétriquement inverses —, il avait obscurément souhaité, lui aussi, la probable jalousie de Franca à le voir arriver avec Nadine.

Depuis des mois, il n'était pas parvenu à se retrouver seul avec Franca. Même pas une sorte d'heure, une de ces sortes d'heures dont ils avaient eu le secret, hors du temps, hors des chemins battus. Et sans doute serait-il difficile de la voir en tête à tête, cette fois encore. Du moins serait-elle sous son regard. Irritée, de surcroît, par la présence de Nadine. Elle faisait toujours des choses folles, quand elle était en colère, Franca. Peut-être en profiterait-il.

Mais l'arrivée impromptue de Karel Kepela rompait ce subtil déséquilibre des forces, d'où aurait pu jaillir du nouveau. De l'imprévu, même. En tout cas, du point de vue de leurs rapports avec Franca, Juan et Antoine ne pouvaient pas ne pas savoir, au fond d'eux-mêmes, tout en se gardant bien de se l'avouer, de nommer la chose, qu'ils étaient abominablement alliés : du même côté de l'ombre aveuglante et malheureuse de l'amour.

Il n'y avait personne, une heure plus tôt, au rez-de-chaussée, lorsqu'ils avaient quitté l'atelier, la bouteille de champagne une fois vidée.

Maria leur annonça que les dames étaient parties à la gare de Vernon. Pour quoi faire? Y chercher quelqu'un. Mais nous sommes tous arrivés ! Maria hochait la tête, il semblait bien que non. Madame lui avait demandé de rajouter un couvert, de faire préparer la chambre bleue.

Antoine soupçonna aussitôt quelque initiative de Franca pour reprendre l'avantage. Une crainte obscure s'installa au creux de sa poitrine. Mais il en fut presque réconforté : il avait toujours eu le goût des catastrophes.

— Qui ça peut être ? Tu as une idée ? demanda-t-il à Juan.

Pas la moindre. Juan faisait signe qu'il n'en avait pas la moindre idée.

— Tu n'as demandé à personne d'autre de venir ? insistait Antoine.

— Mais non, voyons !

Il avait eu la même pensée qu'Antoine : que Franca avait invité quelqu'un, à l'improviste, pour casser le huis clos des deux couples, pour retourner la situation. Il était curieux de savoir qui était l'élu. Car c'était un homme, forcément. Une femme n'aurait pas jeté le trouble, du moins la même sorte de trouble, dans leurs rapports.

— Je n'ai invité personne, dit-il, d'un ton neutre, tu n'as invité personne, Antoine, c'est visible ! C'est donc Franca. Faisons-lui confiance !

Ils se regardèrent.

— Ah ! mais justement ! Je ne lui fais que trop confiance ! s'exclama Antoine.

Ils rirent brièvement.

Un peu plus tard, lorsque Nadine et Franca étaient revenues de la gare, accompagnées de Kepela, Juan se dit qu'il aurait dû y penser. Karel était le meilleur invité possible, pour Franca. Le plus apte à semer le trouble. Il profita d'un bref aparté, lors de la cohue des présentations, pour en féliciter Franca. « Bien joué », lui murmura-t-il. Elle haussa les épaules, ironique.

Antoine de Stermaria, quant à lui, fut profondément troublé par l'arrivée de Kepela.

Jusqu'à ce jour, il avait prononcé ce nom sans y penser, de façon purement utilitaire. C'était ainsi qu'on appelait un metteur en scène tchèque, émigré, avec lequel Juan avait travaillé, sans doute travaillerait encore. Il avait vu *Le Tribunal de l'Askanischer Hof*, bien sûr. Mais il n'avait pas assisté au souper, après la première, quelle qu'en fût la déception de Franca. Antoine avait la phobie de ce genre de réceptions. Il n'était même pas allé en coulisses, après la représentation. Il avait écrit le lendemain une longue lettre à Juan, pour lui dire ce qu'il pensait de sa pièce. Tout ce qu'elle avait remué en lui. Mais il n'avait jamais rencontré Kepela. Ce n'était qu'un nom, un souffle articulé, une façon pratique de désigner quelqu'un.

Pas du tout. C'était bel et bien quelqu'un : Karel Kepela, le fils du professeur Oskar Kepela. Il avait aussitôt retrouvé la carrure, l'allure, le regard scintillant d'intelligence du père, chez ce fils subitement incarné. Cessant subitement de n'être qu'une appellation mondaine, la désignation d'un personnage parisien : d'un sujet de conversation, de convoitises féminines aussi, disait-on.

Non, Kepela : vraiment. Le fils d'Oskar Kepela.

Toutes ses années d'adolescence à Prague lui étaient revenues en mémoire. En vrac, en tourbillon, à en perdre le souffle.

Mais ils n'en sont pas encore là.

Ils sont encore seuls dans le salon et Juan vient de trouver sur une table la carte postale de Joachim Patinir, le *Passage du Styx*.

— La reproduction est infecte, dit-il. J'ai pensé que ça te ferait plaisir quand même !

Antoine fut sur le qui-vive. aussitôt.

— Plaisir ? Mais pourquoi ?

Juan Larrea fronça les sourcils.

— Quoi de mieux que Patinir, s'exclama-t-il, lorsqu'il est question du bleu ?

Antoine n'avait pas l'air de comprendre.

— Il était question du bleu ?

— Au début du mois, dit Juan, plus explicite, la veille de mon départ pour Madrid, je t'ai rencontré à La Hune. Tu m'as dit que tu travaillais ton bleu. Tout heureux, apparemment. D'où Patinir. C'est pourtant simple !

Antoine le regardait, étrangement déçu. Il y aurait une aussi banale explication à cette carte postale ?

— Je t'ai parlé du bleu ? demanda-t-il.

— Tu as même commencé à me dire une phrase où il était question d'un ciel. Une citation, peut-être. Ça en avait tout l'air. Mais on nous a dérangés, c'est resté en suspens.

Antoine s'était rapproché.

— *Le ciel*, récita-t-il aussitôt, d'une voix juste, bien timbrée, *était tout entier de ce bleu radieux et un peu pâle comme le promeneur couché dans un champ le voit parfois au-dessus de sa tête, mais tellement uni, tellement profond, qu'on sent que le bleu dont il est fait a été employé sans aucun alliage, et avec une si inépuisable richesse qu'on pourrait approfondir de plus en plus sa substance sans rencontrer un atome d'autre chose que de ce même bleu...*

— On ne saurait mieux dire, dit Juan.

— En tout cas, c'est exactement ce que j'essaie d'atteindre. *Marine claire* n'est qu'un pas dans ce sens. Un bleu sans mélange, comme la joie du même nom !

— Tu viens de relire *La Prisonnière* ? demandait Juan, abruptement.

Les paupières d'Antoine se mirent à battre, il se détourna.

— Tu es d'accord pour continuer au champagne ?
— Continuons !

Antoine s'éloigna, s'activa auprès d'une table chargée de bouteilles, de seaux à glace, revint avec deux coupes pleines. Ils burent une gorgée de champagne : brut, bien frappé, tonique.

— Connais-tu quelqu'un qui parle des paysages et des couleurs mieux que Proust ? demandait Antoine.

Juan fixa son regard.

— Si je me souviens bien, dit-il d'un ton neutre, *La Prisonnière* parle surtout de la jalousie.

Antoine souriait, ne se dérobait pas.

— Oui, surtout, disait-il. Tu as très bonne mémoire !

Juan jouait avec le feu, il le savait. Il s'avançait à découvert, dans un paysage nu, de sel et de soufre. Une sorte de sombre joie de la dévastation l'y poussait. Il souhaitait sournoisement qu'Antoine profitât de cette allusion délibérée à la jalousie. N'avait-il pas de questions à poser à propos de Franca ? Il avait tourné autour, dans l'atelier, un peu plus tôt, lorsqu'il avait porté ce toast. A présent, il s'arrangeait pour que Juan découvrît comme par hasard la carte postale de Joachim Patinir. Car c'était forcément Antoine qui l'avait laissée là.

Juan jeta un nouveau coup d'œil sur la reproduction du *Passage*. Retourna la carte, l'air de ne pas y toucher. Mais il n'avait pas vraiment besoin de relire les quelques lignes qu'il avait écrites, il s'en souvenait parfaitement. « Bien le bonjour de Judith. Je viens de lui présenter mes hommages. Après, comme d'habitude, j'ai vérifié que le bleu-Patinir est encore ce qu'il était. *Solía ser.* Bleu fixe, bleu fou : inusable ; bien à nous. Bien à vous. »

Très bonne mémoire, Antoine n'avait pas tort. Il avait aussi des raisons de s'inquiéter. D'interpréter, du moins.

Ils étaient au bar du *Ritz,* un soir.

Nadine écrivait des cartes postales. C'est une chose qu'il avait déjà vu faire à toute sorte de jeunes femmes, dans toute sorte d'endroits. On les emmène à Venise, à Lisbonne, à Amsterdam, dans les villes en somme où on pourrait tout aussi bien aller seul, puisqu'elles suffisent à votre bonheur (les villes, s'entend). On les accompagne dans les musées, les rues, les restaurants. On les baise comme d'habitude, par habitude, mais le dépaysement leur fait trouver l'acte inhabituel, plus gratifiant que d'habitude. Et elles écrivent des cartes postales à leurs copines pour que celles-ci sachent à quel point elles sont heureuses, comblées, à quel point c'est agréable d'avoir un amant riche et beau, plutôt que pauvre et mal foutu !

Nadine, donc, écrivait des cartes postales au bar du *Ritz,* à Madrid.

La journée du 11 avril, l'avant-dernière de leur séjour, aurait pu être parfaite. En tout cas, elle avait bien commencé. Ils avaient traîné au lit, le matin : petit déjeuner copieux, libidineux, dans la belle chambre donnant sur le Prado et l'église de San Jerónimo. Promenade au Retiro, ensuite, dans le soleil d'avril. Avant d'entrer dans le parc par la porte monumentale du parterre à la française, ils avaient fait une courte visite au *Guernica* de Picasso. Ils y étaient allés tous les jours, avant ou après le tour rituel au Prado.

Mais dans les allées du parterre, ça s'était soudain, imperceptiblement, dégradé.

Juan avait regardé le ciel au-dessus de sa tête. Sans penser à mal, d'ailleurs. A bien non plus. Sans penser à rien, en fait.

Nadine lui tenait le bras, s'y accrochait avec la chaleur reconnaissante de son corps, dont la hanche le frôlait délibérément. Le ciel au-dessus de sa tête était d'un bleu d'autrefois : bleu d'enfance. Bleu d'avant la prolifération des banlieues industrielles, d'avant la transformation, sous le régime précédent, de la capitale courtisane, bureaucratique et somme toute quelque peu provinciale, en une métropole en expansion urbaine cancéreuse. Bleu d'avant la couronne des fumées de pollution diurne qui obnubilaient souvent, désormais, le ciel le plus bleu d'Europe, jadis.

Ce jour-là, le bleu du ciel de Madrid était bleu tout d'une pièce, sans ombres grisâtres le rongeant sur les bords de l'horizon. Bleu dense, mais pur, épuré même — épure de bleu — sans l'épaisseur visqueuse de certains bleus tropicaux. Dense et léger, presque insoutenable de densité légère, d'interminable bleuité. Bleu d'anil comme celui qui fusait, autrefois, se diffusant dans les grandes bassines de la lessive familiale, lorsque les boules d'anil y étaient trempées dans l'eau bouillonnante et s'y déprenaient de leur bleu soutenu, vif et dansant, qui allait blanchir avec éclat les draps et les nappes de fil de Hollande.

Juan avait regardé le ciel bleu. Nadine babillait, ça s'était subitement déglingué.

Il n'était plus dans cette journée d'avril si bien

commencée, qui s'était, du moins, annoncée parfaite de bout en bout, comme on peut être dans une journée d'avril : innocemment, comme le poisson dans l'eau, l'oiseau sur la branche. Il s'y trouvait jeté, en quelque sorte. Abandonné, oublié. *Dejado de la mano de Dios,* tombé de la main de Dieu, aurait-il dit dans sa langue maternelle. Mais dans son cas, c'était pis : il ne savait même pas quel dieu aurait pu le laisser ainsi tomber. Il ne pouvait même pas se révolter contre cet inconnu.

En somme, il était brusquement dans cette journée comme dans un décor, troublé par le sentiment du déjà vu, de la répétition.

Sans doute était-ce le souvenir latent de son séjour à Madrid, avec Franca, l'année précédente, qui provoquait la sensation un peu fade de la répétition. Il avait fait avec Franca, à peu de chose près, les mêmes parcours qu'avec Nadine. Il avait contemplé les mêmes tableaux, faisant remarquer à l'une et à l'autre le profil picassien de la Judith de Goya. Evoquant pour l'une comme pour l'autre, à l'occasion de quelque promenade, ou de quelque repas — la mémoire culinaire étant l'une des plus déterminées — certains épisodes de son enfance madrilène, bien évidemment transfigurés par le travail obstiné et obscur de l'oubli et du ressouvenir.

C'était l'ombre de Franca, sans doute, qui faisait naître cette sensation de déjà vu, déjà vécu. Mais du même coup, c'était la vie elle-même, la vie en général, la vie tout court, qui devenait répétitive. Oiseuse, peut-être même. Ce n'était pas une situation bien nouvelle, certes. Il suffisait d'y penser. Justement, il y pensait.

Le bleu d'un ciel d'enfance, le souvenir des gestes de

Franca devant la coiffeuse de la chambre du *Ritz* — qui évoquaient d'autres gestes, autrefois, la première fois, dans la pénombre de la via del Tuoro, à Capri —, tout cela ne démasquait pas seulement le déjà vu de ce séjour à Madrid avec Nadine. Ça démasquait la vie : il n'y avait rien derrière le masque.

Rien d'autre que la banalité de la vie.

Il regardait Nadine, donc, qui écrivait des cartes postales.

Un peu plus tôt, dans la chambre, la jeune femme s'habillait pour la sortie du soir. Elle allait et venait, demi-nue, étalant des toilettes, hésitant entre des tenues différentes. Heureuse de se montrer, sans doute. Fière de son corps lisse et dru, ferme, flamboyant : son corps glorieux de jeune Juive d'après la honte et le massacre.

Une image surgit, soudain, qui le blessa.

Il ferma les yeux, se courba en avant, pour s'en protéger. Mais c'était inutile, l'image avait surgi en lui-même, nouant, déchirant, lacérant les muscles, les nerfs, la chair de son corps, lorsqu'elle avait éclaté. Une image grise, avec des scintillements d'une blancheur maladive, odieuse.

Il ouvrit les yeux, pour tenter de reprendre contact avec le réel. Avec l'illusion de la réalité. Avec la vision du corps épanoui de Nadine Feierabend, jeune Juive d'après la mort.

Mais il ne parvenait pas à voir Nadine, il ne voyait que la mort.

Il ne voyait que cette image atroce, dérisoire : des femmes nues, tondues, rasées, courant dans la boue vers un bâtiment trapu, au fond, sous le regard hilare de quelques gardiens S.S.

Il se leva, marcha vers la fenêtre, essayant de reprendre son souffle. Il ouvrit la croisée, respira l'air du soir. Ses mains tremblaient, il avait eu du mal à faire tourner l'espagnolette.

En face, quelque part sur la gauche de la masse assombrie du musée du Prado, aux étages supérieurs d'un immeuble éloigné, des vitres renvoyaient le feu rose d'un soleil couchant. Autour de ce foyer très haut perché — tel un chant de rouge-gorge — le bleu du ciel était pâle, d'une transparence quasiment incolore.

Mais Nadine l'appelait. Elle était prête, quêtait son opinion sur sa toilette.

— Tu es belle, dit-il d'une voix grave, presque rauque.

Elle sourit, prenant cette gravité pour un signe d'émotion amoureuse.

Tu es belle, mais tu n'es pas réelle. Tu n'es qu'un rêve, pensait-il. Toute ma vie n'est qu'un rêve, depuis lors. Mais pourquoi cette certitude revient-elle aujourd'hui, après tant d'années d'oubli délibéré, maîtrisé ? Pourquoi maintenant, sinon comme un signe annonciateur de la mort ?

Nadine prenait des poses, comme les modèles lors des présentations de haute couture. Elle riait, virevoltait, montrait ses jambes dans l'envol de sa jupe.

— Tu es belle, dit-il encore.

Elle ne pouvait pas comprendre qu'il ne s'adressait pas à elle seulement. A Franca aussi, à Laurence, à l'inconnue de Savona. A elles toutes. A ce qu'aurait pu être la vie, s'il n'était pas mort, il y a longtemps.

C'est ainsi, au bar du *Ritz*, un peu plus tard, qu'il

avait eu envie d'écrire — furieusement, sans doute imprudemment — quelques mots sur une carte postale de Joachim Patinir. Des mots pour Franca, une sorte d'appel, un cri sourd. Cachés dans le bleu du ciel, le bleu du fleuve Styx.

2.

— Le 22 bien sûr! s'exclame Kepela. Le tramway de la Montagne blanche!

Il est partagé entre le bonheur d'avoir retrouvé ce souvenir et l'irritation d'en être redevable à Antoine. C'est-à-dire, au mari de Franca.

— Mais comment savez-vous ça? demande-t-il, d'un ton à peine courtois.

En attendant l'explication, il vide d'un trait son verre de whisky.

— J'ai vécu à Prague, dit Antoine.

Ils étaient installés dans l'un des recoins de la vaste pièce du rez-de-chaussée. Kepela racontait ses journées de Zurich, avec truculence. Il ne racontait pas tout, certes. Il racontait la Spiegelgasse, Josef Klims, le chien Fučik, les cimetières juifs de Prague. Il racontait très bien, assurément. Mais il n'avait rien dit d'Ottla, du moins devant les autres. Il en avait parlé à Juan, seul à seul, dès son arrivée. Après les présentations, il lui avait demandé de l'accompagner dans la chambre qui lui avait été attribuée. Il lui en avait parlé pendant qu'il faisait un brin de toilette.

— Toi qui connais Ottilie, Juan, avait-il demandé à la fin, tu conçois une chose pareille ?

Juan était un peu ennuyé. Il trouvait le récit de la trahison d'Ottla un peu mélo. Un peu kitsch, comme aurait pu dire Kepela lui-même. Mais il ne le disait pas, justement.

— Quelle chose pareille ? dit-il, pour éviter de se prononcer.

L'épisode qui l'avait réellement intéressé, dans le récit de Karel, ce n'était pas celui de la trahison d'Ottla, c'était l'autre histoire, enfouie, oubliée, qui avait resurgi à la faveur — défaveur, plutôt — à l'occasion, en tout cas, de cette découverte. L'histoire de Valérie, la première femme, premier grand amour du jeune Kepela. Et encore davantage l'histoire du montage dramatique que celui-ci avait conçu à partir des comptes rendus du procès Slansky. Que la véracité indispensable au jeu des acteurs, à la fiction qu'est toute représentation, eût démasqué les mensonges de la réalité du procès, voilà qui ne pouvait qu'intéresser Juan Larrea. Beau sujet de méditation sur les paradoxes de la comédie !

— Comment quelle chose ? s'exclama Karel, étonné. Mais qu'Ottla m'ait trahi de cette façon !

Juan ne s'intéressait visiblement pas à la trahison d'Ottla. Il trouvait tout ça relativement banal. Assez vulgaire, à vrai dire, pas vraiment tragique. Il ne formula pas son opinion avec autant de désinvolture, pour ne pas décevoir Karel, qui semblait y attacher de l'importance. Mais il ne parvint pas, malgré de louables efforts, à dire autre chose que des généralités plus ou moins plates. Plutôt plus, d'ailleurs.

En revanche, que le policier qui avait manipulé

Ottla — bien évidemment consentante, c'est ça qui était kitsch : ce sadomasochisme de bazar ; comme était invraisemblable la naïveté de Karel, ne s'étonnant pas plus tôt de la facilité des voyages d'Ottla en Occident! —, que ce policier s'appelât Karel Sabina, Juan trouva ça superbe. Tellement superbe qu'il soupçonna Kepela de l'avoir inventé.

Mais celui-ci venait de changer de sujet, de façon apparemment abrupte.

— Tu te souviens de la rencontre d'Ulrich et de Diotime, chez Musil ? demanda-t-il à brûle-pourpoint.

Il était en train de boutonner une chemise d'un rose soutenu, qui seyait tout à fait à son teint hâlé, ses cheveux blancs.

Juan hocha la tête.

— *Lorsqu'il tint de nouveau dans la sienne sa douce et légère main, ils se regardèrent dans les yeux. Ulrich eut l'impression très nette qu'ils étaient destinés à se créer l'un à l'autre de grands ennuis d'amour,* dit-il.

Karel le saisit aux épaules, en riant.

— Je crois que je ne t'ai jamais pris en défaut, Juan !

— Une fois, si ! Le jour où tu m'as parlé de la Dialectique de Véronèse.

Ils rirent ensemble.

— Justement, s'écria Karel. Le jour de la Dialectique ! Tu te souviens que tu attendais une femme ? C'était ton secret, m'as-tu dit.

Juan se souvenait. Comment oublier l'absence de Franca ? Mais ça l'intriguait que Kepela se souvînt, lui, de l'absence de cette inconnue, au lieu de se rappeler que c'était ce jour-là, précisément, qu'il avait rencontré Nadine. Où voulait-il en venir ? Mais peut-être

Karel avait-il déjà trop bu. Il ne voulait en venir nulle part. Nulle part ailleurs que son propre vertige.

— Moi aussi j'ai un secret ! Mais je vais te le dire ! Je partage mes secrets, moi ! J'ai trouvé la femme de ma vie !

— A Zurich ? demanda Juan.

Il pensa, fugitivement, que la trahison d'Ottla tombait vraiment bien : elle rendait Karel libre de tout scrupule.

Mais celui-ci s'agitait dans une dénégation furibonde.

— Pas du tout ! s'exclama-t-il. A Vernon. Sur le quai de la gare de Vernon !

Juan comprit aussitôt qu'il ne parlait pas de Nadine.

— Attends, dit-il, d'une voix soudain blanche. Tu ne connais pas vraiment Antoine de Stermaria ! Attends de le connaître et d'avoir dessoûlé. Tu comprendras de quelle vie elle est la femme, Franca !

Il fit un effort pour maîtriser sa voix. Y parvint, sourit même.

— Ne t'emballe pas, dit-il à Karel. Franca n'est pas une femme d'aventures, ni de passades.

Kepela protestait énergiquement.

— Qui te parle de passades ? Je te parle de passion !

Volubile, il expliquait à Juan pourquoi sa vie avait changé, ce jour-là. Pourquoi c'était pour lui la fin du libertinage.

Juan l'écoutait. Il était sceptique.

Mais ils sont dans la pièce du rez-de-chaussée, désormais, ensemble, et Antoine vient de dire qu'il a vécu à Prague.

— J'ai vécu à Prague près de quatre ans, vient-il de dire.

Il avait observé le regard des femmes, visiblement sous le charme, écoutant Kepela tout à l'heure. Mais Franca était sortie de la pièce depuis quelques minutes. Sans doute pour surveiller les derniers préparatifs du dîner.

Antoine se tourne vers Nadine. Quelque chose l'intrigue chez elle, il ne sait pas encore quoi. Une ressemblance ? Il n'arrive pas à savoir.

Elle est assise à même le tapis, aux pieds de Juan. Elle se laisse regarder par Antoine de Stermaria. Une sorte de soleil intérieur lui émoustille la gorge, le coin de l'œil. Elle se dit que c'est vraiment épatant — ce n'est pas un mot à elle, certes, elle a pensé, bien sûr, que *c'est le pied* ; épatant n'en est qu'une transcription litotique —, épatant, oui, d'avoir trois types aussi séduisants à sa portée.

Le pied, vraiment.

— A quelle époque ? demande Karel.

Antoine quitte le regard de Nadine, se tourne vers lui.

— Nous sommes arrivés à Prague au début de 1934, dit-il. Et nous en sommes repartis en 1938, après Munich.

Il boit une gorgée.

— Un jour de cette première année, j'avais quatorze ans, ma mère m'a convoqué dans sa chambre. Habille-toi décemment, m'a-t-elle dit, nous allons à un enterrement. J'ai donc mis un complet-veston, une cravate : seule tenue que ma mère considérât décente.

Il s'adresse à Kepela.

— En 1934, vous aviez quoi ? Cinq, six ans ?

— Quatre, dit Karel.
Antoine sourit.
— Vous ne connaissiez pas encore l'existence du cimetière de Straschnitz, probablement...
Karel rit franchement. Mais il se demande où Antoine veut en venir.
— Je ne savais même pas qu'il y avait des cimetières juifs !
— L'enterrement auquel ma mère m'a entraîné se déroulait au cimetière de Straschnitz. Je ne me rappelle pas la date exacte, mais ce serait relativement facile à retrouver. On y mettait en terre, ce jour-là, Julie Kafka, née Löwy, la mère de Franz Kafka.
Ils attendent la suite, ils sont tournés vers lui, sidérés.
C'est ce qu'Antoine souhaitait, bien entendu.
Il regrette simplement que Franca ne soit pas là. Pourtant — et d'en prendre fugacement conscience l'étonne quelque peu lui-même — ce n'est pas à Franca qu'il a envie de raconter les années de Prague, soudain réapparues dans sa mémoire à cause de Kepela. Franca n'en sait pas grand-chose, à vrai dire. Juan non plus. Des bribes éparses, seulement. D'ailleurs, Juan le regarde avec un étonnement où jaillit une lueur de reproche. Pourquoi l'a-t-il tenu à l'écart de ce souvenir ?
C'est à Nadine qu'il aurait envie de raconter Prague, il se demande pourquoi. Il y avait commencé à tout apprendre : les livres, les femmes, la peinture. Lui expliquer sa vie d'adolescent à Prague, l'une des capitales de l'Europe d'avant la pluie, d'avant le sang et la honte, dans le sillage d'une mère encore fortunée, plus belle que jamais à l'approche d'une quarantaine épanouie.

La mère d'Antoine de Stermaria, Elisabeth, était née von Vahl, à Saint-Pétersbourg. Issue d'une de ces familles de hobereaux teutoniques installés à la cour des tsars et y ayant frayé leur chemin jusqu'aux sommets du pouvoir, dans l'armée, l'administration ou les finances de l'Empire.

L'un de ses oncles, le gouverneur Victor von Vahl, avait été l'objet, en mai 1902, d'une tentative d'assassinat du socialiste-révolutionnaire Hirsh Lekkert. Episode qui provoqua, on s'en souvient sans doute, une polémique à propos du terrorisme politique dans les pages de l'*Iskra,* entre Martov et Vera Zasulitch, d'un côté, Lénine de l'autre.

Elisabeth von Vahl, quant à elle, se souvenait fort bien de cet épisode. Ou plutôt, des suites qu'il eut sur la vie familiale, des discussions et dissensions dont il fut à l'origine. C'était même, plus ou moins reconstruit d'après des récits postérieurs, son premier souvenir repérable. Elle était née un an avant le siècle. Elle en avait donc trois, en 1902, après l'événement, lorsqu'on la conduisit chez l'oncle Victor, le Gouverneur von Vahl. Elle refusa de l'embrasser, pleura à chaudes larmes lorsqu'on voulut l'y contraindre. Sans doute avait-elle eu tout bêtement peur des imposants favoris de l'oncle, de son monocle d'officier prussien. Mais les récits confus de l'attentat dont le Gouverneur avait failli être la victime ; les discussions qui se prolongèrent, les mois suivants, les années, même, au sein de la famille, à propos du rôle des von Vahl dans la politique impériale, tous ces éléments finirent par cristalliser autour de l'événement, en faisant un souvenir clé de sa petite enfance.

Lorsqu'elle eut dix-sept ans, Elisabeth épousa Nicolas de Stermaria, le père d'Antoine. Les Stermaria étaient des huguenots bretons, émigrés après la révocation de l'Edit de Nantes. Installés à Königsberg, en Prusse-Orientale, au XVIIIe siècle, les Stermaria avaient pris part au *Drang nach Osten*, à la ruée vers l'Est des noblaillons germaniques à la recherche aventureuse et têtue d'espace vital et de prébendes.

De mémoire de lignée, il n'y avait jamais eu, pour les hommes de la famille, que trois occupations possibles : la carrière militaire, la musique ou les mathématiques. La plupart des Stermaria, d'ailleurs, étaient également doués pour les trois arts. C'est au moment de faire un choix de situation qu'ils optaient pour l'un ou pour l'autre, selon les circonstances. Mais jamais un Stermaria n'avait été autre chose que musicien, officier ou mathématicien. Avec éclat, dans n'importe laquelle de ces activités. Il suffit pour s'en convaincre, de consulter le monumental *Biographisches Lexikon* de Puttkamer où se trouvent recensés les noms germaniques les plus illustres : les Stermaria y figurent en bon nombre, dans les tout premiers rangs.

En revanche, le destin des femmes de la famille avait toujours été tragique. Elles mouraient jeunes. Poitrinaires, si c'était de mort naturelle. Mais la plupart du temps, c'était de mort violente. Assassinées par un mari jaloux ou un amant infidèle. Ou vice versa : tous les cas de figure étaient imaginables dans ce contexte, avec ces quatre éléments. Ou bien se suicidaient-elles. C'était même, statistiquement, leur fin la plus probable.

Peut-être par prudence, par pruderie, peut-être parce

que les Stermaria se résignaient à cette destinée de leurs femmes comme à une fatalité — le prix à payer pour avoir autrefois préféré leur foi à leur fidélité seigneuriale, une épreuve de plus dans leur long parcours de combattants chrétiens —, mais le fait est qu'ils n'avaient jamais examiné de plus près les raisons, ou la déraison, de ce phénomène mortifère. L'auraient-ils fait, auraient-ils parcouru les papiers de famille, correspondances et journaux intimes discrètement enfouis dans une grande malle aux coins de cuir cloutés de cuivre (où Antoine les trouva, beaucoup plus tard, un peu par hasard, à Nice, à la fin de la longue migration des derniers survivants Stermaria, sa mère et lui), sans doute auraient-ils découvert — comme Antoine le fit, mais ça n'avait plus de sens, plus de portée pratique, du moins : il n'avait jamais eu de sœur, il était fils non seulement unique mais également posthume de Nicolas de Stermaria — l'une des clés du mystère. Du scandale plutôt. Car la vérité était scandaleuse. Toutes les Stermaria, en effet, aussi loin que les documents de famille permettaient de remonter dans le temps, avaient toujours été follement amoureuses de leurs propres frères. C'était cette passion incestueuse, parfois inassouvie, d'autres fois réalisée, à lire entre les lignes des lettres conservées (ça n'arrangeait rien, on le comprendra aisément, qu'elle fût comblée, cette passion) qui avait littéralement brûlé la vie des jeunes femmes de la famille, provoquant suicides de désespoir, ou meurtres désespérés.

Mais Elisabeth von Vahl ne savait encore rien de tout cela lorsqu'elle rencontra, en 1916, Nicolas de Stermaria. Celui-ci était en permission à Saint-Pétersbourg. Il avait vingt-cinq ans, huit de plus qu'Elisabeth. Il avait décidé de se consacrer à la musique, juste au moment où la guerre avait fait de lui un officier d'état-major.

Le ciel était d'une pâleur transparente sur l'embouchure de la Néva, à peine teinté de bleu ténu, en cet après-midi de septembre 1916. Nicolas venait d'arriver en permission. Mais il oublia la guerre, les discussions interminables au mess des officiers sur le sort de l'Empire. Il ne pensa plus à la tourmente qui s'avoisinait, dont ses meilleurs amis et lui-même prévoyaient la violence radicale : Elisabeth von Vahl venait de faire son entrée dans le salon. Il n'eut plus d'yeux que pour elle. Son âme fut imbibée par l'aura de la jeune fille, soudainement. Plus tard, il se mit au piano. Elisabeth traversa la pièce pour venir près de lui. Il jouait un morceau de Schubert, elle était debout. Il leva le regard vers elle, elle accepta ce regard, leur sort en fut jeté.

Ce n'est que plusieurs années plus tard, après la débâcle de l'Empire, après la défaite de la démocratie issue de la Révolution de février 1917 — que Nicolas de Stermaria avait défendue avec détermination contre les extrémismes des deux bords, convaincu que c'était la seule chance de survie d'une Russie libre, capable d'évolution —, après la guerre civile, les interventions étrangères, après les combats chaotiques à travers les pays riverains de la Baltique, entre Rouges, Blancs, Polonais, corps francs de toute obédience, mercenaires et aventuriers de tout poil, pogromistes de tout acabit, une fois installée à Berlin avec Nicolas, qu'Elisabeth comprit que la sœur de son mari en était aussi la maîtresse.

D'un an plus jeune qu'Elisabeth, Ulrike de Stermaria, amazone intrépide, avait partagé la vie belliqueuse de son frère, pendant toutes ces années. Dans la promiscuité inévitable des étapes, des campements, des folles chevauchées, Elisabeth s'était habituée à la constante présence impérieuse et brûlante de sa belle-sœur. Inexperte, ayant plongé du confort douillet d'une vie familiale vouée au culte de l'harmonie dans le tourbillon des guerres sans quartier de partisans, Elisabeth n'avait pas su déceler la vérité. Les gestes passionnés prodigués en sa présence, la liberté de langage, les baisers de retrouvailles entre frère et sœur, après quelque embuscade ou échauffourée dont ils étaient sortis une nouvelle fois vivants, indemnes, ensemble : Elisabeth avait interprété tous ces signes à la lumière sanglante, trouble, d'une époque troublée. Elle avait d'autant moins de raison de s'inquiéter, par ailleurs, que la passion de Nicolas pour elle était aussi vive et assidue qu'au premier jour.

Mais à Berlin, dans la maison voisine de la Savignyplatz, où ils s'étaient installés tous les trois, sous l'éclairage de la paix retrouvée, il lui fallut bien se rendre à l'évidence. Ulrike et Nicolas étaient amants, ils le lui avouèrent. C'était le destin de leur sang, ils l'acceptaient dans une sorte de hâte fébrile : la mort viendrait toujours assez tôt rompre ce lien funeste et délicieux. Elisabeth l'accepta aussi, partageant avec Ulrike l'amour de cet homme dont elle ne pouvait même pas imaginer une seconde d'être séparée. Elle avait vingt ans, elle se fit faire un enfant. C'était son seul moyen de gager l'avenir.

Mais la mort, faisant fi des traditions les mieux établies, épargna cette fois la sœur incestueuse. C'est Nicolas qu'elle vint chercher. Une mort idiote, de surcroît, presque sordide, lors d'une rixe nocturne dont personne ne sut dire, après coup, la raison ni l'enjeu, dans un cabaret berlinois. Nicolas de Stermaria avait traversé indemne, intouchable disaient ses camarades, trois ans de guerre et encore trois ans de révolution, de combats de partisans, pour se faire fracasser le crâne par un ivrogne dont il ignorait tout, qui ignorait tout de lui.

Ulrike et Elisabeth restèrent seules pour protéger l'enfant qui allait naître. Seules pour pleurer ensemble l'homme qu'elles avaient aimé. Pour s'aimer l'une l'autre de cet amour pour l'homme qui venait de mourir, dont elles étaient frustrées.

3.

Antoine avait quatorze ans, il assistait à l'enterrement de Julie Kafka, née Löwy, au nouveau cimetière juif de Prague.

Pendant le trajet, sa mère lui avait expliqué qui était Franz Kafka. La ferveur de sa voix l'avait frappé. Elle lui avait annoncé qu'au retour de la cérémonie elle lui donnerait à lire un volume de récits de l'écrivain, *Un médecin de campagne*. Antoine avait emporté ce livre partout, cette année-là. Il en avait lu la plupart des récits en plein air, pendant ses longues promenades à travers la ville. Dans les jardins, sur les bords de la Vltava, sur la colline de Letnà, dans les ruelles ensoleillées qui montaient vers le Château.

Sans doute parce que le bruit de fond de toutes ses déambulations dans Prague était celui des sonneries des tramways qu'il prenait pour se déplacer d'un point à l'autre, dans sa découverte émerveillée de la ville ;

parce que ce bruit ferrugineux et cristallin, chatoyant, avait accompagné en sourdine sa lecture d'*Un médecin de campagne*; sans doute est-ce pour cette raison que dans son souvenir la cérémonie funèbre de Straschnitz se déroule avec un accompagnement de musique aigrelette : celle des sonneries de tous les tramways de Prague.

Il n'est pas vraisemblable qu'on les entendît, ce jour-là, auprès du tombeau où allaient reposer dans l'inquiétude de l'éternité Franz, Hermann et Julie Kafka. Encore aujourd'hui, pourtant, quand il se souvient de la cérémonie, il les entend, malgré cette invraisemblance.

En tout cas, pendant qu'on récitait la prière des morts, sa mère lui avait désigné, à voix basse, certains des assistants. Mais c'étaient des noms qui lui étaient inconnus, qu'Antoine n'a pas retenus. Il se souvient seulement que les sœurs de Franz Kafka étaient là. Il se souvient de leurs larges chapeaux de deuil, de leurs longues jupes noires.

Il regarde Nadine Feierabend, aujourd'hui, à Freneuse, près de cinquante ans plus tard. Les sœurs de Kafka sont mortes dans les camps nazis, pense Antoine. Comme Milena Jesenskà, comme Dora Dymant : la plupart des femmes qui ont entouré Franz Kafka.

Mais Nadine Feierabend est vivante. Il la regarde.

Il sait maintenant qu'elle lui rappelle quelqu'un. Quelqu'une, bien sûr. Il ne sait pas encore qui. Une femme d'autrefois. Mais dans sa vie à lui ou dans la vie de Juan ? Non, pas Laurence. Une allure, un port de tête : quelque chose de provocant et de fragile à la fois. De sensuel et de tendre, sans mièvrerie. Il n'en sait pas plus pour l'instant. Peut-être Juan sait-il.

Il se tourne vers Kepela.

— Sur la tombe de la famille Kafka, il n'y avait pas encore le monument funéraire que l'on y voit à présent. Enfin, que j'ai vu sur des photographies ! Il a dû être érigé plus tard.

Karel hoche la tête.

— Ensuite, au retour de la cérémonie, ma mère m'a donné à lire *Un médecin de campagne*. Si je me souviens bien, c'était l'édition originale, celle de 1920, chez Kurt Wolff. On peut vérifier : le livre est encore là-haut, dans ma bibliothèque.

C'en est trop pour Kepela.

Il s'agite, il fait des gestes. Il proclame, entre deux gorgées de whisky, que lui aussi a lu les récits de Kafka dans cette édition-là. Lui aussi a conservé le volume, à travers toutes les vicissitudes de la vie, malgré l'exil.

C'est son père qui le lui avait donné.

Impossible d'en oublier les circonstances.

C'était en 1938, Karel avait huit ans. C'était, plus précisément, en septembre 1938, quelques jours après la conférence de Munich. Il était entré, convoqué par son père, dans la vaste pièce remplie de livres : des milliers de volumes. Il en respira l'odeur d'encaustique, de cuir, de papier imprimé — odeur d'encre, de colle, dense et fruitée, presque forestière — comme on respire l'oxygène de la vraie vie.

Il y avait dans l'appartement une autre pièce où Karel n'avait pas non plus le droit de pénétrer sans y être convoqué. C'était l'ancienne chambre à coucher de sa mère, morte alors qu'il avait trois ans. Oskar Kepela, son père, l'avait conservée telle qu'elle était au moment de cette disparition. Il y régnait aussi une odeur particulière, tout aussi troublante, mais plus trouble : odeur des parfums madérisés dans leurs flacons de lourd cristal taillé ; odeur des soies et des fourrures, des vêtements imprégnés d'un arôme évanescent, pourtant indélébile : odeur de femme.

Son père l'attendait au fond de la bibliothèque, ce jour de septembre 1938, dans l'embrasure d'une fenêtre.

L'entrée principale de l'immeuble se trouvait au coin de Parizska et d'une rue transversale, sur la gauche quand on monte vers le fleuve en partant de la place de la Vieille Ville. Mais les fenêtres de la bibliothèque — vaste pièce tout en longueur, au dernier étage, aménagée en utilisant l'espace d'une suite de mansardes, où on accédait par un escalier intérieur — donnaient au nord. Par-dessus les toits, on avait une vue imprenable : le Hradschin, la colline de Letnà et ses jardins, juste en face, au-delà de la Vltava.

Son père l'attendait donc là, dans le renfoncement de l'une des fenêtres mansardées.

Dix ans plus tard, en 1948, il l'attendrait de nouveau à cette même place. Mais ce n'était plus la fin de l'été, c'était le milieu de l'hiver : février. Et il n'était plus un enfant, il avait dix-huit ans. Et il n'écoutait plus son père avec un respect admiratif, comme dix ans auparavant. Il l'écoutait avec impatience. Il n'empêche : Oskar Kepela avait encore raison. Il avait eu raison dans les deux occasions historiques ; il avait analysé lucidement les deux totalitarismes, montant tous deux vers leur apogée macabre en Tchécoslovaquie : celui de Hitler, en septembre 1938 ; celui de Staline, dix ans plus tard.

(Staline ! pensa-t-il, à l'intérieur de la spirale vertigineuse de ce souvenir évoqué par les paroles d'Antoine de Stermaria. Staline ! La dernière fois qu'il avait vu son père, Oskar Kepela, c'était encore devant la même fenêtre. On était venu le chercher sur le lieu de son travail. Mais il n'était plus gardien du cimetière de Straschnitz, il travaillait alors à celui de Pinkas : le vieux cimetière juif de Pinkas, tout proche de la maison paternelle. On était venu l'y chercher. Il avait couru, il avait grimpé, le souffle court, l'escalier de pierre aux larges degrés. Il était entré dans la bibliothèque. Son père était assis dans son fauteuil, dans l'embrasure de la fenêtre habituelle, le regard vide et mort tourné vers le paysage du fleuve. Son père s'était tiré une balle dans la tête devant le paysage de Prague pour l'éternité. Mais aussi devant le hideux et massif monument à Staline qu'ils avaient édifié sur la colline de Letnà, les cochons !)

Oskar Kepela avait eu raison les deux fois, même si lui, son fils, avait refusé de l'entendre, en 1948.

Et par deux fois l'Occident s'était tu, avait capitulé devant un coup de force totalitaire, déguisé sous les oripeaux d'un destin historique. L'Occident démocratique et progressiste avait abandonné en 1938 et en 1948 cette ville de Prague, cœur fervent de l'Europe, pour laquelle, autrefois, les royaumes et les empires chrétiens s'étaient, eux, battus farouchement pendant un siècle.

Kepela s'agite, donc, fait des gestes.

— Moi aussi, s'écrie-t-il, moi aussi ! C'est cette édition-là que mon père m'a donnée. Celle de Kurt Wolff. Je l'ai encore, moi aussi !

Il en est bouleversé.

Oskar Kepela avait demandé à son fils de venir le retrouver dans la bibliothèque, à la fin de l'après-midi. Il lui avait parlé de la débandade de Munich. Il lui avait annoncé des temps sombres. *Finstere Zeiten*, disait-il, citant un poème en allemand, langue qu'on parlait chez les Kepela presque aussi souvent que le tchèque et d'autant plus dévotement que la mère de Karel avait été viennoise. Il lui avait demandé de forger son courage pour ces sombres temps.

Et puis, comme une suite ou conséquence de ce bref discours, son père lui avait donné quelques livres : Tu n'as que huit ans, avait-il dit. Lis-les, le jour venu, garde-les, comme un viatique. Qu'ils t'aident à vivre, toujours.

Six livres, rangés dans un sac de voyage de cuir fauve, d'autant plus précieux qu'il avait appartenu à la mère de Karel. Un recueil de poèmes de Hölderlin. Le roman de Sterne, *Vie et opinions de Tristram Shandy*. *L'Education sentimentale*, de Gustave Flaubert. *Les Démons*, de Dostoïevski. *Un médecin de campagne*, de Franz Kafka, dans l'édition déjà citée. Et *Don Quichotte*, pour finir. Pour commencer, aussi. Puisque tout commence et finit par *Don Quichotte*, roman de l'utopie et utopie du roman.

— Votre père, dit Antoine, le professeur Oskar Kepela... Lorsque j'ai décidé de consacrer ma vie à la peinture, ma mère m'a conduit chez lui, chez vous, donc, pour que j'écoute ses conseils...

Kepela devient livide, il s'étrangle, il en renverse une partie de son verre de whisky.

— Vous avez connu mon père !

Dans le tourbillon des sentiments qui l'assaillent, celui qui surnage et semble s'imposer est incongru, à première vue. C'est le sentiment de l'indécence dérisoire qu'il y aurait à essayer de séduire la femme d'un type qui a lu Kafka, adolescent, dans la même édition que vous, à qui votre propre père, personnage quasi mythique, a prodigué des conseils esthétiques. Ethiques aussi, sans doute, puisque ça va ensemble.

Impossible, vraiment. Franca s'éloigne de lui, soudain, victime de cette inopportune mais prestigieuse conjuration de la mémoire.

Il rit, Kepela. Avec une sorte de violence, de dérision sauvage. Il n'y a rien d'autre à faire.

— En somme, dit Nadine Feierabend, votre mère connaissait tout le monde à Prague, en 1934 !

Antoine se tourne vers elle.

— C'est plutôt que tout le monde la connaissait. Je veux dire : tous ceux qui allaient compter vraiment. Elle pratiquait une sorte de snobisme, si on peut dire, très particulier. Elle ne fréquentait pas les gens à la mode, mais ceux qui avaient quelque vrai talent, qui ne seraient à la mode, par leur mérite éclatant et reconnu, que vingt ans plus tard ! Un snobisme prémonitoire.

Quelque chose commence à poindre, à propos de la ressemblance de Nadine avec une femme d'autrefois.

— Mais ma visite, poursuit-il, chez le professeur Oskar Kepela — je me souviens de la bibliothèque : une fenêtre dominait le fleuve, le Château — n'a pas eu lieu en 1934. Deux ans plus tard, en 36, j'avais seize ans.

Il éclate d'un rire juvénile.

— J'ai un point de repère infaillible. C'est la même année que j'ai accompagné ma mère aux conférences d'Edmund Husserl, à Prague, dont est issue la *Krisis der Wissenschaften*. Vous voyez ? 1936, pas de doute possible.

— Non, dit Juan Larrea, pas de doute possible. 1936 : l'année de la guerre d'Espagne. Un repère infaillible !

— Justement, dit Kepela. La *Krisis* de Husserl et la guerre d'Espagne, ça va ensemble. C'est la fin d'une époque, la fin d'une après-guerre. Ou le début d'une avant-guerre.

— Voilà une formulation parfaitement dialectique, mon vieux ! Parfaitement creuse, donc ! dit Juan. On voit que tu arrives de Zurich, ville où vécut Lénine !

Ils rient.

Et Kepela rit d'autant plus gaiement qu'il vient d'avoir une pensée réconfortante. Gaillarde même. Conquérir la femme d'un homme aussi remarquable qu'Antoine de Stermaria n'est finalement pas une entreprise médiocre. C'est tout à fait digne de lui.

Nadine Feierabend trouve qu'on s'écarte du sujet.

— J'aurais bien aimé connaître votre mère, dit-elle à Antoine.

On entend la voix de Franca, soudain.

— Mais vous pouvez, ma chère, vous pouvez encore !

Ils se retournent. Depuis combien de temps Franca est-elle revenue dans le salon ?

Elle s'avance vers eux.

— Elle vit dans l'arrière-pays niçois, à Saint-Césaire. Toujours alerte, malgré ses quatre-vingt-trois ans ! Bon pied, bon œil, toute sa tête. Mais elle ne parle pas volontiers du passé. Je veux dire, elle n'en parle pas à n'importe qui, au premier venu !

Dans la musique habituelle de la voix de Franca, une tonalité sombre, à la limite de la discordance, vient d'apparaître. Une sorte d'agressivité qui se manifeste dans une distorsion des accents toniques. Ils ne peuvent pas ne pas y être sensibles.

Mais Antoine n'en a cure, pour l'instant. D'abord, il avait escompté cette irritation de Franca au sujet de Nadine. Il y avait compté. Et puis, il vient de retrouver à qui ressemble la jeune femme. C'était tellement évident que c'en devenait énigmatique. Ça se cachait sous la transparence qui va de soi. Ce port de tête, ce mélange d'indécente santé juvénile et de fragilité charmeuse, cette sensualité bien tempérée par un regard candide : c'est Mary-Lou que Nadine lui rappelle. La Mary-Lou gouailleuse et généreuse, cynique et tendre de sa jeunesse.

De notre jeunesse, pense-t-il, en regardant Juan.

Une idée folle lui vient, qui lui fait battre le cœur. Il avait offert Mary-Lou à Juan, quarante ans plus tôt, à Nice. En gage d'amitié : le corps de Mary-Lou, entre eux, comme un lien. Pourquoi ne demanderait-il pas à Juan de lui rendre ce gage, de lui faire hommage de Nadine, aujourd'hui ? Il regardait la jeune femme, intensément, troublé sensuellement comme il ne l'avait plus été depuis longtemps. Il se demandait si Nadine accepterait.

Il fit un pas vers elle.

— A l'occasion, dit-il, je vous emmènerai à Saint-Césaire. Si vous venez avec moi, ma mère nous parlera du passé.

Il rit, se tourne vers Karel, cérémonieux.

— S'il a le temps de nous accompagner, nous inviterons M. Kepela. Ma mère a une malle pleine de souvenirs de Prague. Des photos, des revues, des programmes de théâtre, des lettres... Il y en a de Teige, de Roman Jakobson, de Klima, de Musil. Sans doute aussi du professeur Oskar Kepela...

Mais Franca coupe court.

— En attendant cette délicieuse expédition culturelle, vous êtes priés de venir à table !

Ils y vont.

TROISIÈME PARTIE

CHAPITRE X

Nu bleu de dos

1.

Kepela rêvait qu'il faisait un rêve. Qu'il était dans un rêve, plutôt. Car c'était un rêve déjà fait, tout fait, dans lequel il déambulait. Il savait aussi qui avait déjà fait ce rêve. Qui l'avait raconté, du moins. Car on ne sait jamais si les rêves que les gens racontent ont vraiment été faits ou simplement rêvés. Il faut se méfier encore davantage, à ce propos, d'une espèce particulière de rêveurs : les écrivains. Ils racontent souvent leurs rêves comme ils racontent leur vie : en y mettant du leurre.

Ça le faisait rire, d'être dans un rêve aussi reconnaissable, aussi évident. Ça le faisait rire de lui-même, rire du rêve lui-même, aussi. Mais cette distance introduite entre lui et le rêve, par cet aspect risible, ne l'empêchait pas de le vivre intensément. Comme s'il y avait cru, comme s'il n'en avait pas connu la fin. Comme s'il découvrait ce rêve, à l'instant. Comme si c'était une aventure.

Il marchait à travers une longue file d'appartements à hauteur du premier étage, comme on passe d'un wagon à l'autre dans un train. Il fallait parfois monter quelques marches, ou en descendre, lorsqu'il passait d'une maison à la suivante. Il se disait que c'était logique, que les premiers étages, même dans les immeubles mitoyens ne sont jamais tout à fait au même niveau, dans des villes comme Prague, grandie au fil hasardeux des siècles, dans le désordre. Pourtant, tout en sachant qu'il passait d'un immeuble à l'autre, d'un appartement au suivant, il n'avait jamais à ouvrir des portes. L'espace se déployait en une enfilade immense, interminable. Il n'avait pas l'impression, en tout cas, de se rapprocher de la fin de cette suite de pièces. C'étaient généralement des chambres à coucher : des couples dormaient dans de grands lits à l'ancienne, ou bien il les réveillait en sursaut en traversant la chambre, ce qui ne manquait pas de le surprendre, car il avait la sensation de se déplacer dans ce rêve sans faire le moindre bruit ; et c'étaient toujours des couples du même sexe : des hommes, ensemble, souvent barbus, et puis des femmes, non seulement ensemble, celles-ci, parfois même enlacées dans leur sommeil. Il avait l'impression, donc, que le bout de cette enfilade de pièces, d'appartements tout en longueur, ne cessait de s'écarter de lui, de s'éloigner, à mesure qu'il s'avançait. D'ailleurs, là-bas, tout au loin, il semblait qu'il n'y avait pas de mur de fond : des arbres bougeaient dans un vent qu'on pouvait imaginer.

La file d'appartements était parfois interrompue par des salons où se tenaient des filles. Car il s'agissait visiblement de filles de mauvaise vie, ou de joie, à proprement parler : c'étaient des salons de bordel. Il le savait pertinemment, même s'il n'avait aucune expérience personnelle de ce genre d'endroit : il n'avait jamais été au bordel. Mais il savait de façon certaine que c'étaient des bordels, parce que Kafka les mentionne expressément dans le rêve du 9 octobre 1911 qu'il était, lui-même, en train de refaire. De rêver à nouveau. Parce que, de surcroît, les filles se tenaient en demi-cercle, silencieuses, parfois même revêches, mais offertes, cambrées, écartant des peignoirs de soie à ramages où prédominait la couleur rouge, exactement comme on les voit faire dans les photographies ou les peintures réalistes.

Mais il les regardait à peine, ne s'arrêtait même pas, ne cherchait pas à savoir comment elles étaient déshabillées, sous le peignoir professionnel. Ne s'inquiétait pas de vérifier si elles portaient les bas noirs et les jarretelles qu'il affectionnait, et non seulement dans ses rêves. Non seulement dans le rêve de Franz Kafka qu'il refaisait ou revivait aujourd'hui.

Il marchait d'un bon pas, persuadé, lui semblait-il, de savoir où il allait ; comme si l'essentiel n'était pas la traversée des salons de bordel ; ni non plus la suite des chambres à coucher, où il dérangeait involontairement des couples homosexuels, du moins de sexe identique. Comme si l'essentiel se trouvait plus loin, au bout de cette marche.

Parfois, il regardait autour de lui.

Sur la gauche, il y avait les lits à l'ancienne ; ou bien les demi-cercles de filles offrant leur corps, postées devant des tentures, des meubles cossus mais sans grâce, des vases remplis de fleurs artificielles, des canapés de velours. Un décor bourgeois, en somme.

Sur la droite, quand il lui arrivait de regarder dans cette direction, la paroi des pièces qu'il traversait était transparente. Ou bien n'y avait-il pas de paroi du tout.

Il marchait à hauteur des enseignes multicolores des boutiques d'une rue dont on pouvait supposer qu'elle longeait les maisons qu'il traversait d'un pas hâtif et silencieux. Toutes les inscriptions commerciales étaient rédigées en allemand, le mot qui revenait le plus souvent étant celui de DELIKATESSEN. Pourtant, malgré la langue, à cause d'elle, plutôt, curieusement, il savait qu'il se trouvait à New York. Il avait la même impression de familiarité rassurante qu'on peut ressentir dans une rue de New York, lorsqu'on ne lève pas les yeux trop haut, lorsqu'on maintient son regard à hauteur d'homme, à lorgner les enseignes, et qu'on en retire la confortable certitude de ne pas avoir encore quitté la vieille Europe, de se promener quelque part dans le cœur immortel de la vieille Europe, entre Munich, Vienne et Prague.

Soudain, alors que le bouquet d'arbres qu'il n'avait cessé de percevoir confusément au bout de l'enfilade de pièces semblait se rapprocher ; que sa masse verdoyante et mobile semblait quitter un horizon inaccessible pour venir à sa rencontre, il remarqua sur sa gauche une plaque apposée sur la paroi de la pièce qu'il traversait.

Ce n'était pas un salon de bordel, ni une chambre à coucher, cette fois-ci. C'était un espace nu, vidé de ses meubles, des tableaux qui l'avaient orné et dont on apercevait encore les traces rectangulaires ou carrées, ovales même, dans deux cas, sur les parois. Une plaque de marbre était fixée sur le mur de gauche et il sut de quoi il s'agissait, avant même de s'en approcher.

C'était bien ça.

Hier wohnte von 21 Februar 1916 bis 2 April 1917 Lenin, der Führer der russischen Revolution.

Il ne fut pas particulièrement étonné de découvrir que Lénine, le « führer » de la révolution russe, avait vécu ici pendant plus d'une année. Il se demanda simplement quelle attitude Lénine avait-il bien pu adopter chaque fois qu'il traversait tous ces salons de bordel, pour regagner sa modeste et studieuse demeure zurichoise. Etait-il passé comme lui-même, indifférent — mais non par désintérêt vital, certes : parce que ce n'était pas le moment, qu'il avait autre chose à faire (« j'ai autre chose à branler, c'est le cas de le dire ! » pensa-t-il avec un rire strident qui faillit lui faire perdre le fil de son rêve) —, indifférent, quoi qu'il en soit, provisoirement, à toutes ces filles offertes, à leurs bas noirs, leurs jarretelles, leurs guipures et guêpières, leurs dentelles, pour aller retrouver, après les longues heures passées à la bibliothèque municipale, le manuscrit de quelque pamphlet brûlant, comme il en écrivait inlassablement à l'époque, contre le pacifisme bourgeois ou social-traître ?

Ou bien Lénine, comme Franz Kafka, dans la réalité dont ces rêves répétitifs n'étaient qu'un reflet édulcoré, s'était-il arrêté pour longuement contempler ces filles, détailler les traits de leurs visages, les lignes de leurs corps ?

Il a dû penser à haute voix, car quelqu'un l'interpelle maintenant, il se tourne vers son interlocuteur, croyant avoir à faire à Josef Klims, convaincu qu'il va reprendre avec celui-ci l'interminable conversation qui se poursuit entre eux depuis le jour lointain où ils se sont connus au cimetière de Straschnitz.

Mais pas du tout. C'est Larrea qui se trouve à côté de lui.

De toute façon, dit Juan, Kafka n'a pas pu voir la plaque commémorant la présence de Lénine ici, au numéro 16 de la Spiegelgasse. Elle n'a été posée qu'après la mort de Vladimir Ilitch. Après 1924, donc.

Il se retourne vers Larrea.

Une sorte d'inquiétude agacée l'a envahi. Que vient faire Larrea dans son rêve ? Ça l'irrite que Juan soit là, pour lui rappeler d'un air assuré la date de la mort de Lénine, dont il se souvient tout seul parfaitement bien. Dont il n'a rien à faire, d'ailleurs. Rien à branler de Lénine, mon vieux ! Mais il y a plus. L'irritation teintée d'inquiétude qui s'est saisie de lui ne tient pas seulement à la suffisance de Larrea. Il soupçonne vaguement que celui-ci n'est pas apparu dans un vieux rêve de Kafka — à la place de Josef Klims, de surcroît, qui y aurait été le bienvenu, lui ! — simplement pour lui rappeler d'un air professoral la date de la mort d'Oulianov. Non, il y a autre chose. Il ne sait pas encore quoi, mais la soudaine apparition imprévue de Larrea dans ce rêve est vaguement menaçante, pour une tout autre raison.

En attendant, il faut lui clouer le bec, sans tarder.

Ça va, vieux, ça va ! On avait compris : 1924. Kafka aussi est mort en 1924, je me souviens !

Mais Juan Larrea le contemple avec une sorte de commisération.

Il hausse les épaules.

Bien sûr, dit-il. Kafka est mort la même année que Lénine. Et il est né en 1883, l'année de la mort de Karl Marx. Il a vécu, Kafka, exactement, méticuleusement, entre l'année de la mort de Marx et celle de la mort de

Lénine. Même J. L. Borges a oublié de nous mentionner cette coïncidence !

Mais Kepela n'en peut plus. Il se demande comment faire pour chasser Larrea de son rêve.

En attendant, celui-ci poursuit son petit cours magistral.

Si les dates t'intéressent, dit-il, peut-être faut-il alors rappeler que Kafka est né la même année que Joseph Alois Schumpeter et que John Maynard Keynes, par exemple !

Puis il se tourne vers Karel et le regarde dans les yeux, avec un sourire complice de conspirateur.

La même année aussi que Nicolaï Nicolaïevitch Krestinski ! ajoute-t-il à voix basse, comme s'il craignait d'énoncer ou d'annoncer cette vérité à la cantonade.

Kepela regarde autour d'eux, d'un coup d'œil furtif.

Une femme s'écarte brusquement, se mettant à courir. Sans doute se tenait-elle derrière eux, proche à les toucher, les espionnant. A-t-elle entendu le nom de Krestinski associé à celui de Kafka ? A-t-elle surpris ce secret ?

Il se retourne, Larrea essaie de le retenir par le bras. Il se dégage avec violence, se lançant à la poursuite de cette femme qui fuit, dont il vient à l'instant de remarquer la nudité.

Il court, malgré les cris de Larrea, derrière cette femme nue, au corps souple et mince, qui baigne dans une sorte de phosphorescence bleue.

Il comprend soudain pourquoi il était à New York, pourquoi ce vieux rêve de Franz Kafka se passait à New York cette fois-ci. Il crie de joie. Il a reconnu cette femme, ce corps jamais vu, cette joie. Il court tout en riant. Mais Larrea semble l'avoir rattrapé, il entend son souffle tout contre sa nuque. Ils arrivent au bout de l'enfilade de pièces, éclairées à présent par la lumière qui vient du fond, de cet espace verdoyant, rempli d'arbres, dont il s'approche à toute vitesse.

On le pousse dans le dos avec une force incroyable.

Il tombe dans le vide, longtemps, en murmurant le nom de cette femme qu'il vient de reconnaître : Franca.

L'angoisse l'étreint, il croit qu'il perd connaissance. Lorsqu'il rouvre les yeux, il est dans le cimetière juif de Pinkas, couché au milieu des pierres funéraires.

Il regarde au-delà du mur du cimetière.

Il aperçoit l'une des façades de la Faculté de philosophie de l'Université Charles, au loin, entre les arbres et les pierres tombales. Il voit la pancarte blanche que les étudiants ont accrochée en travers de la façade et qui porte le nom de Jan Pallach. Le nom qu'ils ont donné à leur Faculté après le suicide par le feu de Jan Pallach, en 1969.

Il entend le bruit cristallin, ferrugineux, fiévreux, des sonneries de tous les tramways de Prague. Il crie le numéro de celui qui conduisait à Bilà Hora, la Montagne blanche, le numéro 22. Il le crie comme un mot de passe.

Et il se réveille en sursaut, couvert de sueur.

2.

Mon amour est triste
Parce qu'il est dans la nature troublée de l'amour
d'être triste

Comme la lumière est triste
Le bonheur triste...

Il était trois heures du matin, Franca ne dormait pas.

Depuis quelques minutes, allongée dans le noir, elle essayait de reconstituer le poème qui avait jailli, par bribes, furieusement, dans sa mémoire. Elle écarta les draps, alluma une lampe, se glissa dans des jeans de toile bleue, enfila un chandail léger, bleu également.

Elle sortit dans le couloir du premier étage, pieds nus.

Elle avait envie de relire le poème de René Char, de le saisir dans son intégralité. *Il est dans la nature troublée de l'amour d'être triste...* Mais quel était son amour ? Arriverait-elle à le savoir ?

Elle marchait sans bruit vers le grand escalier.

Les volumes de Char n'étaient peut-être pas dans la bibliothèque du rez-de-chaussée, où ils avaient installé Kepela quelques heures plus tôt, après qu'il se fut effondré, soudain. Au milieu d'une phrase, comme frappé par la foudre. Tombé dans une sorte de coma, en renversant des verres sur la table. Mais peut-être Antoine avait-il gardé les livres de Char — la plupart d'entre eux, en éditions à tirage limité — dans sa bibliothèque personnelle, au deuxième étage, à côté de l'atelier.

Elle s'immobilisa sur le palier du grand escalier, souriante. Amusée, du moins, à l'idée de réveiller l'un ou l'autre, Antoine ou Kepela, en cherchant le volume de René Char. Probablement, d'ailleurs, Antoine ne dormirait pas, cette nuit non plus. Il ne dormait guère, ces temps-ci.

Elle souhaita qu'il fût éveillé. Il viendrait la retrouver, en l'entendant bouger dans la bibliothèque du haut. C'est Antoine, de toute façon, qui lui avait fait connaître René Char. Ils reliraient le poème ensemble.

> *Mon amour est triste*
> *Parce qu'il est fidèle*

Une autre pépite ou paillette du poème avait éclaté, surgissant de la gangue de l'oubli. Mais son amour était-il fidèle ? Peut-être pourrait-elle en parler avec Antoine. Peut-être ne pourrait-elle désormais en parler qu'avec lui. Elle avait cru deviner cela dans son insomnie.

Elle en eut de nouveau le cœur battant.

A cet instant, elle entendit du bruit au rez-de-chaussée. Des lampes s'allumèrent. Sans doute Kepela venait-il de sortir de son coma éthylique.

En revenant de la gare de Vernon, la veille au soir, avec Kepela, elle avait essayé de parler à Juan. Ça n'avait pas été possible, du moins dans l'immédiat. Karel l'avait accaparé, l'entraînant avec lui. Il avait quelque chose à dire à Juan, c'était vital, disait-il. Juan n'avait eu que le temps de lui murmurer : « Bien joué ! » Il faisait évidemment allusion à la présence de Kepela. Oui, c'était bien joué. Puisqu'elle déjouait ainsi la machination d'Antoine. Celui-ci avait souhaité le huis clos à quatre, avec le raffinement dont il était coutumier pour agencer les catastrophes et en jouir ; pour faire souffrir les autres et souffrir lui-même le martyre, lorsqu'il était malheureux. Enfin, plus malheureux que d'habitude.

Pendant l'absence de Juan et de Kepela — Nadine était également remontée dans sa chambre — Antoine lui avait fait une scène. Il avait été glacial, violent.

Qui lui avait permis, disait-il, d'inviter ce Tchèque, mondain imbu de lui-même, coqueluche des petites dames de Paris ?

Elle avait pris le parti d'en rire.

Voyons, Antoine, c'est un ami de Juan, ils travaillent ensemble !

Je n'en ai rien à foutre, de leur *Montagne blanche* ! s'écriait Antoine.

Franca évita de lui signaler sa mauvaise foi. Quelque temps auparavant, Juan leur avait parlé de ce projet et Antoine s'y était vivement intéressé.

Ça ne te fait pas plaisir que je fasse cette surprise à Juan ?

Je voulais qu'on soit entre nous, disait Antoine. C'était une fête intime !

Nous ? rétorqua-t-elle, avec un rire méchant. C'est une intime, la petite Feierabend ? Elle est entre nous ?

Il l'avait observée un long instant, d'un regard trouble. On pouvait y lire aussi bien le désespoir que l'amour fou. La folie du désamour désespéré, c'est-à-dire.

Elle est entre Juan et toi, Franca, avait-il chuchoté. Donc entre nous. Donc tout à fait intime.

Explique-toi, disait-elle brièvement.

Mais il n'y a rien à expliquer, Franca. C'est simple. Juan n'aime sans doute pas cette jeune personne, il n'a jamais aimé que Laurence, tu le sais bien. Tu devrais le savoir, du moins. Mais il baise la petite Feierabend et tu en es malade.

Elle avait essayé de l'interrompre d'un rire qui se voulait désinvolte, cinglant.

Mais Antoine l'avait saisie, lui avait tordu le bras, la faisant pâlir de douleur.

Il la baise et tu ne supportes pas! avait-il crié, les dents serrées.

Alors Franca avait été grossière, elle avait dit quelques obscénités bien senties, mais elle les avait dites en italien. Ça lui était plus naturel. Elle avait dit que Nadine pouvait se faire mettre autant qu'elle le voudrait par Juan, enfiler, tringler, limer, brosser, qu'elle n'en avait rien à foutre!

Ne sois pas vulgaire, avait dit Antoine. N'oublie pas que tu es une Milanaise de bonne famille, que ta grand-mère maternelle et viennoise a fréquenté Wedekind, que ton papa a été le collaborateur préféré d'Antonio Banfi! Tu nous pompes assez l'air avec ça, d'habitude! D'ailleurs, tu te trahis en étant aussi vulgaire!

Elle s'était dégagée de son étreinte.

Tu veux quoi, Antoine?

Toutes les grossièretés qu'elle avait dites, et d'autres qu'elle avait pensées sans les dire, mais en se réjouissant de rouler dans son esprit des mots orduriers, l'avaient calmée.

Elle regardait Antoine, avec l'ancienne complicité d'une difficulté de vivre partagée.

Tu veux la vérité, Antoine?

Il s'était caché le visage dans les mains. Ensuite, il avait eu un élan vers elle, maladroit.

Pardonne-moi, disait-il. Depuis quelque temps, je ne sais plus où j'en suis.

Elle respira profondément, savoura la joie déchirante de son emprise sur cet homme.

Tu sais très bien où tu en es, dans ton travail. Dans la vie, en général. C'est par rapport à moi, à ton rapport avec moi que tu ne sais plus. Mais ce n'est pas vague, ce n'est pas depuis quelque temps. C'est tout à fait précis : depuis Amsterdam, l'automne dernier. Parlons d'Amsterdam, veux-tu ?

Il eut un mouvement de recul.

Un autre jour, peut-être.

Un peu plus tard, Franca avait quand même réussi à échanger quelques mots avec Juan, en tête à tête.

Il était près d'une porte-fenêtre, regardant les pentes gazonnées qui descendaient vers le fleuve. Mais il n'y avait plus rien à voir, le soir était tombé.

Il se tourna vers elle, quand elle fut toute proche.

Je me demandais si les marronniers roses sont en fleur, murmura-t-il.

Elle hocha la tête.

Ça commence, dit-elle, c'est la saison.

Elle effleura son corps avec sa hanche, s'écarta de nouveau.

C'était bien, le *Ritz*, sans moi ?

C'était sans toi, dit-il, laconique.

Pourquoi m'as-tu fait ça ? demanda-t-elle.

Il la regarda : une sorte de lumière affectueuse, inhabituelle chez lui, même aux meilleurs moments, était lisible dans son sourire.

Quoi ça ? dit-il. Madrid, Patinir, Goya ? Mais tu le

sais bien, Franca ! On fait toujours les mêmes choses avec les femmes, c'est toujours différent. Je veux dire : les femmes sont différentes. Ne sois pas fétichiste !

Je ne suis pas fétichiste, dit-elle, mais exclusive.

Il avait ri, gaiement.

Drôle de façon d'être exclusive, s'était-il écrié. Tu me fuis depuis six mois.

Je fuis l'idée de toi avec cette fille.

Cette fille, comme tu dis, dit-il, s'est glissée dans ton absence. C'est ta fuite qui lui a fait de la place, tu le sais bien !

Et elle va y rester, à ma place ? murmura-t-elle, sans le regarder.

A toi de décider, dit Juan.

Puis il fit un geste las, désemparé.

Peut-être est-il trop tard, ajouta-t-il.

Elle se méprit.

Tu commences à l'aimer ?

Il haussa les épaules, excédé.

Aimer ! Toujours ce mot à la bouche !

Mais ils n'eurent pas la possibilité de poursuivre. Kepela attirait lourdement l'attention sur leur aparté, les plaisantait à ce propos.

En fait, nous sommes en trop, Nadine et moi ! proclamait Karel. Vous auriez dû fêter cet événement à trois : la naissance de Franca, l'anniversaire de la rencontre de nos deux célébrités ! Qu'en penses-tu, Nadine, on les laisse ?

Franca avait regardé Antoine. Il lui avait fait un geste amical. Un signe de paix. Elle en fut rassérénée.

Il a eu le coup de foudre pour toi, le Tchèque, murmura Juan, pendant qu'ils rejoignaient les autres. Il vient de me le confier, citation de Musil à l'appui ! Et je connais mon Kepela : quand il cite Musil, ça va barder !

Elle sourit, passa la main dans ses cheveux, admira de loin la prestance de Karel.

Voilà qui simplifie tout, dit-elle, moqueuse.

Comme la négation de la négation, souffla Juan.

Elle se tourna vers lui, interloquée. Mais il n'avait plus le temps de lui expliquer pourquoi il avait pensé à la Dialectique. Pas seulement à celle de Paolo Caliari, dit le Véronèse.

Mais à trois heures du matin, on ne faisait pas seulement du bruit, au rez-de-chaussée. On y jouait de la musique.

Franca se figea, dans le grand escalier.

Una paloma blanca, como la nieve, me ha picado en el pecho, cómo me duele !

Elle porta la main à sa poitrine.

La douleur, oui, sauvage et familière.

3.

Karel s'était réveillé, il était resté immobile dans la pénombre hostile d'une pièce inconnue, à essayer de se repérer, de reconstruire l'espace et le temps autour de lui, en lui.

Ottla l'avait abandonné, il n'était plus à Zurich : voilà un point de départ.

A peine avait-il évoqué cette certitude minime, son rêve lui revint en mémoire. Tout entier, d'un seul tenant, comme un bloc chatoyant.

Il rejeta une couverture de mohair qu'on avait étendue sur son corps. Il trouva ses mocassins au pied de son lit de fortune.

Il fut debout.

Nu bleu de dos, dit-il à voix basse, en allumant des lampes à tâtons.

Il était à New York, quinze jours plus tôt.

Il avait à discuter d'un projet de film avec le patron d'une grande compagnie américaine. Un premier contrat avait été signé avec le représentant de la firme en Europe : il fallait se mettre d'accord sur un sujet, désormais. Il en avait plusieurs à proposer, dont l'un basé sur une idée de Larrea. Celui-ci aurait dû l'accompagner, en fait. Mais il avait préféré, à la dernière minute, aller à Madrid avec Nadine.

Le scénario tournait autour du personnage d'Eléonore Marx ; autour du voyage de celle-ci aux Etats-Unis, en 1886, avec Edouard Aveling, son amant, triste sire. Larrea lui avait donné une quinzaine de pages, il y avait ajouté deux ou trois idées personnelles : c'était un projet qui l'enchantait.

Mais il n'avait pas eu la possibilité d'en discuter avec qui que ce fût.

On lui avait envoyé une limousine, à l'aéroport, avec un chauffeur, c'était la moindre des choses. Avec une jeune femme aussi, charmante, qui se tenait à sa disposition pour la durée de son séjour. Elle avait été choisie par l'ordinateur de la direction du personnel parce que, tout en étant née à New York, expliquait-elle, d'une mère américaine de souche scandinave, son père était originaire de Prague, qu'il avait quittée avec ses propres parents, en 1948, après le coup du même nom.

Elle n'était pas la seule employée de la firme, disait-elle en souriant, à pouvoir se targuer de semblable ascendance. L'ordinateur en avait déniché trois autres. Mais le responsable de l'unité de production qui aurait éventuellement à prendre en charge le projet de Kepela, M. Bob Adams, l'avait désignée, elle, à cause de son nom.

Ils étaient déjà dans la limousine, ils s'engageaient sur l'autoroute, quand la conversation atteignit ce point.

Votre nom ? Pourquoi ? demandait Karel poliment.

Il avait plutôt envie de regarder le paysage, ce n'était que la deuxième fois qu'il venait à New York. Le nom de cette jeune personne l'intéressait moins que le profil urbain à l'horizon. Moins aussi que ses jambes, qui étaient fort appétissantes, généreusement montrées. Mais les jambes n'allaient pas s'évanouir. Il pourrait sans doute s'en occuper plus tard.

Je ne sais pas pourquoi, dit-elle. M. Adams m'a simplement dit que vous apprécieriez.

Il était obligé de lui demander son nom, désormais.

Il n'en avait nulle envie, mais il était obligé de le faire. C'était la moindre des courtoisies. D'ailleurs, la jeune femme attendait cette question obligatoire avec curiosité, c'était visible. Un peu d'impatience, même. Elle voulait être fixée sur les raisons qui allaient immanquablement, selon M. Adams, faire apprécier son nom par ce metteur en scène d'origine tchèque dont elle ne savait pratiquement rien.

Sauf qu'il était diablement séduisant.

Tout à l'heure, quand elle avait vu ce passager du vol

de Paris se diriger vers elle — ou plutôt vers la petite pancarte qu'elle tenait à la main et qui permettait de l'identifier — elle en avait eu le souffle coupé. Elle s'était aussitôt félicitée de porter un nom qui, pour des raisons non encore élucidées, l'avait fait choisir pour une mission d'accompagnement qui s'annonçait sous de bien heureux auspices.

Dans la limousine, à présent, elle attendait avec une certaine fébrilité qu'il lui demandât son nom. Elle en avait les genoux qui tremblaient légèrement — non, ce n'était pas le roulis de la limousine, elle en était certaine —, les jambes qui s'écartaient déjà.

Kepela se tourna vers elle et lui demanda son nom, enfin.

Milena Jesenskà, dit-elle.

Elle avait parlé très vite. Elle lui avait lancé en pleine figure ce nom, ce prénom, qui étaient les siens depuis toujours, mais dont elle n'avait jamais soupçonné qu'ils suffiraient pour la mettre en présence d'un homme aussi attirant.

Elle en avait la bouche sèche.

Mais Adams — elle en oublia de lui accoler le « monsieur » dont elle faisait toujours précéder son nom, même dans le silence de son parler intime — Adams avait eu mille fois raison de dire que Karel Kepela apprécierait.

Il appréciait drôlement, c'était indéniable.

D'abord, il l'avait regardée fixement, tellement sidéré qu'il en avait perdu pendant une fraction de seconde une partie de son charme, à ouvrir la bouche ainsi, toute grande, toute bête. Puis, après un éclat de rire bref, mais d'une violente gaieté, il avait fait quelque chose d'insensé.

D'une main, il lui avait tendrement caressé le visage : les pommettes, l'arcade sourcilière, les paupières, le pourtour des lèvres. Une caresse chaste, presque spirituelle, comme s'il cherchait à effleurer son âme.

De l'autre, pourtant — et c'était le cas de dire que la main gauche ne savait vraiment pas ce que faisait la droite, ou vice versa — pendant qu'il lui parlait à voix basse, lui disant des mots qu'elle avait du mal à saisir, concentrée qu'elle était sur ses sensations physiques, multiples, dont elle ne voulait pas perdre la moindre nuance, le moindre chatoiement ; de l'autre main, donc, il lui avait écarté les genoux, forçant aussitôt le passage de son intimité, pour s'y installer avec des doigts fureteurs et divinement habiles.

Toutefois, si le voyage en limousine avait été délicieux, véritable toboggan d'extases et de rires, elle n'en était pas moins arrivée au bout — et au but, certes, répétitivement — sans savoir pourquoi le nom de Milena Jesenskà, qu'elle portait innocemment depuis vingt-six ans, était tellement apte à provoquer la promptitude imaginative et sensuelle d'un metteur en scène européen qui ignorait tout d'elle quelques minutes auparavant.

Kepela, en tout cas, négligea de lui expliquer le phénomène. Quant à elle, elle ne pouvait décemment pas donner de détails trop précis à Bob Adams, on ne sait jamais comment les chefs réagissent dans des cas pareils.

Karel avait attendu trois jours le rendez-vous avec le grand patron de la firme cinématographique.

Le premier, après un petit déjeuner de travail avec Bob Adams, qui n'avait aucun pouvoir de décision et qui était trop content de lui avoir déniché une Milena Jesenskà pour parler de quoi que ce soit d'autre, il s'était longuement promené dans New York.

Le deuxième jour, Bob Adams l'avait appelé pour lui dire que le boss avait dû partir subitement pour la Californie, qu'il reviendrait sous peu. C'est quand, sous peu ? demandait Kepela, mécontent. C'est sous peu ; il le tiendrait au courant, disait Adams. En attendant, disait-il encore, n'écrivez pas de lettres à Milena, voyez-la plutôt, et de près ! Elle mérite le coup d'œil !

Il riait de bon cœur de sa propre astuce, Adams.

Mais Karel était découragé par la niaiserie de Milena, bavarde à contretemps, bête à pleurer. A débander, donc. Il se demanda si son désir des femmes, si prompt à s'exprimer, généralement, n'était pas comme le vin de Bordeaux : s'il ne voyageait pas difficilement. En Europe, pourtant, il voyageait bien. Peut-être était-ce le décalage de civilisation. Milena était charmante, docile, ce n'était sûrement pas irrémédiable. Au lieu de s'irriter de quelques petits défauts, il aurait pu l'instruire. L'aspect pédagogique du libertinage en est l'un des plus gratifiants, c'est bien connu. Mais non, il sentait que le cœur, si l'on ose dire, n'y était pas : il renâclait à la besogne. Il la besognait, en somme. La joie habituelle, inventive, brillait par son absence. Il accomplissait une performance, mais dans le sens anglais du mot, bien entendu. C'était une performance d'acteur.

Toutefois, et à tout hasard, lorsque la jeune femme l'appela, le matin de ce deuxième jour, aussitôt après

Adams — la hiérarchie de la firme était respectée, même dans l'ordre des appels téléphoniques —, pour connaître ses désirs, Kepela lui demanda de venir le retrouver à l'hôtel avec un violon. Un quoi ? Mais un violon, un vi-o-lon, instrument de musique fort célèbre ! Elle riait, déroutée, au bout du fil. Vous avez bien quelqu'un dans la famille, dans votre entourage, qui joue du violon ? disait-il. En effet, il y avait quelqu'un. Une cousine, elle s'appelle Valérie, Valli entre nous, expliquait Milena. Il lui demanda d'aller chercher le violon de Valérie, de venir le rejoindre avec le violon. Mais sans Valérie. Surtout pas de Valli, à aucun prix.

Milena promit de faire diligence.

La veille au soir, dans une librairie de Times Square, Kepela avait trouvé une édition américaine des gravures érotiques de Franz von Bayros.

Il passait lentement parmi les étalages, jetant un regard sur les livres offerts, en feuilletant un de temps à autre, lorsqu'il aperçut un album d'un joli vert, orné d'un cul-de-lampe doré : *The Amorous Drawings of the Marquis von Bayros*. Pendant quelques instants, le temps fut aboli. Non pas retrouvé, bien sûr, quelle sottise ! mais aboli. Le temps passé depuis le mois de juillet 1966, à Karlovy Vary, aboli.

Il était entré chez un antiquaire de la station thermale, sous les arcades de la colonnade Zitek. Le propriétaire l'avait reconnu : Karel Kepela, le metteur en scène. Quel honneur ! Ça lui arrivait, depuis que son premier film était sorti. Depuis qu'on publiait sa photo dans les magazines, qu'il était célèbre. Parmi tous les journalistes qui étaient venus s'entretenir avec lui, un seul s'était demandé ce qu'il faisait, avant. De quel anonymat, de quel passé surgissait-il comme un météore, à trente-six ans ? Je sors du cimetière de Pinkas, avait répondu Kepela. Ah bon, vous y étiez enterré ? En quelque sorte, oui, avait dit Kepela. J'y ai ressuscité, en quelque sorte, en mai 1963 ! Le journaliste voulut savoir comment, à quelle occasion, sous quel prétexte s'était-il autorisé à ressusciter, à Pinkas, dans le cimetière de la vieille synagogue. Il n'était pas sûr de pouvoir publier intégralement dans sa revue les réponses de Kepela, mais il voulait les connaître. Vous vous souvenez du colloque Kafka, fin mai 1963, à Liblice ? disait Kepela. Les yeux du jeune journaliste brillaient. Il se souvenait très bien de l'année 1963 : trois événements, au moins, l'avaient inscrite dans sa mémoire. Le colloque Kafka, bien entendu. C'était la première fois, depuis des décennies, qu'on pouvait publiquement parler de Kafka. Mais aussi la publication d'un essai de Karel Kosik, *La Dialectique du concret*. Et surtout la démolition du monument géant à Staline qui se dressait sur la colline de Letnà, qui défigurait monstrueusement le paysage urbain depuis le début des années 50. Le jour où les derniers soubassements granitiques du monument avaient sauté, la bière avait coulé à flots dans Prague. Il n'y avait pas eu de manifestation, pas de cortège public et tapageur. Mais les inconnus se saluaient dans les bistrots, s'invitaient joyeusement à boire un verre, sans jamais mentionner la raison de cette liesse collective et retenue. Oui, le journaliste se souvenait fort bien du printemps 1963, trois ans plus tôt. Eh bien, dit Karel, après le colloque Kafka de Liblice, il y a eu des soirées à Prague, des visites guidées de la Vieille Ville pour ces messieurs-dames du marxisme progressiste, ouvert, marxien, sans rivages ! Ainsi, certains des participants au colloque s'étaient présentés un beau matin au cimetière de Pinkas. Il les avait reçus, puisqu'il était gardien du cimetière. Il y avait là, se souvient-il, entre autres, Anna Seghers, Roger Garaudy, Ernst Fischer et sa femme Louise. Et des Tchèques également : Ivo Fleischmann et Eduard Goldstücker, en particulier. C'est à l'un de ceux-ci, ou aux deux à la fois, peut-être, qu'il était redevable de sa résurrection, pensait-il. Il avait montré la synagogue et le cimetière de Pinkas aux illustres visiteurs. Et puis, évoquant son précédent séjour à Straschnitz, Kepela leur avait parlé de Kafka, des conversations qu'il avait eues au fil des années, avec les visiteurs illustres ou anonymes de la tombe de l'écrivain. Sans doute avait-il été remarquable, au cours de cette conversation. Du moins avait-il été remarqué. Ou Fleischmann, ou Goldstücker, ou les deux à la fois, avaient dû parler quelque part, dans les arcanes proches du pouvoir, de cet étrange gardien de cimetière. Le fait est que trois mois plus tard, il était convoqué à la Milice et autorisé à reprendre des activités publiques dans la vie culturelle.

Voilà pourquoi, et pour revenir au temps aboli, il avait été aussitôt reconnu par l'antiquaire, en juillet 1966, lors d'un festival de cinéma à Karlovy Vary. Le boutiquier avait sorti pour Kepela certains de ses trésors non exposés. Dont l'édition originale par la Société des Bibliophiles autrichiens d'un choix de poèmes érotiques du XVIIIe, publiés sous le titre *Florettens Purpurschnecke* et illustrés de vingt gravures de Franz von Bayros.

Ça lui avait coûté une fortune, mais Kepela avait acheté le précieux bouquin. Pas seulement pour sa valeur intrinsèque, mais aussi, surtout, pour la planche numéro 10 du recueil, *Andante con fantasia*, qui montrait une marquise — tout autre titre nobiliaire faisant aussi bien l'affaire, certes! —, dodue, nue, soyeuse, mais chapeautée, délicieusement rococo, caressant d'une main douce, et d'un archet de violon scabreux, le membre haut dressé d'un marquis — voyez plus haut — pâmé à la renverse sur un divan, tout habillé, sans doute, mais opportunément débraguetté. Il avait hâte de montrer cette estampe viennoise, d'un érotisme aussi kitsch qu'incontestable, à une jeune femme qu'il venait de rencontrer et qui tenait le violon dans l'orchestre féminin — ou plutôt quasi féminin, puisque son copain Klims y tenait la batterie, le moment nécessaire venu — de l'hôtel *Moskva-Pupp*. Il avait hâte de savoir comment Libuše, fantasque et frivole compagne de jeu, se tirerait de cet *andante con fantasia* sur sa propre personne. Celle de Kepela s'entend.

Le deuxième jour à New York, donc, Milena Jesenskà arriva à l'hôtel avec le violon de sa cousine Valli, curieuse de savoir ce que Karel se proposait d'en tirer. Elle le sut bientôt. Mais elle avait la main moins musicienne que Libuše, autrefois. A moins qu'il ne fût de parti pris, ce qui était possible.

Le troisième jour, comme le grand chef était toujours en voyage, Kepela consacra son temps à visiter des musées. C'est au MOMA, dans une exposition de peinture française récente, qu'il tomba sur quelques toiles d'Antoine de Stermaria.

Enfin, se dit-il, je vais voir des tableaux de ce type dont Larrea me rebat les oreilles !

Mais à peine fut-il devant un *Paysage rouge* que sa curiosité devint attention passionnée. De surcroît, une étrange sensation de familiarité l'envahit. Un peu plus tard, figé d'admiration devant un *Nu bleu de dos,* il se souvint.

Dix ans plus tôt, au début des années 70, alors que les normalisateurs rétablissaient l'ordre ancien dans son pays, il avait déjà vu certains de ces tableaux. Ou plutôt, des reproductions de ces tableaux. A cette époque, il avait de nouveau été chassé de toute activité publique. Il était chauffagiste dans les caves d'un ensemble d'habitations de la proche banlieue de Prague. Dans cette caverne platonicienne — à l'une des extrémités du sous-sol s'étalaient les chaudières à charbon vétustes qu'il fallait surveiller et alimenter, sans cesse, dont les bouches rougeoyantes illuminaient l'espace pénombreux, lorsqu'on les ouvrait pour les charger ; à l'autre extrémité, un long soupirail aux vitres dépolies laissait deviner les ombres mobiles des passants, des promeneurs dans la cour-jardin de la cité —, platonicienne, donc, Kepela organisait parfois des lectures clandestines de textes littéraires ou dramatiques. Des amis venaient l'y rejoindre, pour ce faire. Des acteurs, des écrivains, des journalistes, des philosophes, devenus receveurs de tramway, jardiniers, balayeurs ou soutiers comme lui-même.

Un jour, l'un des acteurs du groupe — à ce moment, ils travaillaient dans leur caverne à un montage critique de *Die Massnahme* de Brecht : on devine quels effets théoriques pervers ils en déduisaient — amena des comédiens français de passage, d'une troupe en tournée.

Parmi ceux-ci, il y avait Roger Blin.

Blin resta longtemps avec eux, assista le lendemain à une séance de travail sur le texte de *Die Massnahme*. Lorsqu'il quitta Prague, quelques jours plus tard, il laissa à Karel tous les livres qu'il avait dans ses bagages. L'un d'entre eux était une monographie consacrée au peintre Antoine de Stermaria.

C'est là qu'il avait contemplé pour la première fois ce *Nu bleu de dos* devant lequel il demeura à New York, immobile et tremblant d'émotion, pendant un temps infini. Ou aboli, si l'on veut.

Le lendemain, il avait demandé à Milena de faire valider pour le jour même son billet de retour.

C'est Bob Adams en personne qui l'avait accompagné à l'aéroport. On peut aisément en conclure que le voyage en limousine avait été moins plaisant, moins inventif, que l'avant-veille. Adams, en tout cas, n'avait rien fait pour le retenir. Trop épaté, sans doute, par l'attitude de Karel. Trop content aussi de pouvoir annoncer à son patron, pour voir la tête qu'il ferait, que le Tchèque s'était refusé à l'attendre une heure de plus.

Dans l'avion du retour, Kepela avait sommeillé agréablement. En revoyant sans cesse le *Nu bleu* dans les images de sa rêverie.

4.

A trois heures du matin, en voyant arriver Franca dans le salon du rez-de-chaussée, Karel arrêtait l'électrophone.

Il avait appuyé sur la touche de départ, machinalement, après qu'il eut allumé des lampes dans la grande pièce, sans même faire attention au disque posé sur la platine. Mais le mécanisme automatique avait été réglé de façon à faire passer indéfiniment les deux mêmes morceaux.

Ça l'intrigua. Surtout que c'étaient des chansons espagnoles. Il pensa à Larrea. Des images flottèrent, des associations commencèrent à se nouer, dans sa mémoire. Il voulut en savoir davantage.

Il trouva aussitôt une brochure, auprès de l'électrophone. C'était celle qui accompagnait le coffret de musique vocale de l'Intégrale de Ludwig van Beethoven par la *Deutsche Gramophon*. Les paroles de la première chanson, *bolero a solo* (WoO 158 n° 19), disaient : *Una paloma blanca/como la nieve/me ha picado en el pecho/cómo me duele!*

Il écouta de nouveau, pensa que l'harmonisation de Beethoven était trop sophistiquée. Mais cette blancheur de neige le toucha, éveilla des souvenirs. Il pensa à un autre texte amoureux, une autre chanson : *O Hand von Schnee,* se dit-il à mi-voix.

Quel message Franca avait-elle voulu faire parvenir (elle seule avait pu régler le mécanisme de l'électrophone) ? Et à qui ? La deuxième question était simple : à Juan, bien entendu. La première l'était tout autant. Ou plutôt, c'était la question du monde la plus impénétrable, celle de l'amour malheureux.

Il écouta encore. Il comprenait assez l'espagnol pour savoir que la traduction du *bolero a solo* que donnait la brochure était insuffisante : tout à fait maladroite, même, *Une colombe blanche comme neige / A picoté ma poitrine / Oh quelle douleur!*

Cette poitrine picotée lui parut minable, indigne de la passion qui affleurait dans le texte castillan. Il s'efforçait mentalement d'améliorer la traduction lorsqu'il eut l'impression d'une présence derrière lui.

Il se retourna, c'était Franca.

Pieds nus, tout en bleu. Il lui sourit, arrêta l'électrophone.

— A propos de neige, dit-il à brûle-pourpoint, de message amoureux, j'en connais un tout aussi beau !

Elle s'approcha encore, interloquée.

— Vous vous souvenez de Grillparzer, disait Karel, *König Ottokars Glück und Ende* ? La scène où Zawish von Rosenberg, trahissant son seigneur, Ottokar de Bohême, déclare sa passion à la Reine ?

Elle eut un rire bref, hocha la tête. Ses cheveux voltigèrent. Elle était nue, visiblement, sous ses jeans ajustés et son chandail léger, sous lequel ses seins vivaient librement.

Nu bleu de face, pensa-t-il, troublé.

— Ouf! s'écriait-elle, me voici soulagée ! Vous allez citer Grillparzer, ça va encore. C'est quand vous citez Musil, m'a-t-on dit, que ça peut devenir gênant !

C'est Juan qui lui a dit ça, bien sûr, pensa-t-il. Personne d'autre ne peut le lui avoir dit. Et elle me le répète pour que je sache que Juan le lui a dit. Pour que ce savoir soit une barrière entre nous.

Il comprit alors pourquoi Juan était intervenu dans son rêve, essayant de s'interposer entre Franca et lui. Il pensa ausssi que c'était elle, la femme que Juan attendait, en octobre, rue de l'Université.

— En fait, dit-il, je ne voulais pas vous parler de Musil, soyez sans crainte ! Ni de Grillparzer. Le poème de Zawisch von Rosenberg n'était qu'un détour.

— Ça, j'avais compris, dit Franca.

Ils se regardèrent.

— Mais vous ne l'avez toujours pas dit, ce poème !

Il s'approcha encore, il frôla la main de Franca.

— *O Hand von Schnee / Und doch so heiss / O Blick so feurig / und dennoch Eis!* Vous comprenez l'allemand ?

Elle comprenait, oui. Elle connaissait cette main de neige, brûlante, ce regard de feu, glacial pourtant. La blanche colombe et la main de neige : elle savait cela. Le frisson et la fièvre : frimas de feu.

La gravité du moment fut perceptible à Karel. Le fait aussi que cette femme s'éloignait, à cause de cette gravité même : elle vivait un autre rêve que le sien.

Il la regarda.

— J'ai fait un rêve de Kafka, cette nuit...

Mais elle l'interrompait, sarcastique.

— Décidément, vous ne faites rien par vous-même !

— Ecoutez-moi ! Ça commençait comme le rêve de Kafka du 9 octobre 1911. Mais ça finissait comme un rêve de Kepela, je vous assure ! J'y ai découvert pourquoi j'avais l'impression de vous avoir déjà vue. C'est vous qui avez posé pour le *Nu bleu* qui est exposé à New York, n'est-ce pas ?

Elle sentit le regard de Karel sur son corps. Elle eut l'impression d'être nue sous ce regard, en effet.

Elle l'avait aperçu fugitivement au fond de la librairie, entre les silhouettes mouvantes des acheteurs, les rayonnages chargés de livres.

Elle fit quelques pas, une jeune fille la heurta, des volumes tombèrent, elle le perdit de vue.

Elle le chercha encore, ensuite.

Il fut là, soudain, devant elle, lui tournant le dos. Appuyé au rayonnage, il contemplait un livre d'art, absorbé, semblait-il. Elle s'approcha, regarda par-dessus son épaule : *Nu bleu de dos.*

Juan n'avait pas encore remarqué sa présence, proche pourtant.

Elle sursauta, presque honteuse, avec une sensation de voyeurisme. Comme si elle venait de surprendre une scène intime, quasi obscène, scabreuse du moins. Et d'autant plus troublante que cette femme nue, sur la reproduction pleine page du tableau d'Antoine, c'était elle-même.

Comme si elle était entrée dans une chambre et qu'elle se fût surprise, nue, avec un homme.

Juan était cet homme : elle trembla.

Depuis douze ans, depuis le télégramme annonçant l'accident de Laurence, qui avait interrompu leur fugue à Capri, elle n'avait pas revu Juan. Ou plutôt, elle l'avait revu, à l'occasion, à des dîners en ville, comme on dit. Chez elle, aussi, lorsque Antoine lui demandait d'inviter quelques personnes, qu'il choisissait lui-même : Juan était du nombre, quand il n'était pas en voyage.

Mais ils n'avaient plus jamais évoqué leur rencontre.

Parfois, s'adressant à des tiers, Juan disait des choses qui la concernaient. Qui semblaient même lui être destinées : ce n'était pas impossible. C'était équivoque, sans doute volontairement. Mais la plupart du temps, Antoine et lui se voyaient seuls. A son écart, sinon à son insu. Juan allait retrouver Antoine dans le Midi, à l'époque où celui-ci s'enfermait pour de longues semaines de travail à Saint-Césaire, dans l'atelier proche de la maison où sa mère s'était retirée. Plus tard, quand Antoine avait transféré son atelier à Paris, dans le quatorzième arrondissement, Juan y allait passer de longues journées avec lui.

Elle avait essayé de questionner son mari, lorsqu'il émergeait, amaigri, un peu hagard, exultant, parfois même exalté, mais avec trois ou quatre nouvelles toiles somptueuses, après l'une de ces périodes d'enfermement dans ses ateliers successifs. Que faisait-il avec Juan ? De quoi parlaient-ils ? Sortaient-ils le soir ? Où allaient-ils ? Voyaient-ils des femmes ?

Antoine riait beaucoup, feignant de s'étonner de tant de questions futiles.

Il disait : Elles sont futiles, tes questions ! Juan et moi, nous travaillons chacun de notre côté. Ou il me regarde travailler pendant que nous parlons. C'est l'avantage qu'il a sur moi, ou moi sur lui : on peut regarder travailler un peintre, ça se voit, son travail, mais on ne voit rien si on regarde travailler un écrivain. Nous parlons, donc. Nous buvons un peu, aussi : toujours en deçà de nos moyens. C'est tout : la peinture, l'écriture invisible, la discussion. De la métaphysique, en somme. Pas de femmes. Si tu n'es pas là, pourquoi y en aurait-il d'autres ?

— Mais je veux bien être là ! s'écriait-elle.

Il hochait la tête, souriait, demeurait intraitable.

Ce n'est qu'à Freneuse, lorsqu'il avait installé son atelier dans la maison où ils vivaient, tous les deux, qu'elle avait pu, à l'occasion, si elle y était autorisée, pénétrer dans l'atelier d'Antoine.

C'est vrai que Juan ne venait presque jamais à Freneuse. Y avait-il un rapport entre les deux événements ?

Mais c'est par ruse, uniquement, qu'elle demandait à Antoine s'ils rencontraient des femmes, d'autres femmes, Juan et lui. Ce n'était qu'un prétexte, une astuce pour faire parler Antoine. Elle n'avait pas besoin d'imaginer une autre femme, riant avec eux, pendant qu'elle était absente, pour être jalouse. C'est de leur rapport d'hommes, de leur solitude masculine, de leur complicité, qu'elle était jalouse. Ça suffisait bien.

Un jour, pourtant, un nom de femme surgit. Au cours d'un dîner, Antoine fit une allusion indéchiffrable, du moins pour elle, du moins dans son détail, à une certaine Mary-Lou. Quelque chose à propos d'une mort de Mary-Lou.

Elle put voir la réaction de Juan — son émotion, son visage défait — car celui-ci était assis à côté d'elle. A sa droite, la place d'honneur. Ce soir-là, en effet, on fêtait la deux centième représentation de *La Sainte Mort d'un Maréchal de France*, la pièce qu'il avait écrite sur le destin de Gilles de Rais. Il y avait eu, à un certain moment, une discussion animée, à propos de l'utilisation par Larrea, sous forme de collage dramatique, de certains fragments de *La Pucelle* de Voltaire. Car la pièce sur Gilles de Rais était aussi sur Jeanne d'Arc, c'est évident, traitée, cette dernière, de façon vraiment trop irrévérencieuse, disaient certains. C'est la faute à Voltaire! expliquait Juan en riant. Et puis, après le feu de la discussion, une jeune femme se mit à raconter — nul ne sut pourquoi, quelle fut l'origine immédiate du récit —, fort ennuyeusement, l'agonie de quelqu'un que personne ne connaissait vraiment. Toute agonie est ennuyeuse, sans doute. Mais si elle est racontée avec une morosité flagrante, ça devient franchement insupportable. C'est alors, dans la vapeur d'ennui qui bouillonnait autour de la table, qu'Antoine se tourna vers Juan, qu'il lui murmura en aparté la nouvelle du suicide de Mary-Lou. On l'avait vue pour la dernière fois à la Nartelle ; elle aurait nagé vers le large, jusqu'à l'épuisement de ses forces, elle se serait noyée. A côté de ses vêtements, soigneusement pliés sur la plage, on avait trouvé un dernier mot.

Elle avait demandé qui était Mary-Lou.

Mais le visage des deux hommes resta fermé ; aucun d'eux n'avait répondu.

Plus tard, quand ils furent seuls, elle insista encore auprès d'Antoine, qui fut laconique. Ce n'était pas de ton temps. C'était une femme de notre jeunesse.

Elle n'en obtint rien d'autre. Mais ne manqua pas de noter le possessif pluriel : une femme à eux deux, elle avait bien compris.

Fut-ce un hasard? Ou bien y eut-il un rapport obscur, occulte, peut-être même occulté, entre l'évocation furtive, énigmatique, de Mary-Lou, ce soir-là, et le fait insolite qu'Antoine lui demandât de poser pour lui, nue? Quoi qu'il en soit, Antoine le lui demanda peu après.

Il n'avait encore jamais peint de nus ; jamais de

portrait non plus. Il voulait essayer. Il est peut-être temps d'inventer le corps de la femme, dit-il en souriant.

Elle accepta, bien entendu.

Mais Juan Larrea vient de remarquer sa présence, à la librairie de l'avenue Matignon. Il se retourne, il écarte son regard de ce *Nu bleu de dos*. Il la dévisage.

Bien sûr ! dit-il.

Comment ?

C'est normal que tu apparaisses, dit-il, peut-être même juste, moral, au moment même où j'invoque ta présence en contemplant ton corps nu.

Ça te rappelle encore quelque chose ? demande-t-elle, et rougit aussitôt de cette question trop intime, trop chargée d'allusions ; provocante. Excuse-moi, je voulais dire... Tu voulais dire n'importe quoi, dit-il. Mais tu as dit : c'est l'essentiel, ce qu'on dit, pas ce qu'on aurait voulu dire !

Il rit, elle s'approche. Elle regarde le *Nu bleu*.

Antoine l'avait emmenée à Venise. Endroit idéal, disait-il pour séquestrer une femme, la peindre : à la folie. L'aimer aussi, qui sait ? suggéra-t-elle.

De fait, il l'aima. Comme jamais auparavant, comme il ne l'avait ensuite plus jamais aimée. Possédée, s'entend : prise, comblée. Ce furent quelques mois consacrés aux cérémonies minutieuses de la connaissance de cette femme, de son corps. Un automne, un hiver, un printemps : à l'orée de l'été, ils regagnèrent Paris. Il emportait quelques centaines de dessins, de lavis, d'aquatintes et une dizaine de toiles de toutes dimensions.

Pendant tout ce temps, il n'avait pratiquement pas

eu de nouvelles de Larrea, n'avait même pas cherché à en avoir.

Mais Juan venait de remettre sur l'étagère de la librairie le gros volume monographique consacré à la peinture d'Antoine de Stermaria.

Ils marchèrent ensemble, sans se concerter; ils furent dehors. Des boules blanches, vaporeuses, comme des flocons minimes d'une neige printanière, végétale; des myriades, invisibles à l'œil nu, de graines de pollen parfumé tourbillonnaient dans le soleil, sur les jardins des Champs-Elysées.

Nel mezzo del camin di nostra vita, murmura-t-elle.

Il eut une sorte de rire rauque. Ou de sanglot : on pouvait confondre. Va-t'en, dit-il, tout de suite ! Laisse-moi ! Mais elle resta auprès de lui, muette, disponible. Il l'entraîna.

Plus tard, dans un hôtel voisin, la lumière vespérale bleuissait son corps nu. De dos, de face, de profil : son reflet dans toutes les glaces se donnait à voir, intangible et profané. Combien de temps avons-nous ? avait-il demandé, avant, en refermant la porte de la chambre de passage.

Une sorte d'heure, avait-elle répondu.

C'est ainsi que tout avait repris entre eux. Il y avait eu deux vraies rencontres, à Merano et à Madrid, et puis, une suite de sortes d'heures, d'éternités fragiles, inavouables. De fidélités et de trahisons. A cause d'un tableau d'Antoine, peint à Venise, autrefois : *Nu bleu de dos.*

Franca regarde Kepela, à Freneuse, à trois heures du matin.

— Elle est donc à New York, cette toile ?
Karel hoche la tête.
— Vous ne saviez pas ? demande-t-il.
— Elle a été vendue à Amsterdam, à l'automne dernier, à un collectionneur hollandais.
— Amsterdam ? dit-il. Eh bien, le *Nu bleu* est à New York, maintenant. Les sociétés primitives échangeaient les femmes, dit-on. Nous échangeons leur fantasme ! C'est moins concret, mais ça fait toujours travailler l'imagination. Et les marchands d'art, aussi !

Il s'ébroue, fait quelques pas.

— La nuit a été comment, sans moi ? demande-t-il. S'est-il passé quelque chose qui puisse m'intéresser ? Je ne voudrais pas rester en dehors !

CHAPITRE XI

L'Enlèvement d'Europe

1.

« *Il est manifeste que, sous le titre d'Europe, il s'agit ici de l'unité d'une vie, d'une activité, d'une création spirituelle, avec tous les buts, tous les intérêts, soucis et peines, avec les formations téléologiques, les institutions, les organisations...* »

Il interrompit sa lecture, plongea la main dans le seau à glace installé à côté du canapé, prit la bouteille, se versa une coupe de champagne, la but d'un trait, dressa l'oreille, soudain.

On faisait de la musique, au rez-de-chaussée.

Il écouta, ne parvint pas à reconnaître. Il soupçonnait pourtant qu'il aurait dû, que cet air devrait lui être familier. Mais il n'avait pas l'oreille musicienne. Il sourit, but une nouvelle gorgée de champagne. Il était le premier Stermaria d'une longue lignée à ne pas être doué pour la musique. Ni pour les mathématiques, non plus. En ce qui concerne l'art de la guerre, la question ne se posait même pas.

En tout cas, on faisait de la musique, au rez-de-chaussée, à trois heures du matin. Il haussa les épaules : n'importe quoi pouvait arriver, décidément, cette nuit, dans cette maison.

Il reprit le livre.

« *Il y a dans l'Europe quelque chose d'un genre unique, que tous les autres groupes humains eux-mêmes ressentent chez nous, et qui est pour eux, indépendamment de toute question d'utilité, et même si leur volonté de conserver leur esprit propre reste inentamée, une incitation à s'européaniser cependant toujours davantage...* »

Au rez-de-chaussée, la même mélodie recommençait de se faire entendre, pour la troisième fois. Ça devenait lassant. Il se demanda si Kepela était sorti de sa catalepsie éthylique, si c'est lui qui faisait du boucan.

Il reprit le volume, y chercha la date exacte de la conférence d'Edmund Husserl qu'il avait voulu relire, à la suite d'une discussion qui avait eu lieu pendant le dîner. A la page 347, il trouva une note de l'éditeur qui donnait le renseignement opportun : la conférence sur *la crise de l'humanité européenne* et *la philosophie* avait été tenue à Vienne les 7 et 10 mai 1935.

Il se leva brusquement, marcha dans l'atelier.

La date de cette conférence était importante, peut-être même capitale. Pas dans la vie de l'Europe, sans doute. Les propos de Husserl n'y changèrent rien ; l'Europe continua de rouler vers l'abîme, malgré ses avertissements. Ses analyses, plutôt. Mais importante dans sa vie à lui.

Capitale, peut-être même.

Tout avait commencé, en effet, au mois de mai de cette année-là. Il avait quinze ans, sa mère était partie pour Vienne, seule. Sans lui, c'est-à-dire. Mais sans Ulrike non plus, qui était restée à Prague. Antoine les avait entendues se disputer à voix basse, quelques jours auparavant, au sujet de ce voyage. Ulrike von Stermaria — en Russie, la famille avait conservé la particule française d'origine; en Allemagne après la guerre, Ulrike avait germanisé le signe de son appartenance à une vieille famille bretonne —, Ulrike, donc, prétendait sèchement qu'une conférence d'Edmund Husserl ne justifiait pas les fatigues d'un tel voyage. Sa mère criait au scandale. Il t'arrive, faisait-elle acidement remarquer à Ulrike, de traverser la moitié de l'Europe pour assister à un concert d'Alfred Cortot et tu trouves soudain Vienne trop éloignée, le voyage trop fatigant ? Ce n'était là que prétexte assez vulgaire, d'aussi mauvais goût que mauvaise foi !

Mais Antoine, entré dans le salon pour y chercher quelque chose, et dont la présence n'avait même pas été remarquée par les deux femmes, ne pouvait pas bien saisir les enjeux de cette altercation, ce qui s'y tramait en réalité. Il comprit seulement que sa tante Ulrike refusait d'aller à Vienne (« Tu me raconteras ce qu'a dit Husserl, Elisabeth, si tu parviens à en garder quelque souvenir précis ! » disait-elle avec une méchante insolence) et que sa mère lui en tenait rigueur. De surcroît, elle ne semblait pas croire aux raisons avancées par Ulrike pour refuser le voyage ; elle en énumérait d'autres, mais de façon tellement allusive — sans doute parce qu'elles étaient trop évidentes, pour l'une comme pour l'autre et qu'il était inutile de s'y appesantir — qu'Antoine n'y entendit vraiment pas grand-chose.

Il resta donc à Prague, avec sa tante Ulrike, et c'est à ce moment — dans la première quinzaine du mois de mai 1935 : il vient de retrouver la date exacte de l'événement dans un volume des œuvres de Husserl — que tout avait commencé.

En fait, comme dans les histoires bien agencées, où le destin joue son rôle sérieusement, tout avait eu son origine véritable quelques mois plus tôt, lorsqu'il avait annoncé sa décision de devenir peintre. Sa mère avait aussitôt accepté, prenant des mesures immédiates pour qu'Antoine puisse suivre des cours de dessin. Non pas qu'elle approuvât cette décision du fond d'elle-même, mais par respect des choix de son fils. Personnellement, elle eût préféré qu'il devînt écrivain. Tant qu'à abandonner les carrières où les Stermaria s'étaient toujours illustrés — la seule entrant en ligne de compte, réellement, était celle de musicien ; ni les mathématiques, ni le métier des armes ne passionnaient Elisabeth de Stermaria, son fils pouvait les oublier ! —, celle-ci eût préféré qu'il choisît celle de l'écriture. Il lui semblait, de façon irréfléchie, spontanée du moins, qu'elle aurait eu, dans l'avenir, un échange intellectuel plus riche, plus dense, avec un fils écrivain qu'avec un peintre. Après une conversation avec Antoine, pourtant, qui lui parut non seulement décidé mais passionné par cette décision, qui était aussi une découverte, elle ne souleva plus aucune objection, se mettant entièrement au service de cette vocation adolescente.

Le hasard décida — c'est là que se trouve l'origine réelle du drame qui s'ensuivit, même si le voyage à Vienne en fournit l'épisode qui devait mettre le feu aux poudres et aux âmes — que le professeur de dessin choisi pour Antoine fût une jeune femme d'une grande beauté, Natacha Hissel, d'une famille juive qui avait quitté Piter — mais non, Ulrike : Leningrad ! — à la fin des années 20, après l'abandon de la politique de la NEP et les prémices de la collectivisation des campagnes. Juste avant la deuxième guerre civile déclenchée par Staline, donc.

A quinze ans, Antoine était tout à fait insouciant du charme de sa présence physique, qui commençait à éclore. Il était plutôt persuadé du contraire, enclin à se trouver disgracieux. Il ne se sentait pas encore à l'aise dans son grand corps osseux, qu'il trouvait trop maigre, trop longiligne, trop blanc aussi pour l'exposer au soleil des établissements de bains le long de la Vltava.

Ce sentiment intime lui interdisait toute approche aisée des jeunes filles de son âge ; la rendait du moins difficile : il craignait toujours le ridicule, la rebuffade. Par ailleurs, s'il avait déjà un goût très sûr, très affirmé, n'invitant chez lui, malgré ses échecs successifs, que des adolescentes délicieuses, il avait aussi, à se frotter aux amis de sa mère, des exigences et des critères intellectuels d'une trop grande sévérité pour lui éviter des déconvenues.

La situation s'en compliquait d'autant : une jeune fille restait-elle insensible à ses avances sentimentales, ou bien n'arrivait-il pas lui-même à surmonter les méandres fuligineux de sa timidité, qu'il en rendait aussitôt responsables la sottise, l'inculture, ou la médiocrité petite-bourgeoise de la jeune personne en question ; ce qui, d'un côté, lui rendait l'échec moralement plus supportable, mais, d'un autre, rendait les gestes physiques encore plus difficiles à l'avenir.

De ce point de vue, l'apparition de Natacha Hissel dans sa vie fut une sorte de miracle. Elle était belle, elle était cultivée, curieuse de l'histoire contemporaine, autant que de la philosophie. Et puis, surtout, elle était inabordable. Ou plutôt : Antoine ne se proposait pas du tout de l'aborder, la trouvant inaccessible, de toutes les façons. N'ayant donc aucune vue sur elle, sinon celle, désintéressée, de lui plaire par sa conversation et ses progrès en dessin, il se trouva soudain débarrassé de toutes les inhibitions de sa timidité, guéri des désastres de son habituelle conduite d'échec.

Une allègre complicité s'établit ainsi entre l'adolescent de quinze ans et la jeune femme de vingt-quatre, séduite par l'intelligence et les dons de son élève. Dont la beauté mûrit d'un seul coup, au cours de ce printemps de l'année 1935.

Mais ce n'est pas entre Natacha et Antoine que se noua le drame. Entre eux ne pouvait se nouer que le lien d'une initiation, du déniaisement du jeune garçon. De s'être réalisé, ce lien n'aurait pu que faire naître de la légèreté, de la joie. Le drame se noua hors d'eux, malgré eux, par l'apparition d'un tiers. D'une tierce, à vrai dire : Ulrike von Stermaria.

Sans doute n'est-ce que beaucoup plus tard qu'Antoine comprit, dans leur déroulement fatal, leur enchaînement passionnel, les événements de cette année-là. Mais quand il fut en état de les comprendre, il n'avait eu d'autre souci que de les oublier, d'essayer de les tenir à distance de soi-même, pour nuls et non avenus. A l'époque même, il devina bien des choses, en supposa la réalité néfaste, plutôt qu'il n'en pénétra le détail et la signification précise.

Cette nuit, pourtant, à Freneuse, ayant abdiqué

l'oubli ancien, à cause du remous de son passé provoqué par l'apparition de Kepela, Antoine de Stermaria pouvait évoquer ce printemps lointain, à Prague, avec des sentiments où l'émotion et le trouble n'interdisaient pas la sérénité.

Il revint s'allonger sur le canapé, constata que la bouteille de champagne était presque vide, nota mentalement que la musique s'était tue, au rez-de-chaussée, se demanda s'il n'allait pas descendre, ferma les yeux, sentit la lassitude de l'aube qui approchait.

Il ne parlait jamais de ce passé.

Il n'en parlait pas avec sa mère, Elisabeth de Stermaria : c'était facile à comprendre. Depuis que le corps d'Ulrike, allongée au fond d'une barque, avait dérivé lentement sur l'eau de la Vltava, sous les fenêtres de leur appartement pragois, le silence était tombé entre eux. Une fois, beaucoup plus tard, lorsque Antoine avait découvert une partie des papiers de famille dans la grande malle de cuir et de toile, à Saint-Césaire, il avait tenté d'instaurer une nouvelle parole au sujet de toute cette histoire : parole paisible, désormais, apaisée du moins, même si traversée par le souvenir ineffaçable d'Ulrike. Mais sa mère s'y était refusée, dans un accès de violence fiévreuse, irréductible

Il n'en avait jamais parlé à Franca, non plus. Ni même à Juan. Une seule fois, alors que celui-ci avait passé quelque temps dans le Midi, seul avec lui, et qu'ils avaient dîné chez Mme de Stermaria, la tentation abjecte — parce que trop complaisante, en fin de compte — de tout dire l'avait saisi ; mais il était parvenu à se maîtriser.

Ce soir-là, après le dîner en question, une fois qu'ils

furent revenus dans l'atelier d'Antoine, Juan avait commenté l'étrange rapport, si visiblement trouble et fort, qu'il entretenait avec sa mère. « Tellement fort, tellement trouble, avait-il dit pour conclure, qu'on peut supposer n'importe quoi entre vous. Même l'inceste, même un cadavre ! »

Juan parlait sur le ton qui lui était habituel, celui de l'ironie romanesque. Il n'énonçait pas un soupçon, même pas une hypothèse : c'était pure métaphore que son allusion à la mort et à l'inceste. Mais Antoine fit semblant de laisser tomber le journal qu'il avait à la main pour cacher son visage en se penchant pour le ramasser.

Il faillit, en se redressant, se tourner vers Juan. Oui, il y avait eu inceste. Il y avait eu cadavre, aussi. Celui d'Ulrike von Stermaria, dérivant au fil de l'eau, dans une barque encombrée de roses rouges et blanches, sous le regard stupéfait des habitants de Prague, groupés sur les quais ou serrés contre les parapets des ponts, pour contempler le passage fluvial et funèbre de cette femme, ô éternelle voyageuse !

Mais Antoine se contint, maîtrisa l'abominable tentation de mettre son âme à nu, rit d'un air entendu à la plaisanterie de Juan, enchaîna sur un tout autre sujet.

Ce printemps-là, en 1935, Ulrike avait bien perçu un changement soudain dans la conduite de son neveu : elle n'avait pas manqué d'observer l'aisance nouvelle de ses gestes, de son comportement. Son épanouissement viril, aussi. Elle l'avait donc un jour, à l'improviste, suivi chez son professeur de dessin, cette Natacha Hissel dont la récente apparition semblait concomitante de tant de nouveauté. Elle était curieuse de la connaître.

Elle fut comblée, les deux femmes devinant aussitôt leur goût commun.

A partir de ce jour, Ulrike vint rejoindre Antoine dans la rue, sur un point ou l'autre de son parcours — elle ne quittait jamais la maison en même temps que lui, pour ne pas éveiller les soupçons d'Elisabeth — et l'accompagna chez Natacha. Mais ce fut au mois de mai, pendant qu'Elisabeth avait entraîné à Vienne un groupe d'amis pour écouter les conférences d'Edmund Husserl, que le destin commença de s'accomplir : le noir destin tragique de la lignée féminine de la famille.

Tout d'abord, pourtant, la fatalité eut un air de fête, d'embarquement pour Cythère : initiation joyeuse aux plaisirs charnels. Dans l'atelier de Natacha Hissel, qui faisait face aux jardins de Vyšehrad, Ulrike offrit son corps en modèle pour les leçons de dessin. A trente-cinq ans, elle était à l'apogée d'une beauté blonde, fougueuse : amazonienne.

Le corps qu'elle dénuda, au milieu des rires, en parodiant les gestes et les chansons des effeuilleuses berlinoises des années folles, sous l'œil concupiscent d'Antoine, la main bientôt avide de Natacha, était d'une texture parfaite : déliée, délicate, d'une jeunesse lisse et ferme, quasi androgyne.

Antoine ferme les yeux, sur ces images qui lui brûlent les paupières, si longtemps obnubilées dans sa mémoire.

Il se lève à nouveau, marche dans l'atelier, va chercher dans un meuble de rangement les dessins, certains rehaussés au lavis, qu'il avait faits à Venise, des années plus tôt.

Mais à Venise il n'avait pas Ulrike comme modèle : c'était Franca qui avait posé pour lui.

Pourtant, l'intuition — le souvenir évanescent brusquement devenu certitude formelle, plutôt — qui l'avait poussé à contempler de nouveau, après tant d'années, ces dessins, s'était aussitôt vérifiée. Le corps qu'il avait si longuement, si diversement et si minutieusement dessiné à Venise, sans jamais parvenir à le saisir pour l'éternité, bien entendu, le corps radieux de Franca était comme celui d'Ulrike : beautés jumelles, astres identiques dans la même nuit aride du désir.

Alors, en examinant encore ses cartons de Venise, il trouva un feuillet de papier jauni agrafé à une aquatinte qui représentait Franca de dos, nue, s'éloignant d'un pas dansant vers la lumière acide d'une baie vitrée : sans doute l'une de ses études préparatoires. Il y avait transcrit, de son écriture anguleuse, parfaitement lisible, un bref texte de Baudelaire, *Le désir de peindre*.

Les dernières lignes en étaient soulignées à l'encre rouge : *Il y a des femmes qui inspirent l'envie de les vaincre et de jouir d'elles ; mais celle-ci donne le désir de mourir lentement sous son regard.*

Mourir sous son regard, se demanda-t-il, ou la voir mourir sous mon regard ? L'essentiel c'est le regard, quoi qu'il en soit. C'est du regard qu'on meurt, de toute façon. Par le regard qu'on pratique le meurtre spirituel. Et qu'est la mort sinon l'absence de regard ?

A Prague, en tout cas, pendant les mois qui suivirent son voyage à Vienne, Elisabeth de Stermaria s'obstina farouchement à reconquérir l'amour d'Ulrike. Depuis plus de dix ans, depuis la mort de Nicolas, le père d'Antoine, elles n'avaient plus jamais connu d'autre homme. Elles s'étaient privées du goût des hommes du jour au lendemain, comme on se mutile. Malgré leur vie brillante dans les diverses capitales d'Europe centrale, malgré leurs nombreuses amitiés masculines, elles s'étaient cloîtrées dans l'étrange fidélité de leur accouplement. Certes, Ulrike, fantasque et violente, avait parfois été volage, provoquant la jalousie d'Elisabeth par quelques liaisons tumultueuses avec des actrices, des chanteuses célèbres : il fallait qu'elles le fussent, pour que le scandale défrayât la chronique. A quoi bon, autrement ? Mais elle était toujours revenue à Elisabeth, ni repentante, ni amendée, mais d'autant plus désirable qu'auréolée d'une réputation sulfureuse.

Cette fois-ci, cependant, Ulrike prolongeait la passade, s'oubliant et oubliant Elisabeth dans les bras de Natacha Hissel. C'est du moins ce que croyaient aussi bien l'une que l'autre, Elisabeth que Natacha, qui se disputaient le cœur d'Ulrike. Mais celle-ci, bon sang ne saurait mentir, s'était follement éprise d'Antoine, son jeune neveu. Son aventure avec Natacha n'était devenue qu'un trompe-l'œil, un avatar scandaleux, fertile en rebondissements, une sorte de poudre aux yeux, qui lui permettait de mieux occulter ses amours incestueuses.

Jusqu'au jour où, l'ayant suivie dans un appartement où elle pensait la retrouver avec Natacha, et décidée à provoquer une explication définitive, Elisabeth de Stermaria découvrit son fils dans les bras d'Ulrike, comme elle l'avait découverte, à Berlin, des années plus tôt, pâmée, gémissante de bonheur, dans les bras de Nicolas.

Le lendemain, après avoir loué une barque, l'avoir remplie de roses rouges et blanches, Ulrike s'ouvrit les veines au fil de l'eau grise de la Vltava. Le brouillard d'une lente et douce agonie tomba sur elle, pendant qu'elle dérivait sous les ponts de Prague, ses mains inertes dans le remous du courant. Ses yeux se voilèrent à tout jamais, son âme s'exhala de son corps au moment même où la barque défilait paresseusement sous les fenêtres de la chambre d'Antoine, prévenu par un billet anonyme mais comminatoire d'avoir à surveiller le cours de la rivière à cette heure-là.

Mourir lentement sous son regard, en effet.

2.

Il se souvenait d'avoir longuement contemplé le visage d'Europe.

C'était à Venise, au Palais ducal, dans la salle de l'Anticollège. Ottla était à ses côtés, lui lisant à mi-voix la note sur *L'Enlèvement d'Europe* du guide qu'elle tenait à la main. Ottla lisait toujours attentivement les guides d'art quand elle visitait les monuments et les musées : c'était l'aspect sérieux, empreint de germanique *Gründlichkeit*, de respect du savoir, de son caractère par ailleurs primesautier.

« Exécutée pour le compte de Iacopo Contarini, cette œuvre fut léguée à la République de Venise (1713) par Bertucci Contarini », lisait Ottla. « En 1733, Zanetti la mentionnait ici, d'où elle fut enlevée pendant quelques années, quand les Français la transportèrent à Paris (1797). L'épisode principal est... »

Mais Karel l'interrompait, tout excité.

Attends, attends ! s'écriait-il. En quelle année, dis-tu ? Quelle année quoi ? s'étonnait Ottla. En quelle année les Français ont-ils enlevé Europe de Venise ?

Ottla regarda le guide, retrouva la date. En 1797, dit-elle.

C'est ça, lors de la première campagne d'Italie de Bonaparte !

Kepela était radieux, comme si ce détail avait une importance capitale.

Mais pourquoi ça t'intéresse à ce point ? demandait Ottla, surprise.

Je tiens mon sujet, dit Karel, sans lui répondre directement. Il faut que je trouve tous les détails de cette affaire... Sur les Français à Venise, le nom de l'officier qui a fait enlever Europe. Etait-ce Bonaparte lui-même ? Combien de temps la toile de Véronèse est-elle restée en France... Tout ça, quoi !

Il expliqua à Ottla qu'on lui avait demandé un essai pour une nouvelle revue qui allait paraître à Paris, *L'Autre Europe*. Y écriraient surtout des exilés de l'Est. On lui avait demandé de donner quelques pages pour le premier numéro. Il en avait accepté le principe ; les thèmes qu'il voulait aborder étaient choisis également, mais il n'en avait pas encore trouvé une orchestration narrative.

Enfin, c'était ainsi jusqu'à il y a une minute : à présent, tout s'était mis en place dans son esprit.

Ottla voulut comprendre. Elle ferma le guide, non sans avoir soigneusement placé le signet de soie bleue à la page décrivant *L'Enlèvement d'Europe* de Paolo Caliari, dit le Véronèse.

Karel regardait le visage d'Europe, son sein en partie dénudé. La bouche entrouverte, les yeux remplis de désir et d'effroi : d'un désir effrayé. Ou effroyable ? Il regardait l'oreille, petite, à la lisière des courts cheveux bouclés : conque adorable ornée d'une perle, dont on pourrait caresser du doigt le pourtour, légèrement, où l'on pourrait enfouir une langue amoureuse, avant de descendre, le long du cou — un instant, on aurait senti contre ses dents la froideur chatoyante du rang de perles à l'encolure d'Europe — jusqu'au bout du sein dénudé, admirable de rondeur et de grâce.

Mais il hausse les épaules.

Ce n'est pas lui, exilé de l'autre Europe souterraine, opprimée, qui courtiserait et enlèverait la blonde magnifique de Véronèse : c'est le taureau, Zeus ou Bonaparte, dieu ou conquérant barbare. Et la garce y trouvera même son plaisir !

Il rit, demande à Ottla de poursuivre la lecture de la notice du guide.

« L'épisode principal, enchaîne Ottla, est minutieusement décrit par Ridolfi (1648) : Europe, assise sur le faux Taureau, qui lui embrasse amoureusement le pied en le léchant avec la langue. Certaines de ses suivantes la soutiennent ; d'autres l'ornent de fleurs ; et de petits Amours volent au-dessus d'elle... »

Ottla lève les yeux, jette un coup d'œil biaisé à Karel : l'azur de sa pupille s'est dilaté.

Elle me donne de drôles d'idées, cette Europe ! murmure-t-elle.

Kepela ne se retourne même pas.

Y a-t-il quelque chose qui ne te donne pas ces idées-là, mon Ottilie ?

Elle rit, se rapproche de lui, le serre d'assez près pour sentir ses fesses d'homme contre son ventre. D'une main habile et généreuse, elle lui caresse l'entrejambe.

Laisse-moi, dit-il, je regarde Europe.
Et ça ne te fait pas bander ?
Pas pour l'instant : je réfléchis !
Elle éclate d'un rire rauque, s'écarte, tourne le visage de Karel vers le sien.
Dis donc, c'est la fin de Kepela ! s'écrie-t-elle. Avant, tu pouvais réfléchir et bander en même temps.
Je n'en disconviens pas, dit-il.
Je m'accroupissais entre tes genoux, pendant que tu lisais, raconte Ottla. Tu étais dans ma bouche, mais ça ne t'empêchait pas de me dire des cochonneries et de continuer à lire les *Méditations* de Descartes !
Mais non, s'exclame-t-il, outré. Les *Méditations cartésiennes* de Husserl. Ne dis pas n'importe quoi. Ce n'est pas du tout pareil !

Il était dans la salle des Thermes, à Merano. Le championnat du monde d'échecs allait commencer, quelques jours plus tôt.

La veille, le mercredi 30 septembre 1981, lors de sa conférence de presse, Kortchnoï avait révélé que les Soviétiques venaient de publier des extraits de sa correspondance privée avec sa femme, retenue contre son gré à Leningrad. C'était une manœuvre ignoble, écumait Kortchnoï. De son côté, l'agence Tass accusait ce dernier d'exiger la venue de sa femme en Occident pour nuire au prestige de l'U.R.S.S., pas du tout pour revivre avec elle. D'ailleurs, n'avait-il pas une égérie hollandaise ?

Kepela avait eu la possibilité de prendre quelques jours de repos, il était accouru à Merano, attiré par l'intensité dramatique de cette confrontation. Il n'écartait pas l'idée de s'en inspirer pour écrire un film. Une pièce de théâtre, peut-être.

Il avait contemplé le décor de la salle des Thermes et pensé que le destin de l'Europe, du moins symboliquement, se jouait également au cours de cette partie de jeu d'échecs. En tout cas, les formes spirituelles qui auraient à décider, le cas échéant, de ce destin, se montraient ici, métaphoriquement, mais avec précision. La brillante individualité solitaire, quelque peu vieillissante, quelque peu névrotique aussi, du dissident, d'un côté, et de l'autre une organisation collective, programmée pour concentrer le maximum de forces et obtenir l'impact maximal, au moment voulu. Seul le génie tortueux, quasiment mystique, de Bobby Fischer avait pu dérouter cette organisation massive et raffinée du jeu d'échecs considéré comme la continuation de la guerre par d'autres moyens ; de la lutte de classe à un autre niveau.

Le jeudi 1er octobre, à dix-sept heures, la partie fut engagée. Les deux hommes avaient négligé de se serrer la main. Kortchnoï ayant gagné le tirage au sort, jouait avec les blancs.

Karel Kepela regardait ce début de partie, la gorge nouée.

Il se demanda soudain si Franz Kafka avait été joueur d'échecs : voilà un détail biographique qu'il lui faudrait élucider à tout prix. Lui, en tout cas, Kepela, avait appris les subtilités des échecs avec Josef Klims, au cimetière juif de Straschnitz. Ils posaient l'échiquier entre eux deux, les jours ensoleillés — il y en a, même à Prague, même dans un cimetière juif — sur le rebord de ciment qui délimitait l'espace funéraire de la famille Kafka.

S'il faisait un film sur ce championnat du monde à Merano, il faudrait y évoquer, pensa-t-il, les ombres de Kafka, de Krestinski.

Son cœur battit plus vite : Kortchnoï venait de déplacer son premier pion.

A propos, disait-il, tourné vers Larrea, je viens de penser que tu le connais forcément, ce Klims dont je vous rebats les oreilles depuis le début du dîner !

La phrase était tout à fait hors de propos, bien entendu. D'ailleurs, Juan le regardait, sans comprendre l'à-propos.

C'est toujours quand une idée s'impose à vous en vertu d'une soudaine association, d'une mystérieuse alchimie de l'esprit, totalement hors de propos pour les personnes qui vous écoutent mais ne peuvent deviner qu'une étincelle vient de jaillir dans les tréfonds et les méandres de votre intériorité, c'est alors qu'on introduit l'idée surgie du néant par cette formule toute faite : à propos.

Kepela ne parlait pas du tout de Klims, il parlait de l'Europe : tel était son propos. Ou plutôt, il parlait des étranges liens qui avaient uni au cours des siècles la ville de Prague à l'Europe. Il venait de mentionner un article de Friedrich Engels, écrit en juin 1848, qui lui semblait résumer magistralement les ambiguïtés d'une situation historique, lorsqu'il s'interrompit, se tournant vers Larrea ; lui disant qu'il avait forcément dû connaître Josef Klims.

Mais si, voyons ! Tu te souviens du festival de cinéma de Karlovy Vary, en 1966 ? Nous nous y sommes connus. Rencontrés, disait Juan, positif. Rencontrés, si tu veux, même si tu feins de l'avoir oublié ! Tu te souviens donc du *Moskva-Pupp* ? Juan hochait la tête : très bel endroit, disait-il, Goethe y a séjourné avant moi. Mais pas Karl Marx, répondait Kepela. Ce n'est pas là qu'il descendait avec Kugelmann ! Larrea souriait. Je te crois sur parole, disait-il. Et alors, ton Klims ? L'orchestre du *Moskva-Pupp*, tu te souviens ?

Sans doute, Larrea se souvenait de Libuše, qui tenait le premier violon de l'orchestre féminin. C'est alors qu'il comprit où Karel voulait en venir, qui était Klims.

C'était le type qui tenait la batterie, Klims ? s'exclama-t-il.

Tu vois, disait Karel, triomphant, tu vois que tu ne l'as pas oublié !

Mais il est impensable d'oublier Klims, même si on avait ignoré son nom. Impossible d'oublier sa musique, son regard ironique et glacial, son allure de grand seigneur exilé dans la médiocrité de la vie quotidienne.

Il vit à Zurich, à présent, disait Kepela. Avec une jeune femme qui jouait du violon dans l'orchestre du *Moskva-Pupp*, justement.

Libuše ? s'écria Juan.

Une sorte de fou rire s'empara de lui.

Il se souvenait très bien du premier soir, dans la salle à manger du *Moskva-Pupp*. Il avait failli changer de table, pensant qu'il serait trop près de l'orchestre. Puis il avait remarqué la cheville de Libuše. Une attache fine, nerveuse, gainée de nylon noir, entre l'escarpin verni et l'ourlet du pantalon étroit. Il était resté, il avait parcouru du regard les courbes élancées de cette silhouette, jusqu'aux yeux attentifs, la bouche rieuse.

Il n'avait pas eu à se plaindre d'être resté ce soir-là à la table qu'on lui avait attribuée.

Mais Kepela l'observe, pris d'un fou rire, à son tour.

Tu te souviens aussi de Libuše? parvient-il à dire, au milieu des hoquets et des éclats.

Nadine Feierabend n'apprécie pas le souvenir qu'ils ont de Libuše, dirait-on.

Vous avez fini, oui? Vous avez l'air de deux imbéciles. Ou de deux gosses crétins de la communale.

Franca intervient, de sa voix lisse.

Assez précoces, pour des écoliers de la communale! Ils ont l'air de s'être bien amusés avec cette Libuše.

Visiblement les paroles de Franca ne dérident pas Nadine. Mais ce n'est pas pour dérider Nadine que Franca les a dites, certes.

Antoine parle à son tour.

Ou vous nous dites tout, avec tous les détails, ou vous cessez de rire ainsi. C'est inamical de ne pas partager ses petits secrets virils!

Nadine hausse les épaules.

Virils, peut-être, mais pas adultes!

Karel et Juan font un effort pour se maîtriser, y parviennent.

Une seule question, pour terminer, dit Juan. L'*andante con fantasia,* c'est toi qui le lui avais appris?

Kepela en resta bouche bée : béat, baba.

Mais ce qui l'étonnait ainsi, n'est pas le fait que Libuše eût aussitôt, à Karlovy Vary, dans l'une des chambres du *Moskva-Pupp* fait apprécier à Larrea le coup de l'archet emprunté à von Bayros. C'était normal, ça : la transmission des expériences, des découvertes, est l'une des forces motrices du progrès, dans tous les domaines. Ce qui stupéfiait Kepela, c'était la vitalité de la jeune femme. Libuše avait été capable, en effet, de faire consciencieusement son travail de musicienne, d'écouter les déclarations de Klims, pendant leurs longues promenades sous les arcades de la colonnade Zitek, ou dans les collines boisées environnantes, et en plus, de s'occuper beaucoup plus concrètement de lui et de Larrea : c'est ça qui était surprenant ! Quelle santé, camarades ! Quel festival !

Oui, dit-il à Juan. L'*andante* de von Bayros, c'est moi qui avais eu la joie de le lui signaler.

Mais Nadine Feierabend intervint encore, d'une voix acide.

Tu n'étais pas en train de nous parler d'Engels, Karel ?

Oui, il était en train de parler d'un article de Friedrich Engels. Ou plutôt, il leur parlait du texte qu'il avait écrit lui-même, finalement, pour la revue *L'Autre Europe*, et qui n'avait pas encore été publié. Merano, à l'arrière-plan, avec Kortchnoï et Karpov ; et aussi dans le passé, Kafka et Krestinski. Que de noms commençant par un K, avez-vous remarqué ? Nous sommes en pleine Kakanie ! Ou Kafkaphonie ? Ou Kakophonie ? Et puis Venise et Véronèse : *L'Enlèvement d'Europe* enlevée par les soldats de la Révolution française, symboliquement. Et la ville de Prague, au centre de ce tourbillon de l'Europe, depuis tant de siècles.

C'est dans le contexte de cet essai qu'il venait d'écrire, que Kepela commentait l'article d'Engels.

Le soulèvement de Prague : en voilà le titre. Publié

le 18 juin 1848 dans la *Nouvelle Gazette rhénane*. C'est un texte bref, journalistique, commentant les nouvelles en provenance de la capitale de la Bohême, où une insurrection démocratique et populaire est en train de se faire écraser par les troupes du gouverneur autrichien, le comte Windischgrätz. (« Nous en avons longuement parlé, Juan, dit-il tourné vers Larrea. C'est peut-être autour de ces journées que nous construirons la charpente dramatique de *La Montagne blanche*, n'est-ce pas ? ») Toute l'analyse d'Engels, pour succincte qu'elle soit, est remarquable. Mais elle se termine par ces lignes étonnantes, que je vous cite de mémoire : *Ceux qui sont le plus à plaindre, ce sont les vaillants Tchèques eux-mêmes. Qu'ils soient vainqueurs ou vaincus, leur déclin est certain. Par leur oppression quatre fois centenaire de la part des Allemands, aujourd'hui prolongée dans la bataille de rues à Prague, ils sont chassés dans les bras des Russes. Dans la lutte gigantesque entre l'Est et l'Ouest de l'Europe qui ne peut manquer d'avoir lieu, un concours malheureux de circonstances place les Tchèques du côté des Russes, du côté du despotisme contre la révolution. Celle-ci triomphera et les Tchèques seront les premiers à être opprimés par elle. Mais ce sont les Allemands qui portent la responsabilité du déclin des Tchèques. Ce sont les Allemands qui les ont vendus aux Russes.*

A partir de cet instant, les propos de Kepela commencèrent à devenir incohérents.

Ou plutôt : leur cohérence cessa d'être purement logique, apparente ; elle devint intérieure, métaphysique. Car il n'y avait rien de vraiment incohérent, en fait, à passer brusquement du commentaire d'un texte d'Engels à un long monologue — crispé, douloureux :

tournant dans la spirale vertigineuse d'une mémoire désespérée — à propos du monument érigé à la gloire de Staline sur la colline de Letnà, en face des fenêtres de l'appartement pragois de la famille Kepela.

Rien d'incohérent, certes non.

L'édification du monument avait été décidée à l'occasion du soixante-dixième anniversaire de Staline, en 1949, dans le cadre d'une célébration internationale. Le bien-aimé Généralissime, en uniforme dudit, y figurait à la pointe d'une sorte de gigantesque étrave de granit, de coloration bistre. Derrière, sur les flancs de cette proue de navire symbolique voguant vers l'avenir radieux, des hommes et des femmes suivaient Staline dans cette avancée triomphale. Hommes simples et femmes de tous les jours, bien entendu : ouvriers, kolkhoziens, soldats. On connaît l'amour de Staline pour l'homme, *le capital le plus précieux*; pour les petites vis, les rouages du Grand Appareil du Parti et de l'Etat. Mais cette construction mégalithique et mégalomane était tellement pesante qu'il avait fallu renforcer son soubassement, injecter dans la terre de la colline fleurie de Letnà des tonnes de ciment. Prévoyantes, les autorités en avait profité pour faire construire, disait-on, sous le monument, dans les entrailles de la colline, un réseau d'abris antiatomiques.

Mais Staline mourut, du moins disparut physiquement. Il y eut le XXe Congrès. On se résigna à envisager la démolition du monument à Staline. Celle-ci prit du temps, se prolongea durant une longue période.

A la fin des années 50, Staline était encore là, sur la colline, dominant la vallée de la Vltava, la ville de

Prague, le vieux cimetière juif de Pinkas, dans sa longue capote militaire. Rappelant par sa présence marmoréenne le lourd héritage qu'il imposait à l'histoire de l'Europe ; symbolisant dans l'immobilité du granit l'obscure continuité de son prestige inégalé, qui ferait encore, pendant des décennies, éclater en applaudissements soulagés, frénétiques, les dirigeants assemblés de l'Empire russe, dès que l'un d'entre eux, dans quelque discours officiel, s'aviserait opportunément de rappeler son nom.

Staline dominait encore l'horizon de Prague lorsque le père de Karel, le professeur Oskar Kepela, s'était tiré une balle dans la tête.

Karel était accouru, hors d'haleine.

Des années plus tôt, il avait quasiment renié ce père — du moins les valeurs que la vie de celui-ci avait incarnées, de tout temps — pour se choisir un maître idéal, à la paternelle sagesse omniprésente, sévère mais juste, croyait-il. Ce jour-là, devant le cadavre d'Oskar Kepela, devant le regard granitique et rusé d'un Staline déjà mort, encore vivant, dominant la colline de Letnà, il sut que toute sa vie serait insuffisante pour aller jusqu'au bout d'un travail têtu, tenace, obsessif, de deuil : jusqu'au bout de la haine, de la lucidité, du nécessaire combat sans espoir et sans trêve.

Ce jour-là, devant toute cette mort, il décida de vivre contre l'ombre infâme de la Mort.

Et c'est alors qu'il s'était effondré, soudain.

Alors qu'il évoquait la mort de son père, à Freneuse, au milieu du silence des autres convives, à la fin du dîner, il s'abattit comme un arbre foudroyé, tout d'une pièce, renversant des verres, tachant la nappe blanche d'une rose d'incendie.

3.

Il n'y a rien de plus beau qu'un corps de femme.

La lampe de chevet est restée allumée, Nadine Feierabend a bougé dans son sommeil. Dans son rêve, peut-être. A quoi rêve Nadine, cette nuit, au moment où cette nuit approche de sa fin ?

Il fait encore quelques pas, silencieux. Il est au chevet de Nadine, dont le corps est éclairé par la lampe.

Il la regarde.

Nadine a bougé dans son sommeil, la couverture a été en partie rejetée. Elle est de dos, nue, les genoux relevés. Il voit le profil droit de son visage : la tempe, les pommettes, l'oreille bien ourlée, la ligne gracile du cou. Il voit l'épaule ronde, la turgescence du sein, le ventre lisse, la courbe de la hanche.

Qu'y a-t-il de plus beau qu'un corps de femme ?

Il essaie de se rappeler des beautés comparables : des émotions semblables.

Le ciel sur la baie de Santander, en septembre, sans doute. *L'Enterrement du comte d'Orgaz*, à Tolède, certainement. Un soleil sur la lande et l'océan, du côté de la Forêt-Fouesnant. La piazza Navona, déserte, à Rome, une aube d'été, dans le ruissellement de ses fontaines. Quelques lignes de Rimbaud, de René Char, de Hölderlin, d'Octavio Paz, de Garcilaso.

D'autres choses, souvent minimes ; inoubliables. Des choses légères et graves. Ou tristes, ou toniques, n'importe, mais impossibles à contrefaire, à imiter, à truquer, maquiller. Des moments sans faire semblant ni faire valoir.

Il regarde le corps nu de Nadine et il n'y a aucun désir dans son regard. Il se trouve au-delà ou en deçà de tout désir. Cette beauté sommeilleuse ne l'émeut pas par des promesses ou des pressentiments d'éveil, de possession possible. Elle l'émeut par elle-même, pour elle-même. Pour sa beauté même. Nul besoin d'imaginer la hâte, l'accouplement, le cri.

Il tombe à genoux au chevet de cette jeune femme nue, endormie.

Antoine lui avait parlé de Nadine Feierabend, plus tôt dans la nuit.

Kepela venait de s'effondrer, soudain, en plein milieu d'une phrase. Foudroyé, renversant des verres sur la table. Comme si le regard de Staline, ressuscité de la plus lourde et abominable mort de ce siècle, l'eût pris sous son éclair jaunâtre et mortifère.

Une tache de vin s'étendait sur la nappe, sanglante.

Les femmes s'étaient effrayées, avaient crié d'une voix inhabituelle, subitement aiguë. Antoine avait fait un commentaire acide : il n'est pas bête du tout, votre pauvre exilé, mais il ne tient pas la route.

Il leur avait expliqué que Karel tenait parfaitement la route et l'alcool, généralement. Mais qu'il l'avait déjà vu s'effondrer ainsi. Au-delà d'une certaine limite — tellement éloignée qu'il n'absorbait presque jamais assez d'alcool et de fatigue pour l'atteindre —, il s'écroulait. Il fallait simplement l'installer de façon qu'il puisse dormir tout son saoul, c'était le cas de le dire.

Ils transportèrent Kepela dans une pièce voisine, au rez-de-chaussée, remplie de livres. Pendant que Nadine lui enlevait les chaussures, que Franca allait chercher une couverture, il était revenu avec Antoine dans le salon.

Tu te souviens de Mary-Lou ? demandait Antoine, soudain.

Il se souvenait de Mary-Lou.

Il y a quarante ans, jour pour jour, nuit pour nuit, à Nice, je te l'ai offerte, disait Antoine.

Il hochait la tête.

Son corps, son rire, sa tendresse : je te l'ai donnée tout entière, insistait Antoine.

Il ne disait rien. Il n'y avait rien à dire. C'était une évidence.

Aujourd'hui, disait Antoine, d'une voix dont le débit se précipitait, aujourd'hui, je désire que tu me rendes ce gage.

C'était un gage ? demandait-il.

Antoine était allé chercher à boire. Du champagne, bien sûr. Il en avala une longue gorgée.

Un gage de vie, répondait Antoine, de complicité fraternelle, oui !

Juan approuvait d'un geste.

La fratrie, je connais, disait-il.

Alors ? demandait Antoine.

Juan souriait, mais sans allégresse : brutalement.

Tu ne m'as pas encore dit qui incarne ce gage aujourd'hui !

Antoine haussait les épaules.

Mais Nadine, voyons ! Qui d'autre ?

Il le regarda dans les yeux.

Bien sûr ! Où avais-je la tête ? s'exclama-t-il.

Il y avait du désarroi, dans le regard d'Antoine.

Je veux bien te donner Nadine, disait Juan. Encore faudra-t-il qu'elle m'obéisse, ce n'est pas impossible. Il lui arrive d'être d'une soumission dévorante. Mais ce ne sera pas un rendu pour un prêté !

Antoine réfléchit.

Ça veut dire quoi ? demanda-t-il.

Ça veut dire que je t'ai déjà rendu ton gage. Que je me suis dégagé. Comment as-tu dit, pour Mary-Lou ? A propos, tu ne trouves pas que Nadine lui ressemble d'une certaine façon ?

Antoine hocha la tête.

Justement, dit-il, mais continue !

Tu disais, pour Mary-Lou, que tu m'avais offert son corps, son rire, sa tendresse. Mais moi je t'ai offert en retour le corps de Franca, son rire aussi. Pour la tendresse, je ne sais pas. Je ne connais pas la tendresse de Franca. Mais j'ai connu son goût d'éternité. Te l'ai-je offert ?

Antoine finit sa coupe de champagne. Puis il la broya entre les doigts de sa main. Du sang fleurit sur son poing fermé.

Ainsi, dit-il, à Rome, elle était bien partie avec toi ?

Tu l'as toujours su, Antoine, dit Juan sèchement.

Antoine ne disait rien, il n'y avait rien à dire. Il avait toujours su, en effet. Quand il avait voulu savoir.

J'ai toujours su pour tout le reste aussi, dit-il, farouche.

La voix de Juan devint coupante :

Tu n'as jamais rien su d'autre. Il n'y a rien d'autre à savoir, pas de reste. Jamais. Ne rêve pas, ne pleure pas un malheur imaginaire, réconfortant. Il n'y a rien à savoir ! Franca est à toi. Tu la gardes, tu la jettes, tu la reprends : tu en fais à ta guise. A la sienne, aussi, sans doute. Mais elle est à toi. A vous deux !

Il se retint de hurler.

Il savait bien qu'il perdait Franca, en avouant à Antoine ce que celui-ci avait toujours su, en déniant ce qu'il aurait voulu savoir. Il ne pourrait pas continuer à trahir Antoine, désormais. Sa fidélité à Franca, à l'amour qu'il avait eu pour elle, exigeait la rupture.

Il devina soudain quelle issue lui restait, à jamais. Il devina ce qui se tramait dans sa vie, quelle mort.

Mais Antoine respirait de façon saccadée.

Il avait déposé les éclats de verre dans un cendrier et revenait vers Juan.

A Rome, trois jours après, quand elle est réapparue, c'est toi qui l'as envoyée vers moi ?

Juan fut sincère.

Je l'ai renvoyée vers ta peinture, dit-il. Va voir le paysage rouge, lui ai-je dit. Je l'ai découvert à Nice, le jour où tu es née. Où est née mon amitié pour Antoine de Stermaria. Je savais bien qu'elle irait revoir le paysage rouge. J'espérais que tu serais dans la galerie. Le reste allait de soi.

Antoine rit.

Il rit comme il ne l'avait jamais fait depuis longtemps.

Ainsi, nous sommes quittes ! Si tu me donnes Nadine, ce ne sera pas un gage rendu. Ce sera un vrai cadeau !

Juan le regarda.

Pas tout à fait quittes, quand même ! Il faut que tout soit clair. Car tu m'as rendu Franca, après.

Antoine blêmit. Juan posa la main sur son épaule.

Tu n'avais jamais peint de nus, souviens-toi. Et puis

il y a eu le *Nu bleu de dos*, le *Nu gris*, le *Nu marchant vers une fenêtre*. Tous les autres. Les plus beaux nus du xxe siècle, grâce à Franca. C'est ça qui était un vrai cadeau !

Il est allé jusqu'à la lisière même de la vérité. Il ne peut guère faire un pas de plus. Il est à la lisière même du mensonge le plus cruel.

Lorsque les femmes revinrent, ils riaient ensemble. Mais Franca remarqua la main ensanglantée d'Antoine. Ce n'est rien, un verre qui s'est cassé, ça arrive !

N'y touchez pas, il est brisé, disait Juan.

Il souriait bizarrement.

Nadine a bougé dans son sommeil. Il la regarde. Une raie de clarté trouble commence à s'insinuer entre les rideaux tirés.

Nadine, murmure-t-il.

Mais elle dort, toutes les femmes dorment. Il est temps de partir.

CHAPITRE XII

Le passage du Styx

1

Nadine s'affairait déjà dans la grande cuisine du rez-de-chaussée, y mettant le désordre de qui ne connaît pas la vraie place des objets.

De l'eau bouillait en vain.

— Vous êtes bien matinale, disait Franca. Je m'occupe du café.

— Bravo ! disait Nadine. Des toasts aussi, si possible.

Elle souriait, béate. Apparemment mal réveillée. Ou défaite par une nuit sans sommeil. Franca se posait la question, avec un serrement de cœur.

— Essayons de survivre, ajoutait Nadine.

Franca la trouvait belle, encore. Le corps souple, délié, visible en longues plages dorées sous le peignoir léger. Très belle, même. Ça l'agaçait autant que la veille : le temps n'arrangeait rien. Peut-être ne s'y habituerait-elle pas.

Nadine ébouriffait ses cheveux.

— Une bonne petite tasse de café pour nous remettre de cette nuit ! s'écriait-elle.

Franca ne faisait aucun effort pour paraître aimable. Ni enjouée. Elle occupait ses mains à préparer minutieusement le petit déjeuner.

Mais la phrase volontairement équivoque de Nadine lui rappelait quelque chose.

C'était à Amsterdam, quelques mois plus tôt.

Antoine y faisait une exposition ; il y avait eu des soirées, des journalistes, des photos. Du tintouin, disait Antoine. Un soir, ils avaient dîné avec un couple. L'homme était massif, prolixe, plein d'assurance et de vitalité : tout ce qu'Antoine détestait, en somme. Il était loin d'être idiot, pourtant, le Batave. Et puis c'était un collectionneur avisé. Il avait acheté deux des toiles exposées, les plus coûteuses. Le *Nu bleu de dos* était l'une d'elles. On lui devait bien ça, une soirée de bombance.

L'homme était accompagné d'une jeune beauté. Blondeur de miel, et peau de pêche : les métaphores fruitières, vivrières, des romans noirs où les femmes sont acculées aux stéréotypes d'une radieuse féminité lui étaient toutes applicables. Elle était à croquer, effectivement. Elle ne disait mot, qui plus est, mais souriait en montrant, généreuse, ses jambes.

Ils avaient dîné au *Bali*, ce qui était banal.

En revanche, dans le quartier chaud, plus tard, il se passait quelque chose d'inattendu.

Franca frémit, s'ébroua. Elle n'avait pas assez dormi, sans doute.

La jeune beauté blonde s'appelait Astrid, c'était la moindre des choses.

Pendant le dîner, au *Bali*, elle n'avait pas dit mot.

Elle s'était bornée à rire, deux ou trois fois, sans vraie raison ni rime, mais avec une joie qui ne semblait pas feinte. Elle riait pour un rien, en somme, mais ça lui était naturel. Elle avait la joie convaincante. Communicative, en tout cas.

Mais ils n'étaient plus au *Bali*, ils étaient dans une boîte du quartier chaud.

A la grande surprise de Franca, Antoine avait accepté, après le dîner, l'invitation du Hollandais. Il avait aussitôt été d'accord, quand l'autre avait proposé un périple dans le quartier du port. Il avait même l'air de s'amuser, à présent. Il était détendu, en tout cas, légèrement volubile, ce qui était un comble.

Franca se demandait si c'était l'alcool — mais Antoine pouvait boire, à l'occasion, de façon démente, sans qu'il y parût trop — ou la tristesse rétrospective d'avoir abandonné le *Nu bleu* qu'il s'était si longtemps refusé à vendre. Ou bien, tout simplement, si cette blonde muette ne l'émoustillait pas : on peut s'attendre à tout d'un homme, même le plus intelligent.

Ils avaient donc parcouru les ruelles du quartier, bu quelques verres dans des bars à matelots ; ils s'étaient installés en riant dans des salles de strip-tease assez cocasses, bon enfant et bruyantes.

La boîte où ils avaient échoué pour finir était d'un tout autre genre. C'était luxueux, feutré : divans profonds comme des tombeaux, éclairages étudiés. Le spectacle — effeuillage et tableaux vivants — ne s'offrait pas dans une salle unique, mais se dispersait à travers des sortes de salons particuliers, aménagés de façon que la consommation sexuelle pût dépasser le stade du regard ou du miroir ; qu'elle pût, le cas échéant, se dérouler dans l'agréable promiscuité polymorphe des professionnelles et des clients. Des clientes aussi, bien entendu.

Franca regardait les filles faire leur manège, leur remue-ménage, à portée de main, quasiment. Elle les trouvait jolies, appétissantes, mais restait extérieure. Peut-être parce qu'il y avait trop de harnais de cuir, de cravaches inutiles, dans leur attirail.

Astrid, en revanche, l'intriguait.

Assise de l'autre côté de la piste minuscule où les filles s'exhibaient, que les canapés du salon particulier entouraient, Astrid lui sembla plus dérangeante que les effeuilleuses. Elle bougeait son corps au rythme de la musique assourdie, sa jupe tout à fait retroussée. Soudain, elle fut debout, au milieu des filles. D'un geste, elle enleva sa robe légère, qui ne tenait sur elle que par quelques boutons à pression. Elle fut bientôt dans la lumière, gainée de noir aux jambes, d'ivoire nue et dorée pour le reste du corps.

Franca se tourna vers Antoine.

Le visage de celui-ci était figé : masque de pierre grise érodé par les pluies et les passions. Son regard était extatique. Mais Antoine ne semblait pas voir uniquement la beauté blonde, pulpeuse, sauvage de liberté sensuelle, d'Astrid la muette, dont le corps était en revanche, si parlant. Il semblait voir au-delà, à travers ce corps : quelles images du passé ?

Franca en fut bouleversée.

Le Hollandais jovial félicitait Astrid, lui annonçait qu'elle méritait une récompense, n'est-ce pas, mon cher Antoine ? Quel partenaire choisissait-elle pour des jeux plus sérieux ?

Franca eut un sursaut de colère.

Elle va choisir Antoine, bien sûr, pensa-t-elle. Tout

ça est prévu, souhaité, subtilement agencé dès le départ. Antoine va la prendre devant moi. Est-ce que je dois l'admettre ?

Mais Astrid parlait, enfin.

Elle voulait Franca, disait-elle. C'était Franca qui l'excitait le plus.

Les filles de la boîte, bien stylées, venaient de disparaître à cet instant précis. Aux clients de régler cette histoire entre eux, ce n'était plus leur problème.

Franca s'était dressée, d'un seul élan. C'était pour protester, certes. Pour quitter le cabinet particulier, le cas échéant. Mais ils avaient tous interprété ce geste autrement. Ils avaient pensé qu'elle s'avançait vers Astrid.

Bravo ! disait le Hollandais. On peut dire que vous avez une femme qui n'a pas froid aux yeux !

Franca se tourna vers Antoine, désemparée.

Mais le regard d'Antoine ne lui fut d'aucun secours. Ce n'était pas du tout un regard qui l'incitât à refuser, à se formaliser. C'était un regard désespéré, halluciné, mais visiblement anxieux de voir la suite, quelle qu'en fût la douleur.

Alors Franca fit quelques pas vers Astrid, vers le canapé où celle-ci l'attendait, offerte, ouverte déjà. Elle commença à enlever son chemisier de soie écrue.

Plus tard, dans le remous de plaisir et d'abomination où elle sombra, elle sentit la présence d'Antoine, qui la pénétrait. Sous le regard des deux autres, honte bouleversante. Elle cria son nom, les larmes aux yeux.

Mais elle n'a pas l'intention de s'égarer dans ce souvenir, trouble et tenace. Ni d'égarer qui que ce soit, d'ailleurs. Ce n'est pas l'épisode du quartier chaud, quelques mois plus tôt, qui est en question. Elle en a parlé avec Antoine, enfin.

A l'aube, quand elle eut fini de raconter à Kepela les péripéties de la nuit, après l'évanouissement de celui-ci, elle était montée dans la bibliothèque du haut, pour prendre le volume de René Char. Antoine l'avait entendue, c'était prévisible. Ils avaient parlé. Non seulement de l'épisode d'Amsterdam, depuis lequel Antoine avait fui Franca, ne l'avait plus touchée. Il avait parlé surtout du véritable souvenir, dont l'oubli le harcelait, de la scène qui commandait sournoisement sa vie, son désir ou sa lassitude sensuels. La scène de Prague, dans l'atelier de Natacha Hissel, lorsqu'il s'était découvert lui-même, en tant qu'homme, en regardant Ulrike dans les bras de Natacha, avant d'être initié aux plaisirs par les deux femmes. Avant de tomber dans le vertige de la passion d'Ulrike.

A l'aube, enfin, après tant de mois de silence, de solitude, elle avait été sa femme. Plus tard, au moment où elle sombrait dans un bref sommeil agité, elle avait entendu la voix d'Antoine murmurer à son oreille :

Beauté, ma toute droite, par des routes si ladres,
A l'étape des lampes et du courage clos.
Que je me glace et que tu sois ma femme de décembre.
Ma vie future c'est ton visage quand tu dors.

Elle avait souri, béate, visage enfoui dans son épaule à lui.

Mais non, ce n'est plus ce souvenir qui est en question, ni en instance. Franca s'active à des tâches précises : les jus d'orange, le pain à griller. C'est l'histoire de la bonne petite tasse de café que Nadine lui a rappelée.

Een lekker kopje koffee, voilà.

Le Hollandais flambant l'avait racontée, vers la fin du repas indonésien. Il s'agissait des réflexions de femmes de plusieurs nationalités, après la nuit de noces. Une histoire médiocre à faire pleurer. La femme hollandaise, quoi qu'il en fût, sortait du lit matrimonial et s'écriait, en se frottant les mains par avance : Et maintenant, une bonne petite tasse de café !

Voilà : aussi bête que ça.

Nadine, accoudée à la longue table, fumait une cigarette. Elle contemplait l'activité précise de Franca, sans bouger. Mais celle-ci préférait qu'on ne la dérangeât pas par un zèle maladroit, lorsqu'elle préparait le petit déjeuner. Du coin de l'œil, elle observait Nadine, belle comme une femme de mauvaise vie dans un film de Josef von Sternberg.

— Quelle histoire, disait Nadine. Avouez que c'est difficile à pardonner !

Franca haussait les épaules, irritée.

— Pardonner ? s'écriait-elle. Qui en a la possibilité ? Le droit, même ? Essayez de comprendre, c'est tout !

Nadine Feierabend lui jetait un regard vif, sitôt voilé. La fougue de Franca ne la surprenait pas outre mesure.

— Mais c'est incompréhensible !

Elle écrasait sa cigarette, s'approchait de la cafetière fumante que Franca posait sur la table.

— Ça fait six mois que je vis avec Juan, disait-elle. Il ne m'en a jamais dit un mot. Rien, pas la moindre allusion. Les occasions, pourtant, n'ont pas manqué. Mon travail, cet hiver, portait sur la déportation, vous le savez. N'est-ce pas impardonnable ? Incompréhensible, si vous préférez ?

Franca se souvint de Merano. C'est vrai que ç'avait été différent, après. De savoir qu'on ne partage pas seulement la vie d'un homme, des parcelles de sa vie, du moins, mais aussi la mémoire de sa mort. L'amour en est changé.

Mais Nadine bougea, le peignoir de soie écrue s'écarta. Franca voyait la poitrine de la jeune femme. Elle ferma les yeux, une fraction de seconde. Elle avait imaginé une caresse de Juan sur ces seins-là. La douceur qui l'envahissait lui fit trembler les mains, alors qu'elle remplissait une nouvelle tasse de café pour Nadine. Comment renoncer à Juan, malgré tout ?

Elle se vengeait aussitôt.

— Vivre ? Sait-on vraiment si on vit avec un homme ?

Nadine avalait une gorgée brûlante, elle riait aux éclats.

— On sait qu'il vous baise, disait-elle.

Franca devait en convenir. Elle hochait la tête : en effet.

Nadine riait encore.

— Il vous tringle à merveille, ce vieux zèbre !

Le regard bleu démentait la vulgarité du propos.

Nadine avait à cet instant un regard grave, rempli de tendresses reconnaissantes et insatisfaites. Ou plutôt : satisfaites de leur insatisfaction, de la certitude du renouvellement.

Franca ne pouvait s'empêcher de pouffer de rire. Ça la rajeunissait, ce langage.

Leurs yeux se rencontraient.

— Mais vous devez savoir, n'est-ce pas ? disait Nadine.

C'était à peine une question.

Franca beurrait du pain grillé.

— Décidément, murmurait-elle.

Ensuite, elles étaient silencieuses. Peut-être rivales. Ou complices, tout au contraire. Proches, en tout cas. Elles y rêvaient, somme toute, chacune pour soi.

2.

La veille, une demi-heure avant minuit, Juan avait souhaité qu'on allumât un poste de télévision, pour le dernier journal.

A ce moment, Karel Kepela avait déjà sombré dans son obscure absence, entre le sommeil et le néant.

Quand les deux femmes revinrent dans le salon, après avoir confortablement installé Karel sur un divan de la bibliothèque, Franca avait remarqué la main ensanglantée d'Antoine.

Elle avait remarqué aussi son humeur enjouée, une certaine allégresse fébrile. Ce n'était pas seulement la disparition de Kepela. Si la présence du Tchèque l'avait agacé, au début de la soirée, Antoine avait su ensuite parfaitement rétablir la situation.

Non, il y avait autre chose.

Antoine et Juan avaient parlé, pendant leur courte absence de la pièce : sans doute était-ce ça.

Elle craignit le pire ; elle soupçonna que Juan l'avait sacrifiée. N'avait-il pas dit tout à l'heure qu'il était trop tard pour qu'elle reprenne sa place ? Elle avait cru qu'il faisait allusion à Nadine, à son attachement croissant pour la jeune femme. Non, sans doute pas. Il avait réagi d'ailleurs avec une violente ironie. Il ne l'avait pas sacrifiée à Nadine, il l'avait sacrifiée à Antoine. Mais pour convaincre Antoine, Juan n'aurait pas pu se borner à quelques vagues assurances. C'était impossible à concevoir. Soudain, en regardant la main ensanglantée de son mari, le mouchoir qu'il avait noué autour de cette main, où des traînées rouges affleuraient, elle devina ce qui s'était passé.

Elle devina que Juan avait avoué à Antoine ce que celui-ci ne pouvait pas ignorer, même s'il n'en disait jamais mot : leur fugue après l'exposition de Bucca di Ripetta. Leur amour d'avant sa propre rencontre avec Antoine. Mais si Juan jetait cette vérité en pâture à la jalousie d'Antoine, ce n'était pas pour protéger le reste ; pour laisser ouvertes les portes d'un avenir quelconque entre elle et lui. Pas du tout, c'était tout le contraire. En mentant à Antoine sur l'essentiel, en l'occultant, du moins, ce n'est pas son ami que Juan trahissait : c'est elle qu'il abandonnait, bien sûr. Il avait choisi l'avenir de son amitié avec Antoine, pas celui de leur amour à tous deux.

Elle devina la vérité, sans doute. Mais pas encore les raisons de cette vérité, ni sa vraie signification. Ce n'est que le soir de ce dimanche, quand on eut retrouvé le corps de Juan, qu'elle comprit pourquoi celui-ci avait craint qu'il ne fût trop tard.

C'était trop tard, en effet.

Mais Juan avait souhaité regarder le dernier journal télévisé.

— Tu t'intéresses à la flotte britannique, toi aussi, voguant vers les Malouines ? demandait Nadine.

— Qui d'autre s'y intéresse ?

— Karel, disait Nadine. Tout à l'heure, il a même porté un toast à la défaite des généraux argentins !

— A voir le résultat, proclamait Antoine, il a dû en porter plusieurs !

Ils rirent.

Enfin, les hommes rirent. Les femmes trouvaient ça moins drôle : elles s'attendrissaient plutôt sur Karel.

— Il avait bien raison ! disait Juan.

Qui levait son verre, lui aussi.

— Pour une fois qu'une expédition coloniale servira à quelque chose ! ajoutait-il.

Une discussion s'ensuivit.

— Ecoutez, disait Juan, après quelques minutes de débat confus. Gibraltar est une terre espagnole, nul ne peut le contester. Les Britanniques l'occupent depuis quelque guerre oubliée du XVIIIe siècle. Pendant tout le temps où le général Franco a été au pouvoir, il n'a cessé de réclamer le retour de Gibraltar à la mère patrie. Ou à la père matrie, si vous préférez. Il n'a cessé de faire organiser par ses services, selon les aléas de la conjoncture internationale, des manifestations de masse devant l'ambassade anglaise à Madrid. Supposons qu'il eût fait un pas de plus : qu'il eût tenté et réussi, pourquoi pas ? un coup de force pour récupérer le rocher de Gibraltar, par surprise. Qu'aurait dû faire dans ce cas la gauche espagnole, l'opposition intérieure, les exilés, nous autres Rouges espagnols ? Approuver et soutenir le général Franco dans sa juste bataille nationale contre la perfide Albion ? Ne me faites pas rire ! Moi, personnellement, je me serais engagé dans une brigade de l'armée anglaise, pour reconquérir Gibraltar, au nom de Sa Gracieuse Majesté et porter ainsi un coup probablement mortel à la dictature du général Franco. Enfin, c'est la moindre des choses, il faut toujours savoir quel est votre ennemi principal !

Ils avaient branché le poste de télévision. La flotte britannique, en effet, s'approchait des îles Malouines. On pouvait s'attendre à un débarquement du corps expéditionnaire dans les jours suivants. Et puis, autre bonne nouvelle, l'Association Sportive de Saint-Etienne avait battu Tours par un but à zéro, lors de la soirée de championnat de France de football qui venait d'avoir lieu.

Les deux femmes s'étonnaient qu'Antoine et Juan puissent s'intéresser à d'aussi vulgaires péripéties sportives. Car ils s'y intéressaient.

Mais il n'y eut pas de discussion à ce sujet. Les images qui étaient apparues sur l'écran de télévision l'interdirent.

Antoine s'était tourné vers Juan, avec une soudaine inquiétude.

Une voix de jeune femme annonçait que ce dimanche qui était en train de commencer, le 25 avril, était le Jour de la Déportation, consacré à la mémoire, la commémoration, et cetera, et cetera. Antoine n'écoutait plus les phrases banales, frémissantes d'une émotion de circonstance, ampoulée, téléguidée. Il ne regardait pas non plus les images habituelles : les charniers autour des bâtiments des fours crématoires, les regards fous, les squelettes rayés titubant au soleil d'avril, les bulldozers de l'armée américaine entassant les monceaux de cadavres.

Antoine ne regardait plus que le visage de Juan.

Celui-ci avait l'œil fixé sur l'écran de la télévision, un sourire étrange au coin des lèvres.

Soudain, quand ces images s'effacèrent, quand on revint à l'actualité, à l'éphémère insignifiance des événements du jour, Juan se mit à parler. D'une voix étale, où ne semblait frissonner nulle émotion, d'une voix de constat, monocorde, comme s'il lisait un acte notarié, il raconta.

La fumée, bien sûr.

Il commença par la fumée du crématoire, par l'odeur de fumée sur la colline de l'Ettersberg. Il commença par où tout finissait, autrefois : par ce moment où la vie partait en fumée. Il y avait toujours, tous les jours, un copain qui partait en fumée. Il commença par l'odeur de la vie partant en fumée, inoubliable. Par ce souvenir qu'il ne pouvait partager avec personne d'autre qui n'y aurait pas été, n'y aurait pas survécu. Même les anciens déportés du Goulag soviétique, disait Juan, dont la mémoire recèle les mêmes trésors abominables, sans doute encore plus riches, plus monstrueux que les nôtres, même eux, ne connaissent pas cette odeur de fumée des crématoires sur les paysages de l'Europe. C'est notre bien à nous, l'essence de notre vie !

Longtemps il parla. De cette même voix égale, étale, dépourvue d'emphase.

L'été de son retour d'Allemagne, Juan était allé retrouver Antoine à Antibes, où celui-ci avait son atelier, en cette année 1945, dans une maison sur les remparts. Il était arrivé à l'improviste, avec Laurence. Il avait raconté, des heures durant. Des nuits durant. Mais ensuite, jusqu'à aujourd'hui, jusqu'à ce samedi d'avril, Juan n'avait plus jamais évoqué cette mémoire. Avec lui, en tout cas. Antoine soupçonnait qu'il n'en parlait avec personne ; qu'il n'en avait, en fait, jamais parlé avec personne.

Il avait respecté ce silence, tout en s'inquiétant parfois de la charge destructrice qu'il recélait, forcément.

Franca, de son côté, avait aussi entendu Juan, une fois, à Merano, raconter ce vécu mortel, cette mort vécue. Une seule fois. Elle en avait parlé avec Antoine, sans lui dire les circonstances exactes, bien entendu.

Mais Nadine n'en avait pas la moindre idée. Elle ne pouvait pas imaginer — comment l'aurait-elle pu ? — qu'un obscur destin l'avait désignée pour réparer cet oubli : pour accompagner Juan dans ce voyage au bout de l'oubli.

Elle ne supporta pas l'idée que Juan lui eût caché cette partie essentielle de sa vie. Elle prit ce silence de Juan pour de l'indifférence. Pis encore, pour du mépris. Et ce sentiment de rancune s'accentua encore quand elle comprit, par une phrase incidente d'Antoine, que Franca et lui n'étaient pas dans le même cas.

Elle ne pouvait supporter cette situation.

Lorsque Juan, au bout d'une très longue heure, s'arrêta soudain de parler, Nadine se leva, quitta le salon, en déclarant à la cantonade qu'elle ne pourrait pas lui pardonner ce silence.

Juan regarda Franca et Antoine.

— Et moi, murmura-t-il, est-ce que je peux me le pardonner ?

Mais Franca s'ébrouait, regardait Nadine, se demandait si Juan et elle avaient eu une explication, quand il était allé la retrouver dans sa chambre, beaucoup plus tard.

Vivre avec Juan ? dit-elle. Nous savons bien toutes les deux qu'une seule femme vit vraiment avec lui, c'est Laurence !

Aussitôt, Nadine devenait fébrile.

Laurence ? Justement, jamais elle n'avait pu savoir à quoi s'en tenir. Dès les premiers jours de leur histoire, Juan avait fait une mise au point, tranchante. (« C'est quoi, une histoire, Juan ? avait demandé Franca, un jour. — Mais une histoire, littéralement : de la mémoire, des cicatrices, des rires, des rites, un avenir ! — Alors, il n'y a pas d'histoire entre nous, s'était-elle écriée, puisqu'il n'y a pas d'avenir ! Je veux dire : que l'avenir ne peut être que le jour présent, indéfiniment reproduit. Mais en tant que présent-passé, pas en tant qu'avenir. Une suite de sortes d'heures en dehors du temps ! » Oui, c'était vrai, il devait en convenir.)

Une mise au point tranchante, quelle mise au point ?

Il m'a expliqué, disait Nadine, qu'il avait une femme, que cela ne l'empêchait pas d'être libre, mais qu'il ne mettrait jamais en cause ce lien, ce statut ; qu'il ne reviendrait jamais là-dessus. Etait-ce assez clair ?

C'était très clair mais ça me faisait rire, disait Nadine. Les premiers temps d'une aventure avec un homme qui semblait disponible, dispos, on ne s'occupe pas d'une éventuelle femme légitime, invisible par ailleurs. N'est-ce pas ? Ni de la durée, l'engagement, le statut de cette liaison. On découvre, on jouit, on parle, on prend son pied de toutes les façons !

Franca hochait la tête. Elle pensait la même chose, en effet.

Puis les semaines passent, on commence à se demander qui est cette femme ; pourquoi y a-t-il des moments de non-dit, d'interdit même, dans la vie avec cet homme, disait Nadine. Mais je ne suis pas parvenue à faire parler Juan. Alors, je l'avoue, j'ai essayé de savoir par moi-même. J'ai appelé l'appartement conjugal, comme on dit, où je n'avais jamais été conviée, bien sûr. Je ne disais rien. J'écoutais cette voix, fascinée. Puis j'ai fait le guet dans la rue, inutilement. J'ai essayé de surprendre Laurence, sans succès. Aucune femme lui ressemblant n'est jamais entrée ou sortie de l'immeuble. Car je m'étais procuré des photos d'elle. J'avais cherché dans la presse, les revues illustrées, les magazines : j'avais retrouvé son image, souvent floue, ou de profil, à demi cachée, comme un fantôme, dans des articles des années 50, surtout, début des années 60, à l'occasion de soirées parisiennes, des premières des pièces de Juan, par exemple. Mais elle, en chair et en os, Laurence, en vrai, je n'ai jamais réussi à la surprendre, entrant ou sortant de sa maison. J'ai parfois douté de son existence !

Franca la regardait, sa voix fut blanche.

Laurence existe, dit-elle. Mais elle ne sort jamais !

Nadine posa sa tasse de café, ne comprenait pas.

Comment sortirait-elle, elle est paralysée !

Laurence avait eu un accident de voiture, très grave, expliquait Franca. Plusieurs semaines entre la vie et la mort. Elle avait survécu, mais avec une lésion irréversible de la moelle épinière. Ses facultés mentales étaient intactes, la beauté de son visage aussi, semblait-il. Mais elle était paralysée des membres inférieurs, elle ne se déplaçait chez elle qu'en fauteuil roulant.

Il y eut encore du silence.

Ça bougeait sans doute dans leur mémoire, lourdement.

L'accident a eu lieu en 1965, j'imagine ? demandait Nadine.

Pourquoi ?

Je n'ai plus trouvé dans la presse aucune allusion à Laurence, après cette date, disait Nadine. Ça m'avait frappée.

Franca hochait la tête.

C'est l'année où votre mari a fait une exposition à Rome, si je ne me trompe, disait Nadine.

Antoine n'était pas encore mon mari, rétorquait Franca, sèchement.

Bien sûr, murmurait Nadine. Et vous aviez vingt-trois ans, si je sais encore compter.

Vous savez encore !

C'est l'âge que j'ai aujourd'hui, exactement, concluait Nadine.

Franca la regardait avec une sorte de convoitise inquiète. Mais ce n'était plus sa liaison avec Juan qui était en cause, qui en était la cause. C'était elle, sa jeunesse, son corps de vingt-trois ans. Elle sourit d'une étrange façon, avec férocité.

Oui, dit-elle. Mais de mon temps, Antoine et Juan avaient vingt ans de moins, presque !

Nadine sursauta, en perdit le don de repartie qui lui était habituel.

La porte de la cuisine s'ouvrait à la volée, Kepela faisait son entrée.

— Où est Juan ? s'écriait-il. O pardon : bonjour quand même, mes beautés ! Il faut que je lui parle tout de suite, j'ai eu une idée géniale pour *La Montagne blanche* !

Nadine mimait des mains l'envol d'un oiseau.

— Parti, disait-elle. Quand j'ai ouvert l'œil, tout à l'heure, il s'était envolé. Mais il ne doit pas être bien loin : ses livres, ses notes de travail sont restés sur la table.

Kepela demandait une tasse de café.

— J'ai vu, disait-il, je viens de là-haut. D'ailleurs, il ne travaille pas à notre projet, le traître, il s'occupe de Lord Curzon !

La vignette de l'*ex-libris* montrait le vestibule à colonnes, doriques de surcroît, d'une belle maison patricienne. La porte, au bout, sur le seuil de laquelle attendaient des chiens, était ouverte sur un horizon de campagne anglaise.

Pourquoi anglaise ?

Sans doute le livre était-il anglais : le nom de son ancien propriétaire, inscrit sur l'*ex-libris*, l'était aussi. Métaphysiquement britannique, même. Anglais pour l'éternité. De là, peut-être, que son regard eût aussitôt qualifié d'anglaise cette perspective campagnarde, au-delà de la porte ouverte du vestibule.

Mais elle aurait tout aussi bien pu s'avérer romaine, provençale, saxonne (si l'on en croit, dans ce dernier as, des notes de voyage de Heinrich von Kleist !). Il s'agissait, en tout cas, d'une campagne sage, domestiquée par le travail de l'homme : jardinier plutôt que cultivateur, d'ailleurs. Une campagne ordonnée, tout en allées, bassins, espaliers : tirée au cordeau, en somme.

Au bas de la vignette de l'*ex-libris* était inscrit le nom de l'ancien propriétaire : Randolph S. Churchill.

Karel Kepela avait reposé sur la table le troisième volume de la monumentale biographie de George Nathaniel Curzon par Ronaldshay, qui avait appartenu à un fils de Sir Winston avant que Juan ne se le procure. Un signet en marquait la page 344.

Il savait que Larrea s'intéressait au personnage de Lord Curzon.

On ne peut pas ouvrir un livre d'histoire contemporaine, lui avait dit Juan, sans tomber quelque part sur une « ligne Curzon ». Partout où l'Empire britannique avait touché aux frontières du monde barbare, au Moyen-Orient, en Perse, au Nord de l'Inde, Lord Curzon avait tracé des lignes de démarcation, depuis le début du XXe siècle. En Europe aussi, là où le partage de l'Europe a toujours été le plus sensible, le plus sanglant, en Pologne, autrement dit — ne t'en déplaise, Karel ! Car tu as une vision trop réduite et réductrice de l'Europe, trop géographique me semble-t-il. Ton Europe idéale recoupe les frontières de la Kakanie : c'est bien trop étroit ! Même s'il est impossible de concevoir l'Europe sans Kafka, Musil, Broch, le cercle de Prague et celui de Vienne, par exemple, la vraie frontière saignante et brûlante de l'Europe, jamais cicatrisée, se trouve en Pologne ! — là-bas, donc, il y a aussi une « ligne Curzon », peut-être même la plus connue. Même si elle est apocryphe, car ce n'est pas Lord Curzon, semble-t-il, mais Lloyd George lui-même qui a proposé en 1920 le tracé de cette frontière entre l'Europe et l'Union soviétique de

Lénine. Voilà pourquoi je m'intéresse à la vie de ce lord anglais, sorte de démiurge althussérien, qui a passé son temps d'homme politique et de diplomate à tracer des lignes de démarcation à travers le monde !

Et sa biographie est intéressante ? Tu peux en faire une pièce ? avait-il demandé à Juan.

Peut-être. Mais je n'ai pas encore trouvé la solution, le nœud dramatique autour duquel articuler le personnage, son action dans l'histoire, pour organiser la métaphore, très forte, de la « ligne Curzon ».

Pourquoi n'as-tu jamais écrit que des pièces historiques ? Ou plutôt, des pièces sur des personnages historiques, dont les données biographiques sont contraignantes, parce que trop connues pour être esquivées ou falsifiées : Winckelmann, les Lafargue, Kafka, Walter Benjamin, Eléonore Marx, Malcolm Lowry, enfin, tous tes personnages !

Juan n'avait pas répondu.

Ou plutôt, il s'était borné à proclamer, péremptoire, qu'il détestait les misérables petits secrets de l'autobiographie.

Kepela n'avait pas insisté. Mais il ne voyait pas le rapport. Il ne l'avait pas vu ce jour-là, du moins.

Que fait-on le dimanche, dans la campagne française ? demandait-il maintenant, tourné vers Franca.

Celle-ci ne l'écoutait pas.

Sans raison apparente, l'inquiétude l'avait envahie. Où était Juan ? Une image de rêve traversa son angoisse, floue, brutale. L'image d'Ulrike von Stermaria dérivant sur l'eau grise de la Vltava, veines ouvertes, au milieu des roses rouges et blanches. A l'aube, lorsqu'elle avait retrouvé Antoine, celui-ci s'était enfin délivré de ce souvenir.

Franca sentait que son cœur battait très fort. Elle essaya de se dire qu'il n'y avait aucun rapport.

3.

L'eau du fleuve était sombre.

Elle fut glaciale lorsqu'il glissa sur la rive escarpée, une racine ayant brusquement cédé sous son poids.

L'eau était sombre, à cet instant du matin. Elle fut glaciale, lui coupant le souffle, lorsqu'il plongea jusqu'aux épaules. Souffle coupé, saisi dans une poigne de glace, haletant.

Il maîtrisa un mouvement instinctif de recul, de sursaut de son corps. Si tu savais où je te mène, pensa-t-il. Un rude orgueil l'habita. Encore un effort : s'enfoncer, se remplir les poumons de cette éternité froide. Se bâillonner, bouche envahie par le flot fade du fleuve.

Il leva la tête, une dernière fois.

Le fleuve montait vers l'horizon du levant. Route moirée, tracée dans l'épaisseur des collines verdoyantes. Au premier plan, sous sa main, l'eau était dense, sombre. Mais au bout du paysage, sur la ligne de crête d'une perspective où le fleuve semblait se renverser dans le ciel nuageux, éclairé à l'arrière-plan par un soleil prochain, printanier, l'eau du fleuve bleuissait.

L'irisation de ce soleil naissant, encore en partie occulte, posait une sorte de patine luminescente, chargée d'effluves azurés, sur le paysage ombreux de la vallée.

Une dernière fois, dernier regard.

Des mots d'enfance explosèrent alors, stridents, imprévus, chevauchant les nuages.

Añil !

Bleu d'avril et d'anil, ciel indigo. Ciel intensément bleu sur les rues en pente, vers le parc, à Madrid. Fleuve indigo, aujourd'hui, à l'horizon, dans le vacarme assourdi, mais déchirant, des mots revenus comme des cris de rémouleur, antan.

Il se laissa tomber comme une pierre, en riant.

L'eau du fleuve français lui remplit la bouche.

Il suffoqua, se débattit, se souvint dans un éclair aveuglant de la baignoire de la Gestapo, s'efforça de rester calme, inerte, comme alors, pensa dans le feu de sa mémoire qu'alors c'était pour survivre, garder des forces, que c'était pour mourir, aujourd'hui, émergea de nouveau, crachant l'eau, la vase, retomba, épuisé, se souvint de Laurence, il avait parcouru avec elle tous les cycles de la vie, jusqu'au désamour, la trahison, désespérance, elle savait déjà, lui avait téléphoné à l'aube, mais où es-tu ? à Freneuse, je vais mourir, il n'y a rien d'autre à faire, j'ai reculé, triché, trompé mon monde, ça me rattrape, adieu, cri de Laurence, lumière de septembre sur le jardin de la Feld, à Joigny, il sut qu'il se noyait dans le fleuve de Patinir, Franca comprendrait un jour, pensa au lézard bleu des Faraglioni, se souvint du marronnier rose qui commençait à fleurir, l'avait contemplé un instant, en route vers le fleuve, sur la pente gazonnée, l'arbre lui survivrait, quel bonheur, fleurirait encore, le monde déploierait sans lui ses beautés, les femmes, coula au plus profond, ses poumons éclataient, pensa avec effroi qu'il ne laissait pas de traces de sa vie, vraies traces, vivantes, pas d'enfant, il aurait voulu, Nadine, sa nudité, cette nuit, trop tard, il coula pour toujours...

L'eau du fleuve Styx l'emporta dans ses flots.

PREMIÈRE PARTIE

I.	*Une carte postale de Joachim Patinir.*	15
II.	*La fumée.*	28
III.	*Feuerabend.*	44
IV.	*La « Dialectique » de Véronèse.*	58
V.	*Bolero a solo.*	77
VI.	*Le renard et le hérisson.*	98

DEUXIÈME PARTIE

VII.	*Zurich, Spiegelgasse.*	127
VIII.	*La fin du libertinage.*	155
IX.	*Edmund Husserl, Mme de Stermaria, née von Vahl, et les tramways de Prague.*	188

TROISIÈME PARTIE

X.	*Nu bleu de dos.*	223
XI.	*L'enlèvement d'Europe.*	259
XII.	*Le passage du Styx.*	288

DU MÊME AUTEUR

Aux Éditions Gallimard

LE GRAND VOYAGE, *roman* (Folio n° 276).
LA GUERRE EST FINIE, *scénario*.
L'ÉVANOUISSEMENT, *roman*.
LA DEUXIÈME MORT DE RAMON MERCADER, *roman* (Folio n° 1612).
LE « STAVISKY » D'ALAIN RESNAIS, *scénario*.
LA MONTAGNE BLANCHE, *roman* (Folio n° 1999).
L'ÉCRITURE OU LA VIE (Folio n° 2870).
LE RETOUR DE CAROLA NEHER, *théâtre*.
ADIEU, VIVE CLARTÉ…, *récit* (Folio n° 3317).
LE MORT QU'IL FAUT.

Chez d'autres éditeurs

AUTOBIOGRAPHIE DE FEDERICO SANCHEZ, *traduit de l'espagnol par Claude et Carmen Durand*, Le Seuil.
MONTAND, LA VIE CONTINUE, Denoël (Folio Actuel n° 5).
QUEL BEAU DIMANCHE ! Grasset.
L'ALGARABIE, *roman*, Fayard (Folio n° 2914).
NETCHAÏEV EST DE RETOUR, *roman*, J.-C. Lattès.
FEDERICO SANCHEZ VOUS SALUE BIEN, Grasset.
MAL ET MODERNITÉ, *essai*, Éditions Climats.
MADRID, Autrement.
ESPAGNOL, COLLÈGE, LYCÉE, Éditions de la Cité.

COLLECTION FOLIO

Dernières parutions

3621 Truman Capote — *Cercueils sur mesure.*
3622 Francis Scott Fitzgerald — *La Sorcière rousse*, précédé de *La coupe de cristal taillé.*
3623 Jean Giono — *Arcadie... Arcadie...*, précédé de *La pierre.*
3624 Henry James — *Daisy Miller.*
3625 Franz Kafka — *Lettre au père.*
3626 Joseph Kessel — *Makhno et sa juive.*
3627 Lao She — *Histoire de ma vie.*
3628 Ian McEwan — *Psychopolis* et autres nouvelles.
3629 Yukio Mishima — *Dojoji* et autres nouvelles.
3630 Philip Roth — *L'habit ne fait pas le moine*, précédé de *Défenseur de la foi.*
3631 Leonardo Sciascia — *Mort de l'Inquisiteur.*
3632 Didier Daeninckx — *Leurre de vérité* et autres nouvelles.
3633. Muriel Barbery — *Une gourmandise.*
3634. Alessandro Baricco — *Novecento : pianiste.*
3635. Philippe Beaussant — *Le Roi-Soleil se lève aussi.*
3636. Bernard Comment — *Le colloque des bustes.*
3637. Régine Detambel — *Graveurs d'enfance.*
3638. Alain Finkielkraut — *Une voix vient de l'autre rive.*
3639. Patrice Lemire — *Pas de charentaises pour Eddy Cochran.*
3640. Harry Mulisch — *La découverte du ciel.*
3641. Boualem Sansal — *L'enfant fou de l'arbre creux.*
3642. J. B. Pontalis — *Fenêtres.*
3643. Abdourahman A. Waberi — *Balbala.*
3644. Alexandre Dumas — *Le Collier de la reine.*
3645. Victor Hugo — *Notre-Dame de Paris.*
3646. Hector Bianciotti — *Comme la trace de l'oiseau dans l'air.*
3647. Henri Bosco — *Un rameau de la nuit.*

3648.	Tracy Chevalier	*La jeune fille à la perle.*
3649.	Rich Cohen	*Yiddish Connection.*
3650.	Yves Courrière	*Jacques Prévert.*
3651.	Joël Egloff	*Les Ensoleillés.*
3652.	René Frégni	*On ne s'endort jamais seul.*
3653.	Jérôme Garcin	*Barbara, claire de nuit.*
3654.	Jacques Lacarrière	*La légende d'Alexandre.*
3655.	Susan Minot	*Crépuscule.*
3656.	Erik Orsenna	*Portrait d'un homme heureux.*
3657.	Manuel Rivas	*Le crayon du charpentier.*
3658.	Diderot	*Les Deux Amis de Bourbonne.*
3659.	Stendhal	*Lucien Leuwen.*
3660.	Alessandro Baricco	*Constellations.*
3661.	Pierre Charras	*Comédien.*
3662.	François Nourissier	*Un petit bourgeois.*
3663.	Gérard de Cortanze	*Hemingway à Cuba.*
3664.	Gérard de Cortanze	*J. M. G. Le Clézio.*
3665.	Laurence Cossé	*Le Mobilier national.*
3666.	Olivier Frébourg	*Maupassant, le clandestin.*
3667.	J.M.G. Le Clézio	*Cœur brûle et autres romances.*
3668.	Jean Meckert	*Les coups.*
3669.	Marie Nimier	*La Nouvelle Pornographie.*
3670.	Isaac B. Singer	*Ombres sur l'Hudson.*
3671.	Guy Goffette	*Elle, par bonheur, et toujours nue.*
3672.	Victor Hugo	*Théâtre en liberté.*
3673.	Pascale Lismonde	*Les arts à l'école. Le Plan de Jack Lang et Catherine Tasca.*
3674.	Collectif	*« Il y aura une fois ». Une anthologie du Surréalisme.*
3675.	Antoine Audouard	*Adieu, mon unique.*
3676.	Jeanne Benameur	*Les Demeurées.*
3677.	Patrick Chamoiseau	*Écrire en pays dominé.*
3678.	Erri de Luca	*Trois chevaux.*
3679.	Timothy Findley	*Pilgrim.*
3680.	Christian Garcin	*Le vol du pigeon voyageur.*
3681.	William Golding	*Trilogie maritime, 1. Rites de passage.*
3682.	William Golding	*Trilogie maritime, 2. Coup de semonce.*

3683. William Golding	*Trilogie maritime, 3. La cuirasse de feu.*
3684. Jean-Noël Pancrazi	*Renée Camps.*
3686. Jean-Jacques Schuhl	*Ingrid Caven.*
3687. *Positif*, revue de cinéma	*Alain Resnais.*
3688. Collectif	*L'amour du cinéma. 50 ans de la revue* Positif.
3689. Alexandre Dumas	*Pauline.*
3690. Le Tasse	*Jérusalem libérée.*
3691. Roberto Calasso	*la ruine de Kasch.*
3692. Karen Blixen	*L'éternelle histoire.*
3693. Julio Cortázar	*L'homme à l'affût.*
3694. Roald Dahl	*L'invité.*
3695. Jack Kerouac	*Le vagabond américain en voie de disparition.*
3696. Lao-tseu	*Tao-tö king.*
3697. Pierre Magnan	*L'arbre.*
3698. Marquis de Sade	*Ernestine. Nouvelle suédoise.*
3699. Michel Tournier	*Lieux dits.*
3700. Paul Verlaine	*Chansons pour elle et autres poèmes érotiques.*
3701. Collectif	*« Ma chère maman ».*
3702. Junichirô Tanizaki	*Journal d'un vieux fou.*
3703. Théophile Gautier	*Le Capitaine Fracasse.*
3704. Alfred Jarry	*Ubu roi.*
3705. Guy de Maupassant	*Mont-Oriol.*
3706. Voltaire	*Micromégas. L'Ingénu.*
3707. Émile Zola	*Nana.*
3708. Émile Zola	*Le Ventre de Paris.*
3709. Pierre Assouline	*Double vie.*
3710. Alessandro Baricco	*Océan mer.*
3711. Jonathan Coe	*Les Nains de la Mort.*
3712. Annie Ernaux	*Se perdre.*
3713. Marie Ferranti	*La fuite aux Agriates.*
3714. Norman Mailer	*Le Combat du siècle.*
3715. Michel Mohrt	*Tombeau de La Rouërie.*
3716. Pierre Pelot	*Avant la fin du ciel. Sous le vent du monde.*
3718. Zoé Valdès	*Le pied de mon père.*
3719. Jules Verne	*Le beau Danube jaune.*
3720. Pierre Moinot	*Le matin vient et aussi la nuit.*
3721. Emmanuel Moses	*Valse noire.*

*Impression Bussière Camedan Imprimeries
à Saint-Amand (Cher),
le 23 octobre 2002.
Dépôt légal : octobre 2002.
1er dépôt légal dans la collection : octobre 1988.
Numéro d'imprimeur : 025022/1.*
ISBN 2-07-038088-2./Imprimé en France.

120844